AF579041

HARTSVILLES SEAL HELDEN

Die Scheinehefrau des SEALs

Das Überraschungsbaby des SEALs

Die plötzliche Familie des SEALs

Die Mitbewohnerin des SEALs

Die Behandlung des SEALs

Die Affäre des SEALs

Dies ist ein fiktives Werk. Namen, Charaktere, Orte und Handlungen sind entweder Produkt der Vorstellungskraft der Autorin oder werden fiktiv verwendet. Jegliche Ähnlichkeit mit realen Personen, ob lebend oder tot, Ereignissen und Orten ist rein zufällig.

Alle Rechte vorbehalten. Veröffentlicht in Großbritannien von Relay Publishing. Dies kommt nach Alle Rechte vorbehalten. Veröffentlicht im Vereinigten Königreich von Relay Publishing. Dieses Buch oder ein Teil davon darf ohne die ausdrückliche schriftliche Zustimmung des Herausgebers nicht reproduziert oder verwendet werden, außer für die Verwendung von kurzen Zitaten in einer Buchbesprechung.

Cover Design von *Mayhem Cover Creations*

RELAY PUBLISHING EDITION, FEBRUAR 2021
Copyright © 2021 Relay Publishing Ltd.

www.relaypub.com

Die Scheinehefrau des SEALs

HARTSVILLES SEAL-HELDEN: BUCH 1

USA TODAY BESTSELLER

LESLIE NORTH

KLAPPENTEXT

Als der Navy SEAL Patrick Nelson von einer geheimen Mission zurückkehrt, steht ihm ein Schock bevor – seine sechsjährige Tochter Ellery wurde von seiner Ex im Stich gelassen und lebt derzeit bei einer Pflegefamilie. Jetzt muss er beweisen, dass er ein guter, zuverlässiger Vater für Ellery sein kann, und dazu gehört auch, Imogen Mendel, die hinreißende Vorschullehrerin seiner Tochter, davon zu überzeugen, dass er zu den Guten gehört. Wie sich herausstellt, ist Imogen mehr als nur hübsch. Sie hat vor, gegen gefährliche Kriminelle auszusagen, die drohen, sie zum Schweigen zu bringen – für immer. Aber das wird Patrick nicht zulassen. Er hat die perfekte Lösung, um Imogen zu schützen und Ellery ein richtiges Zuhause zu verschaffen: Eine Verlobung.

Imogen hat vielleicht einer Scheinbeziehung mit Patrick zugestimmt, aber sie muss zugeben, dass die Anziehung zwischen ihnen überhaupt nicht gespielt ist. Sie ist glühend heiß und lässt sich nicht ignorieren. Bevor sie weiß, wie ihr geschieht, werden sie zu einer echten Familie und ihr Herz sehnt sich schmerzhaft danach, sich zu verlieben. Alles wäre gut, wären da nicht die Drohungen, die eskalieren, als die

Gerichtsverhandlung näher rückt. Gott sei Dank hat sie einen sexy SEAL, der sie beschützt. Aber wie lange noch? Die Scheinehe wird für beide viel zu echt …

INHALT

KAPITEL EINS

Patrick Nelson stieg die Stufen der Grundschule hinauf, die er als Kind besucht hatte. Die Vordertüren des gelben Backsteingebäudes standen offen und ließen das Frühlingswetter herein. Er runzelte die Stirn. Waren die Schulen heutzutage nicht geschlossen? Seine Hand griff an seiner Seite automatisch nach einer Waffe, die nicht da war. Er schüttelte den Kopf. Dies war die zivile Welt, in der eine unerwartet offene Tür nichts bedeutete – und er trug in der zivilen Welt keine Waffe. Nun, normalerweise nicht. Nicht, um seine sechsjährige Tochter abzuholen.

Aber er hatte einen längeren Auslandseinsatz hinter sich und der Übergang zurück zu dem Leben in seiner Heimatstadt war schwierig … zumal diese Mission jede Menge Herausforderungen mit sich gebracht hatte. Außerdem hatte er das Gefühl, dass er seine Verantwortung als Vater vernachlässigt hatte – wenn auch nicht freiwillig. Ja, er war beschäftigt und nicht in Kontakt gewesen, aber seine Ex hatte die Dinge zehnmal schlimmer gemacht. Rachel hatte ihn vor vier Monaten von allen Neuigkeiten über ihre Tochter komplett abgeschnitten. Kein einziges Skype-Gespräch. Kein FaceTime. Nichts.

Patrick hatte erwartet, dass Rachel nach dem Streit, den sie vor seiner Abreise gehabt hatten, Schwierigkeiten machen würde, aber das war zu viel. Ihr Arrangement musste sich ändern. Er hatte sich für längere Zeit von den SEALs beurlauben lassen und wollte um das alleinige Sorgerecht kämpfen. Er hatte keine Ahnung, wie das aussehen würde … aber er würde es herausfinden, weil Ellery etwas Besseres verdient hatte.

Ein Mann in einem *Hartsville Elementary* T-Shirt begrüßte Patrick direkt an der Vordertür. „Kann ich Ihnen helfen?"

„Ich suche das Klassenzimmer der Vorschüler", sagte Patrick und sah sich um. Das Gebäude hatte sich kaum verändert, seit er dort Schüler gewesen war, aber es wirkte seltsam ruhig für einen Ort, an dem Kinder untergebracht waren.

„Es gibt drei. Am Ende dieses Korridors." Der Mann zeigte den Flur hinunter. „Ich glaube, Ms. Mendel ist die einzige Lehrerin, die noch hier ist."

„Es ist erst drei Uhr", sagte Patrick nach einem Blick auf die riesige Uhr, die in der Nähe hing. „Ich dachte, die Schule wäre um drei aus."

„Normalerweise schon, aber wir haben einen Ausflug gemacht, also sind die Kinder schon vor zwei Stunden nach Hause gegangen."

Verdammt. Er hatte Ellery verpasst. Patrick hatte sie überraschen wollen, indem er sie von der Schule abholte – obwohl er auch nervös gewesen war, da sie in letzter Zeit keinen Kontakt gehabt hatten. Er kannte Ellery nicht so gut, wie er sollte, und selbst wenn sie in Kontakt waren, hatte er oft keine Ahnung, was er zu ihr sagen sollte. Trotzdem hatte er beschlossen, dass er sie sehen wollte, ohne dass Rachel in der Nähe war und sich einmischen konnte. Vielleicht könnte ihm die Lehrerin einen Einblick in die aktuelle Situation geben.

„Danke", sagte er und ging zu den Klassenzimmern. Der erste Raum, in den er sah, war leer, aber im nächsten wurde die schlanke Gestalt einer

Frau von dem hellen Licht umrahmt, das durch eine Fensterwand hereinkam. „Ms. Mendel?“

Sie drehte sich um und ihre Hand fuhr zu ihrem Herzen, so als hätte er sie erschreckt. „Hallo“, sagte sie atemlos. „Ich habe Sie nicht kommen gehört.“

War sie jemand, der zu Nervosität neigte? Das schien im Widerspruch dazu zu stehen, dass sie Vorschulkinder unterrichtete.

„Ich bin Ellery Nelsons Vater. Ist sie in Ihrer Klasse?“

„Oh ja, das ist sie“, sagte Ms. Mendel, aber ihre Haltung versteifte sich. „Mir wurde zu verstehen gegeben, dass ihr Vater abwesend ist.“

Er streckte die Hände aus, als wollte er sich ihr mit der Geste präsentieren. „Wie Sie sehen können, bin ich hier. Brauchen Sie Beweise?“, fragte er und nahm seinen Militärausweis aus seinem Portemonnaie. Er ging weiter zu ihr und als er näherkam und das blendende Licht, das ihre Gesichtszüge verbarg, nachließ, konnte er sehen, dass sie eine junge Frau mit blonden Haaren war. Hübsch, sehr hübsch, mit zarten Gesichtszügen und haselnussbraunen Augen.

Sie überprüfte seinen Ausweis, bevor sie ihn zurückgab. „Danke, Mr. Nelson. Also, was machen Sie hier?“

Er hob eine Augenbraue. „Ich bin Ellerys Vater. Ich bin gerade in die Vereinigten Staaten zurückgekehrt und möchte meine Tochter sehen. Es tut mir leid, dass Sie anscheinend falsche Informationen über meine Beteiligung an Ellerys Leben erhalten haben, aber …“

Sie sah ihn einen Moment an und schien sich dann etwas zu entspannen, obwohl ihr Gesichtsausdruck immer noch vorsichtig war. „Warum nehmen Sie nicht Platz?“

Er sah zu den kniehohen Stühlen und zwängte widerwillig seinen großen Körper auf einen davon. Vielleicht brauchte sie nur ein wenig mehr Informationen. „Ich bin kurz nach Beginn des Schuljahres auf einen Auslandseinsatz gegangen“, fuhr er fort, „also war ich für keine Veranstaltungen hier, aber ich hatte gehofft, Ellery abholen zu können. Ich wusste nicht, dass die Schule heute früher aus war. Ich denke, ich muss mich mit ihrer Mutter in Verbindung setzen“, sagte er und versuchte, die Frustration aus seiner Stimme herauszuhalten. Er freute sich nicht darauf, sich mit Rachel befassen zu müssen, die wahrscheinlich alles in ihrer Macht Stehende tun würde, um ihn daran zu hindern, Ellery zu sehen.

„Also wissen Sie es nicht?“ Ms. Mendel setzte sich neben ihm an ihren Schreibtisch und sah jetzt mitfühlender aus.

„Was?“ Er spürte ein Kribbeln im Nacken, eine Empfindung, die er während seiner Dienstjahre zu beachten gelernt hatte.

„Ich sollte es Ihnen wahrscheinlich nicht sagen.“ Sie machte eine Pause, bevor sie zu einer Entscheidung zu gelangen schien und fortfuhr. „Es steht mir nicht wirklich zu … aber wenn ich Sie wäre, würde ich es wissen wollen. Ellery ist seit zwei Monaten in einer Pflegefamilie. Ihre Mutter hat sie bei einem Kindermädchen gelassen und ist dann, nun ja, nicht zurückgekommen. Nachdem das Kindermädchen sie mehrere Tage nicht erreichen konnte, rief es das Jugendamt an.“

„Was?“ Patrick fuhr hoch und überragte die Lehrerin. „Das Jugendamt? Und eine Pflegefamilie? Warum hat mich niemand kontaktiert? Wo ist sie?“

„Das darf ich nicht verraten.“ Ms. Mendel stand auf, trat einen Schritt zurück und verschränkte die Arme vor sich, als wollte sie ihn abwehren. Ihre Augen wanderten zu ihrem Schreibtisch, wo ein Telefon stand.

„Ich bin ihr Vater“, sagte er mit zusammengebissenen Zähnen, als er nach der Selbstkontrolle suchte, die ihn schon durch viele schwierige Situationen gebracht hatte. Er wollte Ms. Mendel nicht beunruhigen. Sie war nicht der Feind. Aber sie wusste, wo seine Tochter war.

„Das bestreite ich nicht, aber Sie haben kein Sorgerecht", sagte sie. „Sie stehen nicht einmal auf der Liste der Personen, die Ellery abholen dürfen."

„Wirklich nicht?" Er und Rachel hatten darüber gesprochen, als Ellery in die Schule kam, und sie hatte ihm versichert, dass sie die Unterlagen ausgefüllt hatte, die ihn als Ellerys Vater mit elterlichen Rechten auswiesen. Noch eine Lüge. Er hätte nicht überrascht sein sollen.

„Nein. Hören Sie, ich habe Ihnen so viel gesagt, wie ich darf. Wenn Sie Ellery sehen möchten, müssen Sie sich an das Jugendamt wenden. Sie sollten jetzt gehen." Ihre Worte waren keine Bitte, sondern eine Aufforderung. Er spürte, dass er sie nervös machte, aber er musste noch etwas wissen.

„Sagen Sie mir einfach, ob es ihr gut geht", sagte er. Pflegefamilien waren nicht immer ideal und er wollte wissen, ob sein kleines Mädchen vorerst in Sicherheit war. „Bitte."

Ms. Mendels Gesicht wurde weicher und sie sah noch jünger aus. „Sie hat mit der Situation zu kämpfen. Das wäre bei jedem Kind so, aber ich denke, sie wird auf lange Sicht damit zurechtkommen. Sie ist ein widerstandsfähiges Mädchen."

Das half. Ein wenig. Aber die unangenehmen Verhandlungen mit seiner Ex-Freundin, mit denen er gerechnet hatte, waren gerade zu einem Kampf gegen einen Feind geworden, von dem er wenig wusste – und Ellerys Sicherheit und Glück standen auf dem Spiel. Was zum Teufel sollte er tun, um seine Tochter aus der Pflegefamilie herauszubekommen?

„Danke. Ich werde Sie jetzt in Ruhe lassen." Er marschierte zur Tür und kehrte zu seinem Wagen zurück. Gerade als er die Autotür öffnete, klingelte sein Handy.

„Hey, Mann. Hast du heute Abend Pläne?" Anderson, einer seiner

SEAL-Teamkameraden, war am Telefon. Sie waren seit der Highschool befreundet.

„Ehrlich gesagt könnte ich deine Unterstützung gebrauchen, wenn du Zeit hast“, sagte Patrick. Anderson war ein Stratege und könnte eine große Hilfe im Umgang mit den Bürokraten vom Jugendamt sein. „Kannst du mich im Bezirksbürogebäude treffen?“

Andersons Antwort kam sofort. „Natürlich, aber warum?“

„Das werde ich dir erklären, wenn ich dich sehe.“ Patrick legte auf und fuhr zu dem modernen Gebäude direkt vor der Stadt. In Gedanken wiederholte er das Gespräch mit der Lehrerin. Sie hatte abgesehen von ihrem letzten Kommentar zu Ellerys Wohlergehen, den er nicht allzu beruhigend gefunden hatte, keine nützlichen Informationen preisgegeben. Sein Auftrag war jedoch klar: Er musste Antworten bekommen und einen Plan machen, um diese Angelegenheit in Ordnung zu bringen.

Ein paar Stunden später saß Patrick gegenüber von Anderson in der *Main Street Tavern*, einem ihrer Lieblingslokale. Das Bier war kalt, das Essen gut und die Atmosphäre entspannend. Alles, was Patrick brauchte, nachdem er sich mit dem Jugendamt herumgeschlagen hatte.

„Ich dachte, die Bürokratie beim Militär ist schlimm“, sagte Anderson und nahm einen Schluck von seinem Bier. „Aber das Jugendamt ist ein Meister darin, Dinge, die einfach sein sollten, kompliziert zu machen.“

„Man könnte meinen, dass ich Ellerys Vater bin – und dass ich mich um sie kümmern will, anstatt sie bei Fremden zu lassen – wäre genug. Aber anscheinend bedeutet das dort gar nichts.“ Patrick zeichnete die Umrisse des Tattoos auf seinem Unterarm nach, das einen Froschmann mit Dreizack darstellte. Er hatte es sich nach seiner ersten SEAL-Mission stechen lassen.

Die drei Mitarbeiter des Jugendamts, mit denen er gesprochen hatte, hatten alle die gleichen Fragen gestellt, während sie seinen ausgewichen waren. Anderson hatte mehr als einmal eingegriffen und weitere Informationen von ihnen erhalten. Sein analytischer Verstand sortierte Informationen schneller als der von Patrick – und natürlich wurde er nicht durch die emotionalen Reaktionen behindert, die es Patrick schwer machten, ruhig und professionell zu bleiben. Anderson hatte sogar auf dem Stützpunkt angerufen, um mit einem JAG-Offizier zu sprechen und herauszufinden, wie die Navy helfen könnte. Patrick wusste, dass er nicht der einzige SEAL war, der sich einem Sorgerechtsstreit gegenübersah. Lange Auslandseinsätze neigten dazu, Beziehungen stark zu belasten. Mehr als einer seiner Teamkameraden war schon nach Hause zurückgekehrt, nur um festzustellen, dass seine Frau und seine Kinder verschwunden waren.

Nachdem das JAG eingegriffen hatte, hatte sich der Prozess etwas beschleunigt und er hatte einen Einblick in das bekommen, was passiert war. Die Antwort auf die Frage, ob die Situation zu retten war, lautete ‚Vielleicht', aber es würde nicht einfach sein. Patrick hoffte, dass er alles in Ordnung bringen konnte, bevor Andersons kurzer Urlaub endete und er wieder auf sich allein gestellt war.

„Ich kann nicht glauben, dass Rachel einfach abgehauen ist", sagte Anderson, nachdem ihre Cheeseburger und Pommes frites serviert worden waren. „Ich meine, sie war …"

„Nur zu. Sag es. Sie war fürchterlich." Patrick zögerte nicht, den Satz zu beenden, aber selbst er war überrascht davon, dass Rachel Ellery verlassen hatte. Er hätte nie gedacht, dass sie sich einfach so aus dem Staub machen würde. „Sie hat eine Gelegenheit gesehen und sie genutzt."

Sie hatten sich zusammengereimt, dass Rachel sich auf eine stürmische Romanze mit einem reichen Mann eingelassen hatte, der nicht daran interessiert war, an ein Kind gebunden zu sein, also hatte Rachel Ellery in der Obhut eines hastig angeheuerten Kindermädchens gelassen. Das Kindermädchen hatte gedacht, Rachel würde für ein paar Tage die Stadt verlassen, aber nach einer vollen Woche ohne Kontakt – und ohne Bezahlung – hatte es Ellery zur Polizei gefahren und sie den Beamten übergeben. Die Frau hatte entweder nichts von Patrick gewusst oder keine Möglichkeit gehabt, ihn zu erreichen. Patrick wollte nicht daran denken, dass seine Tochter wie ein verlorenes Portemonnaie abgegeben worden war.

„Ich dachte, ihr zwei hättet eine Vereinbarung getroffen", sagte Anderson, nachdem sie ein paar Minuten schweigend gegessen hatten. „Ich meine, das geht schon seit Jahren so – es ist nicht so, als wäre es eine brandneue Situation."

„Ja, aber sie wollte Ellery nie. Rachel war – und ist – ein Partygirl mit dem Ziel, sich einen Mann mit Geld zu angeln. Diese Sache zwischen ihr und mir sollte niemals etwas Ernstes sein." Er und Rachel hatten nicht mehr als eine distanzierte Beziehung gehabt, nachdem sie entdeckt hatte, dass sie schwanger war. Zuvor hatten sie sich ab und zu verabredet, um Spaß und Sex zu haben. Keiner von beiden hatte etwas Echtes oder Dauerhaftes gewollt, aber er hatte sie geschwängert und versprochen, das Kind finanziell zu unterstützen. Und das hatte er getan. Er hatte Geld überwiesen, wann immer Rachel es verlangte – was oft der Fall gewesen war. Er konnte sich nicht vorstellen, dass sie jemals eine großartige Mutter gewesen war, aber so etwas hatte er nicht erwartet.

„Stimmt", sagte Anderson. „Aber das alles ist Jahre her. Was hat sich geändert?" Als sein Kumpel und Teamkamerad wusste Anderson viel von der Vergangenheit, aber Patrick hatte ihn nicht mit seinen persönlichen Problemen ablenken wollen, während sie auf einer gefährlichen Mission waren.

„Wir hatten kurz vor meinem letzten Einsatz einen gewaltigen Streit", gab Patrick zu. „Es war heftig. Sie schrie, dass sie keine Mutter mehr sein wollte. Sie hasste die Verantwortung. Sie fühlte sich eingeschränkt."

„Und du hast in der Zwickmühle gesteckt", sagte Anderson und nickte verständnisvoll.

„Ja. Ich meine, ihr Timing hätte nicht schlechter sein können – ich musste mich am nächsten Tag auf dem Stützpunkt melden." Er seufzte. „Und dann hat sie den Kontakt zu mir abgebrochen. Ich habe kein verdammtes Wort mehr von ihr gehört. Keine Fotos, keine E-Mails, nichts, was mich wissen lassen würde, wie es Ellery ging. Ich dachte, sie wollte mich dafür bestrafen, dass ich weg war und nicht zu ihr geeilt bin, um ihr zu helfen. Aber ich hätte nie gedacht …"

„Sie hat dich wirklich in Schwierigkeiten gebracht. Du hättest etwas sagen sollen, Kumpel. Wir hätten dir den Rücken freigehalten."

„Während unserer Abwesenheit konnte niemand etwas tun. Deshalb habe ich mich für längere Zeit beurlauben lassen. Ich muss dieses Durcheinander beseitigen und ein besserer Vater sein. Ich hatte sowieso geplant, mich gegen Rachel durchzusetzen und das gemeinsame Sorgerecht zu beantragen. Ich habe während des Einsatzes immer noch versucht herauszufinden, was genau ich tun würde, aber ich wollte mehr Mitspracherecht im Leben meiner Tochter." Er hatte schon vor Ellerys Geburt gewusst, dass er niemals eine Beziehung mit Rachel haben würde, und er hatte auch keine gewollt. Ellery hatte jedoch etwas Besseres verdient als einen Vater, der so oft auf Einsätzen war, und eine Mutter, deren oberste Priorität immer sie selbst gewesen war.

„Ich werde alles tun, was ich kann, um dir zu helfen", sagte Anderson. „Ich kann mir nicht einmal vorstellen, wie schlimm das für dich ist. Es beweist wohl, dass man einer Frau niemals vertrauen sollte, wenn man nicht verdammt sicher ist, dass alles, was sie sagt und tut, aufrichtig ist."

Patrick betrachtete Anderson und dachte über die Worte seines Freundes nach. „Das kann man so sagen“, stimmte er nach einer Minute zu, „aber ich denke, die Lehre hier ist, dass man – jedenfalls außerhalb unseres SEAL-Teams – niemandem etwas anvertrauen sollte, das einem wichtig ist. Man muss sich selbst darum kümmern.“ Patrick hatte in dieser Hinsicht einen großen Fehler gemacht, wie er sich eingestehen musste. Und jetzt … jetzt würde er herausfinden, wie er ihn wieder in Ordnung bringen konnte.

KAPITEL ZWEI

„Was möchtest du mit deinem Dad machen?“, fragte Imogen Ellery. Das kleine Mädchen mit den kupferroten Haaren und blauen Augen schenkte ihr ein schüchternes Lächeln und zuckte mit den Schultern.

Das würde nicht einfach werden. Imogen fragte sich erneut, wie sie in dieser Situation gelandet war. Ihr Direktor, Ellerys Pflegeeltern und die Mitarbeiter des Jugendamts hatten alle darauf bestanden, dass sie ein entscheidendes Bindeglied sei. Sie sollte Vater und Tochter bei der Wiederannäherung helfen, indem sie die Treffen der beiden überwachte und versuchte, ihre Beziehung objektiv zu bewerten.

„Mal sehen. Dein Dad ist in der Navy, oder? Vielleicht könnt ihr zusammen ein Schiff aus Bastelpapier machen. Ich glaube, ich habe eine gute Vorlage dafür. Hilf mir beim Suchen.“ Sie führte das Mädchen zu einem Karton im Regal und sie gingen verschiedene Vorlagen durch, bis sie eine fanden, die funktionieren würde. „Wie lange ist es her, dass du deinen Dad gesehen hast?“, fragte Imogen sanft, als sie das bunte Bastelpapier suchten.

„Lange Zeit", sagte Ellery leise. „Er war zu Weihnachten nicht hier."

Imogen wusste aus Erfahrung, dass die Sanftheit sofort in Trotz übergehen konnte, wenn Ellery falsch angesprochen wurde. Imogen begann zu verstehen, wie kompliziert die Situation mit Ellerys Eltern war, und das Mädchen tat ihr leid. Sie hoffte, dass mit Patrick Nelson eine Lösung gefunden werden konnte. Seit ihrer kurzen Begegnung Anfang der Woche hatte sie mehr über den Mann erfahren. Er war ein SEAL, der gerade aus Übersee zurückgekehrt war.

Sie hatte einen Moment Angst gehabt, als sie ihm gesagt hatte, dass Ellery in einer Pflegefamilie war, und gedacht, er könnte explodieren, aber er hatte sein Temperament im Zaum gehalten. Anscheinend war er direkt zum Jugendamt gegangen, um alles zu klären. Das musste sie ihm zugutehalten. Er wirkte nicht wie ein verantwortungsloser Vater, obwohl er lange weg gewesen war.

Sie warf einen Blick aus dem Fenster und sah, wie Mr. Nelson über den Rasen vor der Schule marschierte. Imogen spürte eine neue Welle der Nervosität über ihre Rolle in dieser Angelegenheit. Sie hatte guten Grund, sich auf nichts Kompliziertes einzulassen. Ihr Direktor hatte versprochen, für den Fall, dass sie Unterstützung brauchte, da zu sein, weil das Gebäude am Samstagnachmittag größtenteils leer war.

„Ich glaube, er ist hier", sagte sie zu Ellery und das Gesicht des Mädchens hellte sich sofort auf. „Willst du ihn an der Tür treffen?" Ohne zu zögern sprang Ellery zur Tür des Klassenzimmers. Sobald ihr Vater auftauchte und sah, dass Ellery auf ihn zukam, sank er auf ein Knie und öffnete die Arme. Ellery rannte zu ihm, warf ihre Arme um seinen Hals und schmiegte sich an ihn.

Damit wäre eine Frage beantwortet, dachte Imogen mit einem Lächeln. Es gab eine echte Bindung zwischen ihnen. Die Liebe war offensichtlich. Sie blieben einen langen Moment so, was Imogen die Möglichkeit gab, den Mann zu betrachten. Anfang der Woche hatte sie sein gutes Aussehen und seine Größe bemerkt, besonders als er auf dem kleinen

Stuhl in ihrem Klassenzimmer gesessen hatte. Jede Spur von Abwehr oder Wut war verschwunden, während er seine Tochter festhielt. Es lief besser, als Imogen erwartet hatte.

„Wir bauen ein Schiff", verkündete Ellery, als sie sich von ihrem Vater löste. Sie nahm seine Hand und führte ihn zu einem Tisch, den sie mit Bastelpapier, Scheren, Klebstoff und Buntstiften hergerichtet hatten.

„Es freut mich, Sie wiederzusehen, Mr. Nelson", sagte Imogen, als er sie ansah.

„Nennen Sie mich Patrick." Sein Gesicht war ernst und vielleicht etwas nervös. „Danke, dass Sie das machen."

„Dann nennen Sie mich Imogen. Gern geschehen", sagte sie und nickte ihm zu, bevor sie zu ihrem Schreibtisch zurückkehrte, um Tests zu benoten und Unterrichtspläne zu erstellen, während Vater und Tochter miteinander spielten. Sie sollte im Raum bleiben und beobachten, sich aber nicht einmischen, es sei denn, sie hielt es für notwendig. Sie musste ein Kichern unterdrücken, als Patrick sich verrenkte, um sich auf den Stuhl neben Ellery zu quetschen.

In der nächsten halben Stunde hörte Imogen das Gespräch zwischen ihnen. Sie hatten es geschafft, das Schiff auszuschneiden, während sie sich unterhielten, aber Patrick verstand eindeutig nichts davon, mit einem Vorschulkind zu basteln. Sie schüttelte den Kopf, als sie hörte, wie er erneut auf eine bestimmte Methode zur Fertigstellung des Projekts bestand. Er konzentrierte sich so sehr darauf, die Aufgabe zu erledigen, dass ihm der wahre Grund für die Zusammenarbeit entging. Er sollte seiner Tochter zuhören. Ellery versuchte, ihm von dem Goldfisch ihrer Pflegeeltern zu erzählen, von dem Theaterstück, das die Vorschulkinder gerade aufgeführt hatten, und davon, wie sie den Ballonwurf-Wettbewerb bei dem Ausflug gewonnen hatte. Er hörte den langatmigen Geschichten seiner Tochter nur flüchtig zu. Imogen musste sich auf die Zunge beißen, um nichts zu sagen. Es war klar, dass sie sich liebten, aber bisher nicht viel Zeit zusammen verbracht hatten. Das war ein Problem.

„Spiele nicht mit dem Klebstoff", sagte Patrick zum dritten Mal. „Ich werde diesen Teil machen." Seine Stimme hatte bei jeder Wiederholung einen stärkeren Befehlston angenommen.

Das ist bei Ellery der falsche Ansatz, wollte Imogen ihn warnen, da er das anscheinend noch nicht herausgefunden hatte.

„Ich will es selbst tun", sagte Ellery und ihre Stimme wurde gereizter.

„Du tust, was dir gesagt wird", verkündete er, als würde er mit einem Untergebenen sprechen.

Oh, oh. Imogen blickte rechtzeitig von ihrem Schreibtisch auf, um zu sehen, wie Ellery nach der offenen Flasche Klebstoff griff. Das Mädchen packte sie so fest, dass der Klebstoff auf den Tisch, ihren Vater und ihr eigenes Gesicht spritzte. Ellery schrie, als sie etwas davon in die Augen bekam, und Imogen sprang hinter ihrem Schreibtisch auf.

Patrick schlang seinen Arm um Ellery und wiegte sie instinktiv, um sie zu trösten, während er mit seinen Fingerspitzen den Klebstoff von ihrem Gesicht entfernte. Er war verblüfft über Ellerys plötzliche Gefühlsschwankungen von süßer Freundlichkeit zu einem Wutanfall und jetzt zu Wehklagen und Schluchzen.

„Hier, versuchen Sie es damit." Imogen reichte ihm ein feuchtes Tuch.

„Danke", sagte er und versuchte, Ellery sauber zu machen, ohne sie noch mehr aufzubringen, aber das Mädchen drückte immer noch das linke Auge zu.

„Lassen Sie mich das machen", sagte Imogen und kniete sich auf Ellerys andere Seite. Ohne zu zögern rutschte Ellery zu ihr und erlaubte ihrer Lehrerin, ihr Auge sanft zu öffnen und Tropfen hineinzugeben. „Schließe jetzt deine Augen. In einer Minute ist es besser." Imogen hielt das Kind so, dass sein Kopf nach hinten geneigt war, damit die Tropfen wirken konnten. Sie schenkte Patrick ein kleines Lächeln, während sie Ellery beruhigende Worte zuflüsterte.

Seine Tochter antwortete, indem sie sich näher an ihre Lehrerin schmiegte. Patrick lehnte sich zurück. Er fühlte sich ein wenig verloren und sehr traurig. Er hätte es gern gehabt, wenn Ellery sich in einer solchen Situation an ihn gewandt hätte, aber er musste zugeben, dass er das nicht verdient hatte. Obwohl er Rachel die Schuld geben wollte, war er Teil des Problems. Er war bis auf kurze Urlaube nie da gewesen. Und selbst wenn er in den Vereinigten Staaten war, hatte er sein Haus nicht so hergerichtet, dass er Ellery für längere Besuche dort unterbringen konnte – Rachel hatte ihn nie in ihrem Haus willkommen geheißen, damit er und Ellery die Gelegenheit hatten, miteinander vertraut zu werden.

Nein, er war schuld. Er hatte gewusst, wie Rachel war, und es war an ihm gewesen, die Faktoren zu kontrollieren, die er kontrollieren konnte. Er hätte sich mehr anstrengen, auf häufigere Treffen bestehen und seine Tochter besser kennenlernen können. Und die Wahrheit war, dass er selbst jetzt, wenn er das Sorgerecht für Ellery bekam, für längere Zeit weggehen müsste. Wie zum Teufel sollte er das schaffen? Seine Tochter brauchte jemanden wie Imogen, die instinktiv zu wissen schien, wie man sich um ein Kind kümmerte. Jemanden, an den sich Ellery wenden konnte, wenn sie Trost brauchte.

„Besser?", fragte Imogen und sah auf Ellerys Gesicht hinunter. „Mach die Augen auf, kleiner Kürbis."

Ellerys Augen öffneten sich und sie grinste Imogen an. „Ich bin kein Kürbis."

„Bist du sicher?", neckte Imogen das Mädchen. „Wie wäre es mit einem Apfel?" Ellery schüttelte den Kopf. „Eine grüne Bohne?"

„Igitt", rief Ellery und zog ihre sommersprossige Nase kraus. „Grüne Bohnen mag ich nicht."

„Du wirst lernen, sie zu mögen, wenn du größer bist, aber du weißt, was wir zuerst machen müssen." Imogen stellte das Kind auf die Füße und entfernte einen Tropfen Klebstoff, der an seinem Shirt haftete.

„Nein." Ellery schüttelte den Kopf.

„Ich denke, du weißt es." Imogen deutete auf das Durcheinander auf dem Tisch und dem Boden. „Wie lautet Regel Nummer eins in Ms. Mendels Klassenzimmer?"

„Jeder muss sein Durcheinander aufräumen", antwortete Ellery.

„Das ist richtig", sagte Imogen. „Und weil heute Samstag ist, werden dein Dad und ich dir dabei helfen. Geh und hole den Mülleimer dort drüben an der Tür."

Ellery lief ohne Widerrede zur Tür und Patrick wunderte sich erneut über die Leichtigkeit, mit der die Lehrerin das Kind im Zaum hielt. Konnte sie zaubern? Er musterte sie und fragte sich, ob er ihr Verhalten nachahmen könnte.

„Hier ist eine Nachricht", sagte Ellery an der Tür, als sie einen weißen Umschlag aufhob. Ohne zu zögern riss sie ihn auf und zog ein Blatt Papier heraus.

„Ellery", warnte er. „Das ist bestimmt nicht für dich. Du darfst nicht die Briefe anderer Leute aufmachen." Einen Moment lang dachte er, seine Tochter würde ihm die Zunge herausstrecken. Ihr Gesicht zeigte pure Kampfbereitschaft. Stattdessen sah sie ihn hochmütig an und brachte Imogen das Blatt Papier und den Umschlag.

„Hier, bitte", sagte Ellery mit süßer Stimme.

„Danke, dass du mir das gebracht hast, aber dein Vater hat recht."

Imogen drehte den Umschlag um und zeigte ihn dem Mädchen. „Siehst du? Darauf steht mein Name. M-E-N-D-E-L."

„Da steht aber kein Ms.", argumentierte Ellery.

„Nun, manchmal vergessen die Leute diesen Teil", erklärte Imogen. „Geh und hilf deinem Vater beim Aufräumen. Ich bin in einer Minute bei euch."

Während Ellery zurückging, um den Mülleimer zu holen, konnte er nicht anders, als Imogen zu beobachten. Sie war wirklich großartig mit Kindern und viel hübscher, als irgendeine Vorschullehrerin in seiner Erinnerung. Der Gedanke verflüchtigte sich, als er ihren Gesichtsausdruck sah, während sie die Nachricht überflog. Sie wurde blass und ihre Hand bedeckte ihren Mund, als würde sie einen Schrei unterdrücken.

„Stimmt etwas nicht?", fragte er und spürte eine Bedrohung. Aus Gewohnheit ließ er seinen Blick durch den Raum schweifen und überprüfte durch die Fenster die Umgebung draußen, aber er entdeckte keine offensichtliche Gefahr außer dem, was in dem Brief stand.

„Was?" Ihre Stimme war distanziert, als käme sie tief aus ihrem Inneren.

„Der Brief", beharrte er. „Schlechte Nachrichten?"

Sie schüttelte den Kopf. „Nein, nur … ähm … unerwartet, das ist alles. Lassen Sie mich einfach …" Sie faltete das Blatt Papier vorsichtig und ging zu ihrem Schreibtisch, wo sie eine Schublade öffnete und es hineinstopfte. Eine Sekunde lang blickte sie nach unten und legte ihre Hand auf ihren Bauch, als würde ihr schlecht werden. Dann hob sie den Kopf und ihre haselnussbraunen Augen trafen seine. All die Lebensfreude war daraus gewichen. Was zur Hölle stand in diesem Brief?

„Soll ich das recyceln?" Ellerys Frage hallte laut durch das ruhige Klassenzimmer. Sie hielt zwei verschiedene Mülleimer hoch.

„Ja, das ist okay“, sagte Imogen und zwang sich für das Mädchen zu einem Lächeln, „weil es hauptsächlich Papier ist.“ Imogen kehrte an seine Seite zurück und tat so, als wäre alles in Ordnung. Er hatte nicht das Recht, sie weiter zu befragen, sosehr er es auch tun wollte. Aber sie war nett zu ihm gewesen und er wollte sich bei ihr revanchieren, wenn er konnte. Auch wenn dies nicht der richtige Zeitpunkt für ihn war, um sich mit den Problemen anderer Menschen zu befassen. Er hatte selbst mehr als genug.

KAPITEL DREI

Patrick fuhr nach Hause, schloss die Tür auf und ließ seine Schlüssel auf das Tablett im Eingangsbereich fallen. Er liebte dieses kleine Haus, das er von seiner Großmutter geerbt hatte. Es war eher ein Cottage mit drei kleinen Schlafzimmern im Obergeschoss und Wohnraum im Erdgeschoss, aber der Standort war großartig. Es befand sich am Ende einer Straße und in der Nähe gab es Wälder für idyllische Spaziergänge.

Als Kind hatte er diese Wälder erkundet und danach Schlammspuren im Haus hinterlassen. Er konnte fast die Stimme seiner Großmutter hören, wie sie ihn sanft schimpfte. Manchmal glaubte er, den Duft der Ingwerkekse wahrzunehmen, die sie nur für ihn gebacken hatte. Langsam hatte er das Cottage zu seinem Zuhause gemacht, aber die Erinnerungen an seine Großmutter waren geblieben, wie etwa die Spitzenvorhänge an den langen Fenstern und die Dekorationen in der Küche. Er hatte sich dort immer willkommen gefühlt, so als wäre er Teil einer Familie.

Bis jetzt. Er fühlte sich ohne Ellery so leer, dass es ihn überraschte. Sicher, er liebte sie – sie war seine Tochter. Aber er hatte sich nie wirklich darauf konzentriert, was das bedeutete. Er hatte nie darüber nachgedacht, was er ihnen beiden vorenthielt, indem er sein Leben größtenteils so weiterführte, als ob sie nicht existierte. Sie war nur gelegentlich in diesem Haus gewesen, während er Urlaub hatte. Diese Gelegenheiten waren selten gewesen – und das lag an ihm. Er hatte keine Anstrengungen unternommen, um die Situation zu ändern, sodass sie nur wenige Möglichkeiten gehabt hatten, sich wirklich kennenzulernen. Dieses Versagen war in Imogens Klassenzimmer offensichtlich gewesen und er bedauerte jede verpasste Chance, mit Ellery zusammen zu sein. Er musste so viel wiedergutmachen, wenn das Jugendamt es zuließ.

Eine Autotür, die in der Einfahrt zugeschlagen wurde, erregte seine Aufmerksamkeit und er zog den Vorhang zurück. Mit einem Grinsen trat er auf die Veranda, um seinen Bruder zu begrüßen, der eine SMS geschickt hatte mit dem Vorschlag, zusammen zu Abend zu essen. Todd sprang die Stufen hinauf, umarmte ihn und schlug ihm fest auf den Rücken.

„Mein Gott, es ist schön, dich zu sehen“, sagte Todd, als die Umarmung endete.

„Gleichfalls“, antwortete Patrick und fühlte sich emotionaler als gewöhnlich. Er und Todd standen sich näher als die meisten Brüder, was ihrer Kindheit geschuldet war. Sie sprachen selten von ihrer Mutter, die die Familie verlassen hatte, als Patrick acht Jahre alt gewesen war und Todd erst zwei. Sie war kurz danach gestorben. Diese Erfahrung hatte ihre Bindung sehr eng gemacht, weil Patrick die Verantwortung für seinen jüngeren Bruder übernommen hatte. Ihr Vater war ein guter Mann gewesen und hatte für seine Söhne sein Bestes getan, aber auch er war jung gestorben. Inzwischen war es fünf Jahre her. Es fühlte sich wie eine Ewigkeit an.

„Ich habe Pizza und Bier im Auto“, sagte Todd. „Lass uns auf der

Veranda essen.“ Er ging zurück zu seinem Auto, öffnete die Hintertür und holte eine Pizzaschachtel und einen Sixpack heraus.

„Bier? Solltest du nicht für die Abschlussprüfung lernen?“ Todd war ein paar Wochen von seinem College-Abschluss in Kommunikationswissenschaften entfernt.

„Ich liebe dich auch, großer Bruder.“ Todd grinste ihn an und gab seine übliche Antwort auf Patricks Versuch, ihm vorzuschreiben, was er tun sollte. Er stellte die Pizzaschachtel und das Bier auf den Tisch zwischen den Schaukelstühlen auf der Veranda. „Nimm Platz und entspanne dich.“

Patrick setzte sich und wusste, dass es sinnlos war, den Versuchen seines Bruders, sich um ihn zu kümmern, Widerstand zu leisten. Irgendwann in den letzten Jahren war Todd erwachsen geworden und hatte beschlossen, Patrick so zu helfen, wie er ihm geholfen hatte, als sie jünger gewesen waren. Das Problem war, dass Patrick nicht gut darin war, sich bemuttern zu lassen.

„Hier ist es großartig.“ Todd setzte sich auf einen Schaukelstuhl und legte seine Füße auf das Geländer, bevor er sich ein Bier aufmachte.

„Du bist hier immer willkommen, außer wenn du lernen musst.“ Patrick warf ihm einen Blick zu und griff nach einem Stück Pizza.

„Entspanne dich“, wiederholte Todd und trank die Hälfte seines Biers. „Meine Kurse laufen großartig. Noch zwei Prüfungen und ein Projekt, dann bin ich frei. Du kommst zu meiner Abschlussfeier, oder?“

„Ich würde sie für nichts auf der Welt verpassen.“ Patrick widerstand dem Drang, Todd zum Lernen zu ermahnen. Es war seine zweite Natur, ihn im Auge zu behalten, aber er wusste, dass es keinen Grund zur Sorge gab, da Todd es jedes Semester auf die Bestenliste des Dekans geschafft hatte. „Irgendwelche Jobaussichten?“

„Ein paar. Ich hatte ein Vorstellungsgespräch bei *Alden Electronics*. Sie haben eine offene PR-Position, die gut zu mir passt, denke ich. Und nächste Woche habe ich ein Vorstellungsgespräch im Krankenhaus für die Position des stellvertretenden Direktors des dortigen Community-Outreach-Programms."

„Beide in der Nähe? Suchst du auch anderswo?", fragte Patrick und war besorgt darüber, dass Todd seinen Suchradius zu sehr einschränkte.

„Ein bisschen", sagte Todd, „aber ich weiß nicht, ob ich umziehen will."

„Jetzt ist es an der Zeit, dir die Welt anzusehen, kleiner Bruder. Raus aus Hartsville", sagte Patrick und erinnerte sich daran, dass seine Erfahrungen sich sehr von denen seines Bruders unterschieden. Er war direkt nach der Highschool für das SEAL-Training auf die Navy-Akademie gegangen. Danach war er in allen Winkeln der Welt gewesen, was er genossen hatte – auch wenn er dabei nicht die üblichen Touristenattraktionen gesehen hatte.

Todd grinste. „Das gilt für dich. Nicht für mich. Mir gefällt es hier. Das Kleinstadtleben passt zu mir und ich bin lieber zu Hause als du."

„Denke zumindest darüber nach", ermutigte Patrick ihn. „Es muss nicht dauerhaft sein. Du kannst jederzeit zurückkommen. Aber du solltest versuchen, in einer großen Stadt oder einem anderen Teil des Landes zu leben." Patrick hoffte, dass Todds Gründe dafür, in der Gegend bleiben zu wollen, echt waren und nichts mit seinem Verantwortungsbewusstsein zu tun hatten. Er brauchte niemanden, der auf ihn aufpasste.

Sie aßen und unterhielten sich. Todd informierte ihn über lokale Ereignisse und darüber, was bei gemeinsamen Bekannten los war. Patrick erzählte seinem Bruder eine bereinigte, offizielle Version seiner letzten chaotischen Mission. Als die Sonne am Horizont unterging und die Pizza fast verschwunden war, sprach Todd ein Thema an, das Patrick gemieden hatte. Er wusste, dass Todd wahrscheinlich alle Details wollte, seit er hergekommen war, aber er hatte Patrick zuerst essen lassen. Ein weiteres Anzeichen dafür, dass Todd versuchte, sich um ihn zu kümmern.

„Ellery tut mir so leid“, sagte Todd. „Ich hatte keine Ahnung, was bei ihr los war. Armes Kind.“

„Es ist nicht deine Schuld“, sagte Patrick. Selbst wenn sich jemand von der örtlichen Polizei oder dem Jugendamt wegen Ellery mit Todd in Verbindung gesetzt hätte, hätte er kein Recht gehabt, sie zu sich zu holen. Noch etwas, das Patrick in Bezug auf seine Tochter schlecht geplant hatte.

„Vielleicht, aber ich war nur eine Stunde entfernt. Ich hätte ihr helfen oder zumindest versuchen können, eine Nachricht an dich weiterzuleiten.“

„Ich bezweifle, dass du mich erreicht hättest, und du musstest dich auf dein Studium konzentrieren. Du konntest nicht die Verantwortung für eine Sechsjährige übernehmen.“ Patrick wollte nicht, dass Todd sich deswegen Vorwürfe machte.

„Sie ist einer der wenigen Menschen auf der Welt, mit denen ich verwandt bin. Ich hätte alles für sie getan“, sagte Todd und erinnerte Patrick daran, dass sein Bruder vielleicht besser verstand, was Familie bedeutete, als er selbst. Er hatte sich seiner Verantwortung als Vater entzogen, bis die Situation eskaliert war.

„Du kannst uns beiden jetzt helfen, indem du den Papierkram ausfüllst, den das Jugendamt benötigt. Du und Anderson seid meine Charakterreferenzen und ich muss leider sagen, dass sie wahrscheinlich sowohl euren als auch meinen Hintergrund überprüfen werden.“

„Sie werden nichts finden außer vielleicht ein paar Strafzettel“, sagte Todd. „Was passiert danach?“

„Das Team des Jugendamts untersucht ab Montag alles, was mit mir und Ellery zu tun hat. Sie überprüfen meine Dienstakte und sprechen mit meinem befehlshabenden Offizier. Ich muss einen Psychologen aufsuchen, um seine Einschätzung zu erhalten. Ellery auch. Und wenn alles gut geht, habe ich eine Chance auf das Sorgerecht."

„Das klingt aufwendig und nervenaufreibend", sagte Todd, „aber am Ende wird es sich lohnen."

„Das denke ich auch." Er versuchte ruhig zu klingen, aber er wollte, dass alles bald vorbei war, damit er Ellery nach Hause bringen und eine Beziehung zu ihr aufbauen konnte.

„Wie war der heutige Besuch?", fragte Todd. Patrick war überrascht, dass sein Bruder so lange gebraucht hatte, um diese Frage zu stellen.

„In Ordnung, denke ich. Wir haben uns in Ellerys Vorschulklassenzimmer unter der Aufsicht ihrer Lehrerin getroffen. Wir haben versucht, ein Schiff aus Papier zu basteln, und dabei ein riesiges Durcheinander gemacht. Sie ist gewachsen, seit ich sie das letzte Mal gesehen habe." Ellery musste in den letzten sechs Monaten etwa sieben Zentimeter größer geworden sein und etwas an ihrer Einstellung war anders. Vielleicht war sie durch ihre Erfahrungen härter geworden.

„Das kann ich mir vorstellen." Todd öffnete ein weiteres Bier und nahm das letzte Stück Pizza. „Das letzte Mal, als ich sie gesehen habe, war im August, kurz vor deinem Einsatz. Bald wird sie nicht mehr so klein sein. Bist du bereit dafür?"

War er es? Die Erziehung eines Kindes war mit Herausforderungen verbunden. Aber er hatte sich ihnen schon einmal gestellt. „Es wird schwierig. Ich weiß nicht viel darüber, Vater zu sein." Insgesamt war er optimistisch, aber er konnte Todd seine Sorgen eingestehen. Patrick dachte darüber nach, wie mühelos Imogen mit den Momenten umgegangen war, als Ellery gedroht hatte, die Fassung zu verlieren. Imogen hatte mit ihren

Überredungskünsten geschafft, was er mit Kommandos versucht hatte. Er war direkt in einen Befehlston verfallen, was dazu geführt hatte, dass überall Klebstoff und Papier gelandet waren. Es wäre lustig gewesen, wenn es kein Hinweis auf die harte Schlacht wäre, die vor ihm lag.

„Du wirst es lernen“, sagte sein Bruder. „Ich habe noch nie gesehen, dass du an irgendetwas gescheitert bist.“

„Vielleicht, aber ich bin kein Naturtalent. Imogen schon.“

„Wer?“ Die Schatten wurden länger, aber Patrick konnte den neugierigen Ausdruck auf Todds Gesicht erkennen.

„Imogen Mendel, Ellerys Lehrerin.“

„Ich kenne sie!“ Todd lächelte sofort. „Wir arbeiten jeden zweiten Samstag zusammen bei der städtischen Essensausgabe. Ich wünschte, ich hätte gewusst, dass Ellery in ihrer Klasse ist. Dann hätte ich meine Nichte im Auge behalten können.“ Patrick war nicht überrascht, dass Imogen sich freiwillig für eine soziale Einrichtung engagierte. Sie schien ein großzügiger Mensch zu sein. „Sie ist fantastisch. Und verdammt hübsch.“

„Das ist sie.“ Patrick hatte sich nicht erlaubt, sich unter den gegebenen Umständen darauf zu konzentrieren, aber Imogen war eine Kombination aus hübsch und nett, die er noch nicht oft gefunden hatte. Wenn er nicht mitten in einem Sorgerechtsstreit gewesen wäre, in dem auch sie eine Rolle spielte, hätte er sie um ein Date gebeten. So wie es war, hoffte er, sie als Verbündete gegen das Jugendamt zu gewinnen. Die dortigen Mitarbeiter schienen viel von ihrem Urteil und ihrer Einschätzung der Lage zu halten. „Ich bin froh, dass Ellery jemanden in ihrem Leben hat, dem sie vertrauen kann.“

„Bald bist du das“, sagte Todd, „aber es wird nicht schaden, wenn sie auch anderswo Unterstützung bekommt. Und Imogen ist ein guter Mensch. Sie ist nett zu allen. Ich habe gesehen, wie sie die schwierigsten Leute zu allem Möglichen überredet hat. Sie braucht nie lange, um jemanden auf ihre Seite zu bringen.“

„Weißt du noch mehr über sie?“, fragte Patrick beiläufig. Er dachte an die Nachricht, die er gesehen hatte. Imogen hatte sie zerknüllt und in ihre Schreibtischschublade gestopft. Jemand war definitiv nicht auf ihrer Seite, wenn er ihre Reaktion auf den Brief richtig deutete. Er wollte fragen, ob Todd etwas über ein Problem wusste, das Imogen haben könnte, oder ob er Details über ihren Hintergrund kannte. Aber er hielt sich zurück. Es ging ihn nichts an und er glaubte nicht, dass sie es schätzen würde, ihr Diskussionsthema zu sein. Imogen hatte jedoch ein Geheimnis. Dessen war er sich sicher.

„Nicht wirklich. Nett, hübsch, fürsorglich, pünktlich“, antwortete Todd. „Das ist so ziemlich alles, was ich über sie weiß. Sie wirkt perfekt.“

Patrick hatte schon vor langer Zeit gelernt, dass niemand perfekt war, aber er fragte sich, ob Imogens Makel selbst verschuldet waren.

KAPITEL VIER

Imogen betrat den Konferenzraum mit den Mitarbeitern des Jugendamts und setzte sich an den Tisch. Dies war überhaupt nicht normal für sie. Nur einmal in ihrer Karriere war sie gebeten worden, in einem solchen Gremium zu sitzen, und es hatte ihr nicht gefallen. Es war für niemanden außer vielleicht den kaltherzigsten Menschen angenehm, über das Schicksal eines Kindes oder einer Familie zu entscheiden. Dabei waren tausend Dinge zu berücksichtigen.

Die leiblichen Eltern waren in den meisten Fällen die beste Wahl. Außer, wenn eine Mutter ihr Kind verlassen hatte. Imogen verzog das Gesicht. Wie konnte eine Frau das tun? Sie konnte sich so etwas nicht einmal vorstellen. Es war schon schmerzhaft genug für sie, sich am letzten Schultag vor den Sommerferien von ihren Vorschülern zu trennen. Patrick schien sich Ellery trotz seiner bisherigen Abwesenheit verpflichtet zu fühlen, sodass zusammen mit der Blutsverwandtschaft immerhin zwei Argumente für ihn sprachen. Er liebte seine Tochter, das war offensichtlich, aber …

Aber er schien Ellerys Natur – oder die Natur von Kindern im Allgemeinen – nicht zu verstehen. Und Ellery war etwas Besonderes. Sie war ein Energiebündel, das ständig in Bewegung war, aber genauso oft zu Boden stürzte, wie es durch die Luft schwebte. Das waren die harten Momente mit ihr. Zu Beginn des Schuljahres hatte Imogen Vertrauensprobleme bei ihr festgestellt. Als Ellery in eine Pflegefamilie gekommen war, hatten sie sich verstärkt und es waren Verhaltensauffälligkeiten dazugekommen. Die Kurse die Imogen in Kinderpsychologie belegt hatte, sagten ihr, dass Ellerys Schwierigkeiten auf die Umstände zurückzuführen waren, aber das machte es nicht einfacher, damit umzugehen.

Imogen rückte die Tagesordnung zurecht, auf der alle Personen und Agenturen aufgelistet waren, die an der heutigen Anhörung beteiligt waren. Bei einem leisen Rascheln an der Tür sah sie auf. Patrick Nelson kam herein. Er trug einen gut sitzenden dunklen Anzug und wurde von einem Mann in einer Navy-Uniform begleitet, der als JAG-Anwalt vorgestellt wurde. Offenbar war er Patrick von der Navy als Rechtsberater zur Seite gestellt worden.

Imogens Aufmerksamkeit blieb auf Patrick gerichtet und sie fragte sich, warum er keine Uniform trug. Sie hatte erst bemerkt, dass er Todds Bruder war, nachdem er am Samstag ihr Klassenzimmer verlassen hatte. Sie hätte es bemerken sollen. Sie sahen sich ähnlich, obwohl Patrick eine stärkere, dunklere Version seines jüngeren Bruders war. Todd war unbeschwert, fröhlich und lachte gern. Patrick war hart, schweigsam und weitaus heißer.

Sie schüttelte den Kopf und spielte mit dem Bleistift neben ihrer Tagesordnung. Es stand ihr nicht zu, darüber nachzudenken, wie sexy der Vater einer ihrer Schülerinnen war. Das war schrecklich unangemessen und außerdem war sie nicht an einer Beziehung interessiert. Sie konnte es nicht sein, nicht in ihrer Situation. Selbst ihre Anwesenheit bei dieser Sitzung machte sie nervös. Könnte sie Schwierigkeiten bekommen, weil sie unter einem falschen Namen in diese Sache involviert war? Oder könnte die Teilnahme ihren Schutzstatus irgendwie gefährden?

Sie schluckte schwer und versuchte, nicht voller Angst an den Drohbrief und die Anrufe zu denken, die sie in letzter Zeit erhalten hatte. Das hätte nicht passieren sollen, aber es war passiert. Dass ihr Betreuer beim Zeugenschutzprogramm nicht beunruhigt zu sein schien, frustrierte sie zusätzlich. Er hatte ihr gesagt, sie solle vorsichtig sein und abwarten, da es bis zum Prozessbeginn nicht mehr lange dauern würde. *Nur noch ein bisschen*, hatte er immer wieder gesagt. Sie befürchtete, dass die Drohungen noch intensiver werden würden, wenn der Prozess näher rückte.

Umso mehr Grund für sie, heute keine Aufmerksamkeit auf sich zu ziehen. Sie würde sprechen, wenn ihr eine direkte Frage gestellt wurde. Ansonsten würde sie ihre Gedanken für sich behalten.

„Jetzt, da alle hier sind, können wir anfangen", sagte Anita Hamilton, die leitende Mitarbeiterin des Jugendamts. „Ich möchte zunächst darauf eingehen, wie es dazu kam, dass Ellery jetzt in einer Pflegefamilie ist. Dann werden wir darüber diskutieren, ob Mr. Nelson das Sorgerecht für seine Tochter gewährt wird oder nicht. Im März …" Sie las aus einem Bericht vor und hielt regelmäßig inne, um Einzelheiten mit den anderen Sitzungsteilnehmern am Tisch abzustimmen. „Laut den Aufzeichnungen der *Hartsville Elementary School* und der Aussage ihrer Pflegefamilie hatte Ellery seit ihrer Aufnahme dort Wutanfälle und Trotzphasen."

Imogen zuckte bei dem Hinweis auf die Schulunterlagen leicht zusammen. Sie war in der Lage gewesen, Ellerys Verhalten in ihrem Klassenzimmer zu steuern, aber der Musiklehrer und die Pausenaufsicht hatten beide Zwischenfälle mit Ellery gehabt, die dazu führten, dass das Mädchen ins Büro des Direktors geschickt wurde. All dies war schriftlich dokumentiert und damit unbestreitbar.

„Ms. Mendel", fuhr Anita fort und wandte sich an Imogen. „Können Sie diese Berichte aus Ihrer Erfahrung bestätigen?"

„Diese Vorfälle haben sich tatsächlich ereignet, aber Ellery ist in vielerlei Hinsicht ein typisches Kind ihrer Altersgruppe", sagte Imogen, die sich ihre Worte im Voraus zurechtgelegt hatte. „Ihre Stimmung ist wechselhaft und manchmal mag sie es nicht, wenn man ihr sagt, was sie tun soll. Das ist häufig so bei Kindern, die sich noch an den Schulalltag gewöhnen müssen."

„Würden Sie sagen, dass sich ihr Verhalten nach dem Verschwinden ihrer Mutter verschlechtert hat?", fragte Anita und es schien, als ob sich alle am Tisch vorbeugten und auf Imogens Antwort warteten.

Imogen zögerte. Sie wollte, dass Patrick das Sorgerecht für seine Tochter bekam – in ihrem Herzen dachte sie, es sei das Beste für das Kind –, aber sie hatte auch Vorbehalte. Hatte Patrick die Fähigkeiten, ein schwieriges, stark belastetes Kind zu erziehen, das aufgrund seiner Erfahrungen möglicherweise mit psychischen Problemen konfrontiert war? Imogen war sich nicht sicher, also wählte sie ihre Worte sorgfältig.

„Ich habe einige Veränderungen gesehen. Nichts Dramatisches", sagte sie, „aber ich muss diese Frage zu einem gewissen Grad mit Ja beantworten." Vor einem Monat hatte Ellery einen spektakulären Wutanfall gehabt, nur weil sie gebeten worden war, ihren Platz in der Schlange wieder einzunehmen. Glücklicherweise hatten nur Imogen und ein anderer Lehrer es gesehen. Imogen war in der Lage gewesen, die Situation schnell zu entschärfen, ohne den Direktor oder den Schulpsychologen einzubeziehen. Sie hatte es der Pflegemutter gemeldet, als die Frau an jenem Tag gekommen war, um Ellery abzuholen.

„Und nachdem Sie Mr. Nelson mit seiner Tochter beobachtet haben, glauben Sie, dass er ein guter Vater für Ellery ist?", fragte Anita weiter und Imogen spürte alle Augen auf sich.

„Ich glaube, dass Mr. Nelson seine Tochter liebt und bei der Beantragung des Sorgerechts die besten Absichten hat", sagte sie aufrichtig, ohne deutlicher zu werden.

„Ich spüre ein *Aber* in Ihrer Aussage“, sagte ein anderer Mitarbeiter des Jugendamts. „Würden Sie das näher erläutern?“

Verdammt.

„So wie ich es verstehe, war Mr. Nelson für seine Tochter nie ein Vollzeitvater. Es wird eine Lernkurve geben, wie es bei allen Eltern der Fall ist, nur etwas später als sonst. Lassen Sie mich noch einmal wiederholen, dass die Liebe zwischen ihnen bereits eine gute Grundlage für die Entwicklung einer stärkeren Bindung ist.“ Sie hoffte, dass ihre ehrliche Antwort Patricks Chancen, Ellery zu bekommen, nicht schadete, aber sie konnte das Gremium nicht anlügen.

Danach ging die Diskussion dazu über, wie Patrick die Kinderbetreuung gewährleisten würde, wenn er auf SEAL-Missionen im Einsatz war. Patrick bestand darauf, dass er ein gutes Kindermädchen finden könne, das sich um Ellery kümmerte, während er weg war. Um das Argument zu bekräftigen, brachte der JAG-Offizier dokumentarische Beweise vor, aus denen hervorging, dass andere SEALs in ähnlichen Situationen gut zurechtkamen. Er sagte, es gebe keinen Grund zu der Annahme, dass Patrick dies nicht auch gelingen würde.

Der Großteil des Gremiums war davon jedoch nicht überzeugt. Die Diskussion ging weiter und stockte dann einige Minuten, als die Teilnehmer ihre Ansichten äußerten. Die meisten zögerten, Patrick offen zu beleidigen und seine Loyalität zu seiner Tochter infrage zu stellen, da er ein hochdekorierter SEAL war und eindeutig seinem Land gedient hatte, aber die Zweifel hingen in dem Konferenzraum schwer in der Luft. Später konzentrierte sich die Diskussion auf andere Themen, einschließlich der Frage, was passieren würde, wenn Patrick im Dienst getötet wurde. Wohin würde Ellery dann gehen? Der JAG-Offizier erklärte, dass alle Mitglieder von Spezialeinheiten verpflichtet seien, Vorkehrungen für Angehörige zu treffen, und dass dies natürlich geschehen würde. Patricks Bruder Todd wurde als potenzieller Vormund erwähnt.

Gerade als es so aussah, als würde die Diskussion weitergehen, wurde die Frage aufgeworfen, wie Patrick kontaktiert werden könne, falls Ellery während eines Einsatzes etwas zustieß. Wieder versicherte der JAG-Offizier, dass die Navy immer in der Lage sei, mit ihren Einheiten zu kommunizieren, falls es wirklich um Leben und Tod gehen sollte. Die Antwort stellte nicht alle im Raum zufrieden, aber Anita versuchte, die Diskussion voranzutreiben.

Imogen warf einen Blick auf die Uhr. Sie saßen seit mehr als zwei Stunden in dieser Besprechung, im Raum wurde es stickig und sie mochte ihre Rolle in diesem Durcheinander immer weniger. Wieder kam Ellerys Mutter zur Sprache und dann meldete sich eine Frau vom Jugendamt zu Wort, die Patrick am negativsten gegenüberzustehen schien.

„Ich frage mich", sagte sie, „wo all die väterliche Liebe, die Ms. Mendel bei Ihnen, Mr. Nelson, zu sehen glaubt, war, als Ellery in die Pflegefamilie gebracht wurde. Was sagt das über Sie aus?"

Imogen zuckte bei der Ungerechtigkeit der Frage zusammen. Patrick hatte sich auf einem Einsatz befunden und war sich der Situation überhaupt nicht bewusst gewesen. Sie hatte während der letzten Stunde den Mund gehalten, aber jetzt konnte sie sich nicht länger beherrschen. Sie ignorierte ihr Versprechen, still zu bleiben und keine unnötige Aufmerksamkeit auf sich zu ziehen, räusperte sich und wandte sich an die Frau.

„Mr. Nelson hatte keine Ahnung, was Ellerys Mutter tat. Wie auch?" Sie sah sich herausfordernd im Raum um. „Ich bin sicher, wenn er rechtzeitig informiert worden wäre, hätte er eingegriffen und verhindert, dass seine Tochter in die Pflegefamilie kam. Lassen Sie uns nicht vergessen, wer in dieser Situation wirklich schuld ist. Ellerys Mutter hat sie in der Obhut eines Kindermädchens zurückgelassen, ohne Geld und ohne Kontaktinformationen – weder von sich selbst noch von Mr. Nelson."

Wieder waren alle auf sie konzentriert, was sie noch nie gemocht hatte, vor allem nicht in dieser Situation. Es gab ihr das Gefühl, vor Gericht zu stehen. Sie verdrängte ihre Angst davor, Zeugin zu sein und einem Kreuzverhör standhalten zu müssen. Das würde noch früh genug passieren.

„Ms. Mendel hat mit ihrer Einschätzung recht", sagte der JAG-Offizier. „Captain Nelson ist nicht schuld und hätte die Handlungen der Mutter seines Kindes nicht vorhersehen oder kontrollieren können. Das ist keine vernünftige Fragestellung." Die stählerne Stimme des Offiziers beendete die Diskussion und eine Minute später wurden er und Patrick gebeten, den Raum zu verlassen, damit die anderen sich beraten und eine Entscheidung treffen konnten.

Imogen erhob sich von ihrem Stuhl und wollte den beiden folgen, aber Anita hielt sie auf. „Sie sind auch an dieser Entscheidung beteiligt. Falls Sie mit dem Prozess nicht vertraut sind … wir stimmen nicht ab. Wir diskutieren den Fall, bis wir uns einig sind."

Imogen setzte sich wieder hin und war entschlossen, so wenig wie möglich zu sagen. Einige der Anwesenden waren dagegen, dass Patrick das Sorgerecht bekam, aber die meisten waren kompromissbereit. Nach einer Stunde wurde ein Konsens erreicht und Patrick wurde zurück in den Raum gerufen.

Als er eintrat, sah er sich um und sein Blick fiel eine halbe Sekunde länger auf Imogen als auf die anderen. War er davon ausgegangen, dass sie sich für ihn einsetzen würde? Sie hatte getan, was sie konnte, aber sie verstand manche Vorbehalte der anderen.

„Mr. Nelson", begann Anita, als alle saßen. „Sie bekommen das *vorläufige* Sorgerecht für Ellery. Sie werden in Abständen von drei Monaten von diesem Gremium überprüft und sollten auf Besuche eines Mitarbeiters des Jugendamts vorbereitet sein. Sie müssen außerdem Vorkehrungen für Ellerys Betreuung treffen, während Sie im Dienst sind, und diese Vorkehrungen müssen von uns genehmigt werden. Ein formeller

Plan muss vor jedem Einsatz eingereicht und bewilligt werden, sonst wird das Sorgerecht widerrufen.“

Patricks Gesicht verhärtete sich, aber er sagte nichts und senkte nur zustimmend sein Kinn. Imogen hatte Mitleid mit ihm. Er musste gehofft haben, das Sorgerecht ohne weitere Bedingungen zu bekommen.

„Darüber hinaus empfehlen wir Ihnen dringend, die Mutter davon zu überzeugen, ihren Anspruch auf das Sorgerecht für Ellery offiziell aufzugeben. Sonst könnte sie zurückkommen und diese Entscheidung anfechten. Angesichts ihres Verhaltens ist es unwahrscheinlich, dass sie Zugang zu ihrer Tochter erhält, aber es würde zu einer erheblichen Störung in Ihrem Leben und dem von Ellery führen. Ihr Anwalt kann Sie beraten, wie Sie dabei vorgehen sollen. Haben Sie irgendwelche Fragen?“

„Wann bekomme ich Ellery?“

„Sie können sie am Samstagmorgen bei der Pflegefamilie abholen“, sagte Anita. „Ich vertraue darauf, dass das Zimmer in Ihrem Haus für sie bereit ist und dass Sie einen geeigneten Kindersitz im Auto haben.“

„Das habe ich“, sagte Patrick. Das Gremium hatte über sein Haus gesprochen und sich sogar Fotos davon angesehen. Das war ein Punkt, über den sich niemand gestritten hatte. „Wie lange ist das Sorgerecht nur vorläufig?“

„Wir werden es, wie gesagt, alle drei Monate überprüfen. Wenn Sie nachweisen können, dass es Ellery in Ihrer Obhut gut geht, und Sie die anderen Bedingungen erfüllen, werden wir zu einem späteren Zeitpunkt das dauerhafte Sorgerecht in Betracht ziehen.“

Der JAG-Offizier legte seine Hand auf Patricks Arm, als wollte er negative Reaktionen verhindern. Aber Patrick stand nur auf, nickte den Leuten am Tisch zu und ging schließlich mit dem Offizier aus dem

Raum. Imogen nahm ihre Sachen und folgte den beiden. Im Korridor hörte sie, wie Patrick sich mit dem Offizier unterhielt.

„Ich kann das nicht glauben. Sie ist meine Tochter", sagte Patrick gerade, als Imogen vorbeiging.

„So laufen diese Dinge", sagte der andere Mann. „Es hätte viel schlimmer kommen können."

„Vielleicht", sagte Patrick und Imogen spürte, wie seine Augen ihr folgten, bis sie um die Ecke bog.

KAPITEL FÜNF

Patrick legte seine Füße auf das Geländer der Veranda und balancierte einen Teller mit Käse, Trauben und Crackern auf seinem Schoß. Der Tag war nicht so verlaufen, wie er geplant hatte. Trotz der Warnungen des JAG-Offiziers hatte er gehofft, das Sorgerecht ohne weitere Bedingungen zu erhalten und Ellery sofort bei sich zu haben. Er hatte sich mehrmals auf die Zunge beißen müssen, als die Mitglieder des Gremiums ihre gegenteilige Meinung äußerten.

Das Gespräch mit Todd auf der Heimfahrt hatte ihm geholfen, sich zu beruhigen. Er bekam seine Tochter, nur nicht so, wie er wollte. Jedenfalls vorerst.

Er sah die Straße hinunter in Richtung Wald. Er liebte es, am Waldrand zu wohnen, wo es friedlich und sicher war. Es war ein guter Ort, um ein Kind großzuziehen. Er war dort herumgetobt, als das Haus seiner Großmutter gehört hatte, und er wollte das Gleiche für Ellery. Er konnte sich vorstellen, mit ihr zwischen den Bäumen herumzuwandern und ihr etwas über die Natur beizubringen.

Es war seine verdammte Schuld, dass er diese Erfahrungen noch nicht mit ihr gemacht hatte. Er hätte eine aktivere Rolle in ihrem Leben spielen und härter kämpfen können, um Rachel dazu zu überreden, ihn mehr Zeit mit Ellery verbringen zu lassen. Vielleicht wäre das alles nicht passiert, wenn er es getan hätte. Aber er konnte die Vergangenheit nicht ändern. Alles, was er tun konnte, war, vorwärtszugehen, aber der Gedanke, dass seine und Ellerys Zukunft von den Launen irgendwelcher Bürokraten abhing, war schwer zu akzeptieren.

Das Schwerste wäre allerdings, Rachel davon zu überzeugen, das Sorgerecht aufzugeben. Er hatte nicht einmal daran gedacht, dass sie zurückkommen und noch mehr Ärger machen könnte. Zur Hölle, er wusste nicht einmal, wo sie war. Das alles zehrte an ihm. Er trank seine Cola-Dose halb leer und stellte seinen Snack beiseite. Dann machte er die Augen zu und versuchte, ein wenig Ruhe zu finden. Sein Zorn würde Ellery oder der Situation nichts nützen. Mit geschlossenen Augen lauschte er den Geräuschen in seiner Umgebung. Vögel zwitscherten, Blätter raschelten in der Brise … ein Hund jaulte.

Welcher Hund? Keiner seiner Nachbarn besaß einen Hund, zumindest hatte er nie einen bemerkt. Er öffnete die Augen und ließ seine Füße auf den Verandaboden sinken. Dann sah er sie. Imogen wurde ein Stück die Straße hinunter von einem riesigen Welpen vorwärts gezerrt.

Was zum Teufel machte sie in seiner Nachbarschaft? Oh, verdammt, vielleicht wohnte sie sogar in seiner Nähe.

„Komm schon, Mr. Bubblesworth, das kannst du nicht tun. Langsamer.“ Sie schlug einen beruhigenden Ton an, der allerdings keinen Einfluss auf den Hund hatte. „Oh, bitte kaue nicht an deiner Leine.“

Es war mehr als offensichtlich, dass es der Hund auf die Leine abgesehen hatte. Bei der Geschwindigkeit, mit der er auf dem dünnen Lederriemen herumkaute, würde sie nicht mehr lange halten. Patrick hätte einfach ins Haus gehen sollen. Dies war nicht sein Problem und er war nicht in der Stimmung, mit jemandem zu sprechen. Besonders jemandem, der vorhin in jenem Raum gesessen hatte. Sie hätte ihm bei den anderen Mitgliedern des Gremiums mehr helfen können, aber sie hatte größtenteils geschwiegen. Abgesehen von dem einen Moment, als sie zu seiner Verteidigung gekommen war.

„Nein, nein, nein“, sagte Imogen, als der Hund noch schneller wurde und seinen Kopf hin und her bewegte. Plötzlich riss die Leine. Imogen wollte den Hund packen, aber er entkam ihr und sprang direkt auf Patrick und seinen Snack zu.

Oh, verdammt nein, Hund, dachte Patrick. *Mir ist in letzter Zeit zu viel weggenommen worden. Du bekommst meinen Käse nicht.*

Er trat an das Geländer der Veranda, als der Hund näherkam. Patrick konzentrierte sich auf das Tier, aber am Rande seines Sichtfelds nahm er wahr, wie Imogen auf ihn zulief. Ihre Haare flogen um ihr Gesicht und ein Ersatzbeutel für Hundekot hing aus ihrer Tasche.

„Sitz“, befahl er, als der Hund ihn fast erreicht hatte. Bei der Autorität in seiner Stimme landete der Hintern des Welpen sofort auf dem Boden. Patrick unterstrich das Wort, indem er nach vorn trat und seinen Finger auf die Schnauze des Hundes legte, damit er an Ort und Stelle blieb.

„Es tut mir so leid“, keuchte Imogen. „Mr. Bubblesworth ist noch nicht besonders gut erzogen.“

„Das ist offensichtlich“, kommentierte Patrick und behielt den hechelnden Hund im Auge. „Bleib.“ Er streckte Imogen die Hand hin. „Geben Sie mir die Leine.“

Sie reichte sie ihm. „Diese Leine hatte er schon, als er aus dem Tierheim kam. Ich hatte noch keine Gelegenheit, etwas Besseres zu kaufen“, sagte sie entschuldigend.

Der dünne Riemen war nicht für einen Hund dieser Größe gedacht. Patrick faltete ihn, damit er kürzer und doppelt so stark war. Dann band er ein Ende mit einem Navy-Knoten an den Ring am Halsband des Hundes, sodass ihn nicht einmal ein Hurrikan lösen konnte. „Das wird ihn vorerst im Zaum halten“, sagte Patrick und gab Imogen die Leine zurück. Nachdem der Hund versorgt war, sah er sie zum ersten Mal richtig an. Ihre Wangen waren vom Laufen gerötet, aber es war keine Anziehung, die er fühlte. Nicht dieses Mal. Stattdessen war es Verärgerung.

„Danke.“ Ihr Handy summte in ihrer Tasche und sie zuckte leicht zusammen, aber sie nahm es nicht heraus.

„Ihr Hund ist ein Biest“, sagte Patrick und erwartete ein wenig mehr Dankbarkeit für seine Hilfe dabei, das Tier unter Kontrolle zu bringen.

„Seien Sie nicht so streng mit ihm.“ Sie ließ ihre Hand sinken, um die Ohren des Hundes zu kraulen. „Er ist nur ein Welpe.“

Großartig. Sie hatte alles Mitgefühl der Welt für einen eigensinnigen Köter, aber nichts für ihn und seine Tochter. Er sollte aufhören und ihr sagen, dass sie ihren Hund mit dem lächerlichen Namen nehmen und gehen sollte. Aber so war er nicht. Er wollte eine Antwort von ihr.

„Warum haben Sie sich bei der Besprechung nicht stärker für mich eingesetzt?“, verlangte er zu wissen.

Sie trat einen Schritt von ihm zurück und sah beleidigt aus. „Ich habe getan, was ich konnte, aber ich musste die Wahrheit sagen. Das können Sie bestimmt verstehen.“

„Was soll ich verstehen? Dass ich kein guter Vater sein werde?“ Er durchbohrte sie mit seinem Blick.

„Das habe ich nicht gesagt“, verteidigte sie sich. „Mein Wunsch ist in erster Linie, dass Ellery in der bestmöglichen Situation ist.“

„Und bei mir ist sie das nicht?“

„Das habe ich auch nicht gesagt“, erwiderte sie. „Ich denke, Sie sollten das Sorgerecht bekommen, und das habe ich zum Ausdruck gebracht. Ihre Situation ist jedoch nicht ohne Mängel. Sie sind immer noch beim Militär, oder? Was passiert, wenn Sie wieder auf einen Einsatz geschickt werden? Ellery wurde schon einmal verlassen – wenn Ihre Kinderbetreuung nicht funktioniert und sie wieder in eine Pflegefamilie muss, weiß ich nicht, wie sie damit umgehen würde. Das war so schwer für sie."

Schuldgefühle quälten ihn angesichts dessen, was Ellery ertragen hatte, aber es würde nicht wieder vorkommen. Er würde vor seinem nächsten Einsatz einen Plan A *und* einen Plan B haben. Er musste nur herausfinden, wie genau das aussehen würde.

Ihr Handy summte zum zweiten Mal. Diesmal nahm sie es heraus und drückte eine Taste. Dann schob sie es wieder in ihre Tasche, bevor sie fortfuhr. „Hören Sie, ich denke, heute wurde die richtige Entscheidung getroffen. Ich verstehe, dass es nicht das ist, was Sie erwartet hatten, aber vielleicht haben Sie noch nicht alle Details durchdacht. Die Vorteile, meine ich. Da das Jugendamt weiterhin involviert sein wird, haben Sie Zugriff auf alle Ressourcen, die Sie brauchen."

„Ressourcen? Sie meinen wohl Leute, die mir sagen, was ich tun soll." Nachdem er viele Jahre beim Militär verbracht hatte, kannte er sich mit Befehlshierarchien aus, aber dies war weder eine Mission noch ein Krieg. Hier ging es um seine Tochter.

„Ja, im besten Sinne. Sie können an einem Erziehungskurs teilnehmen und etwas über die Bedürfnisse von Kindern in Ellerys Alter erfahren." Sie zögerte eine Sekunde, als erwartete sie, dass er ihr widersprechen würde. Er blickte finster drein, schwieg aber und wartete darauf, dass sie fortfuhr. „Und Sie haben Zugang zu einem Therapeuten für Ellery. Sie hat Verhaltensprobleme, wie Sie bei ihrem kleinen Wutanfall in meinem Klassenzimmer gesehen haben. Es wird Zeit und professionelle Hilfe brauchen, um daran zu arbeiten."

„Sie haben gesagt, dass die Anpassung an den Schulalltag manchen Kindern schwerfällt." Er konfrontierte sie mit ihren eigenen Worten. „Dass es nicht ungewöhnlich ist."

„Das ist es auch nicht unbedingt, aber Ellerys Verhalten ist besorgniserregend, seit sie in die Pflegefamilie aufgenommen wurde. Sie braucht eine Therapie und das können Sie über das Jugendamt bekommen. Es wird wahrscheinlich sogar offiziell angeordnet werden.“

„Ihr wird es besser gehen, wenn sie hier bei mir ist“, sagte er. War er überfordert? Vielleicht ein bisschen, gab er zu. Aber sie war ein kleines Mädchen. Wie schwer könnte es sein?

„Was ist Ihr Plan, um einen Wutanfall zu deeskalieren? Schreien? Ihr sagen, dass sie sich hinsetzen soll?“, sagte Imogen mit einem spitzen Blick auf den Hund. „Bei einem traumatisierten Kind brauchen Sie einen anderen Ansatz.“

„Glauben Sie wirklich, dass ich so etwas tun würde?“, knurrte er. Die Selbstkontrolle, die er normalerweise problemlos aufrechterhalten konnte, begann zu wanken. Ihr verdammtes Handy klingelte erneut und er zwang sich, nicht zu schreien.

„Entschuldigung, ich wollte es lautlos stellen“, sagte sie. „Falsche Taste.“ Sie tippte fest auf den Bildschirm und drehte sich dann zu ihm um. Ihr Gesichtsausdruck wurde weicher. „Ich denke, Sie wissen nicht, was Sie tun sollen. Es ist nicht intuitiv.“

„Ihnen scheint es leichtzufallen“, sagte er. Bei Imogen wirkte der Umgang mit Kindern so einfach. Er war wirklich beeindruckt davon gewesen, wie sie mit dem Klebstoffdrama umgegangen war.

„Stimmt“, sagte sie lächelnd, „aber ich unterrichte schon eine Weile. In meinem ersten Jahr war ich nicht so gut – obwohl ich an der Universität die theoretischen Grundlagen studiert hatte. Es braucht Übung. Glauben Sie mir, wenn mir nicht einige ältere und klügere Lehrer zur Seite gestanden hätten, wäre ich völlig gescheitert.“

„Also werde ich um Rat fragen, wenn ich ihn brauche“, sagte er. *Sobald die Hölle gefriert.* Aber das fügte er nicht hinzu.

„Oder Sie könnten einsehen, dass Sie es nicht allein schaffen, und sich von Anfang an Hilfe holen. Als SEAL arbeiten Sie auch nicht allein, oder? Ich weiß nicht viel darüber, aber ich dachte, Sie arbeiten in Teams mit Leuten aus verschiedenen Spezialgebieten. Das Jugendamt gibt Ihnen das Team, das Sie brauchen, im Gegenzug dafür, dass es Sie eine Weile im Auge behält. Das ist kein schlechtes Geschäft."

„Ellery braucht Unterstützung, nicht ich." Er würde tun, was nötig war, um Ellerys Leben besser zu machen, aber er mochte es nicht, um Hilfe für sich selbst zu bitten. Er war jedoch beeindruckt von ihrer Argumentation. Ihr Versuch, eine Analogie zu verwenden, die sich auf sein Leben bezog, war schlau. War das eines der Dinge, die sie in ihrem Job gelernt hatte?

„Sie brauchen beide Unterstützung", sagte sie mit einer Lehrerinnenstimme, die keine Widerrede zuließ.

Er war immer noch nicht überzeugt davon, aber er fühlte sich ein wenig besser in Bezug auf seine Situation, nachdem er ihre Perspektive gehört hatte. Vielleicht war der heutige Tag doch nicht so schlimm, wie er ursprünglich gedacht hatte.

Imogen spannte sich an, als ihr Handy erneut summte.

„Sollten Sie den Anruf nicht annehmen?", fragte er. „Anscheinend versucht jemand dringend, Sie zu erreichen."

„Nein", sagte sie mit steifen Schultern. „Es ist nichts, was ich hören muss."

Was war hier los? „Lassen Sie mich sehen", sagte er und streckte seine Hand aus. Wurde sie von einem Ex-Freund belästigt? Sie schüttelte den Kopf und seufzte. „Geben Sie mir das Handy", wiederholte er.

Ihre Lippen bildeten eine schmale Linie, aber sie reichte es ihm. Er drückte die Taste, um den Anruf anzunehmen. Sofort stieß eine Männerstimme Drohungen und Schimpfwörter aus, die so hart waren, dass sogar Patrick blinzelte, aber er hörte sich jedes Wort an, bis die Verbindung abbrach. Seine Augen konzentrierten sich auf Imogen. Sie hatte ihren Kopf gesenkt und kraulte die Ohren des Hundes, als hätte sie Angst, seinem Blick zu begegnen.

„Himmel, was war das?“, fragte er. Er war fassungslos über die Bösartigkeit dessen, was er gehört hatte.

„Ich …“ Sie schauderte und beendete den Satz nicht.

Er sah sich die Anrufliste an und entdeckte eine Reihe von Anrufen, die im Abstand von zwei oder drei Minuten von verschiedenen Nummern eingegangen waren. Dies war ein Angriff. Und bei der Nachricht, die er gehört hatte, war ihm innerlich kalt geworden. Der Anrufer hatte gedroht, sie zu verstümmeln oder zu töten, wenn sie nicht den Mund hielt und Stillschweigen bewahrte. Aber worüber sollte sie den Mund halten? Woran könnte eine Vorschullehrerin beteiligt sein, das so viel Feindseligkeit hervorrief?

„Sie versuchen nur, mich einzuschüchtern.“ Ihre Stimme war ein Flüstern.

„Hängt das mit dem Brief in Ihrem Klassenzimmer zusammen?“ Er erinnerte sich an ihre Reaktion darauf. Er hatte sie seltsam intensiv gefunden, aber sie hatte eindeutig Grund zur Angst.

„Ja“, gab sie seufzend zu. „Können Sie vergessen, dass Sie das gehört haben? Bitte.“

„Keine Chance.“ Sein Beschützerinstinkt war tief in ihm verankert. Er konnte das nicht ignorieren. „Sagen Sie mir, was los ist“, verlangte er.

„Das sollte ich nicht“, entgegnete sie und sah sich nervös um, „aber ich habe niemanden, dem ich vertrauen kann.“

Er hatte die Umgebung bereits überprüft und nichts Ungewöhnliches entdeckt, aber ihr Standort war leicht einsehbar. „Kommen Sie rein“, sagte er und wusste, dass sie in seinem Haus sicher sein würde, was die Bedrohung auch sein mochte.

„Mr. Bubblesworth auch?“, fragte sie mit einem Blick auf den riesigen Welpen.

„Er auch.“ Patrick stieg die Stufen hinauf, öffnete die Tür und wartete darauf, dass sie und der Hund vor ihm durchgingen. Sobald er die Tür hinter sich abgeschlossen hatte, drehte er sich zu ihr um und wartete auf eine Erklärung.

„Ich sollte nicht darüber reden“, sagte sie und streichelte den Hund.

Er nahm die Leine, zog den Hund zu sich und schwieg. Er hatte schon genug Verhöre durchgeführt, um zu wissen, dass sie gleich nachgeben und ihm alles erzählen würde. Alles, was es brauchte, war ein wenig Geduld und Zeit.

„Ich …“ Sie kniff die Augen zusammen. „Sie dürfen es niemandem weitersagen. Verstehen Sie?“ Er nickte. „Ich soll diesen Sommer in einem Prozess aussagen, aber der Angeklagte ist … mächtig.“ Sie umklammerte eine Hand mit der anderen. „Und meine Aussage würde ihm schaden. Ich weiß nicht, wie er herausgefunden hat, wo ich bin, aber er und seine Männer sind unerbittlich.“

„Sind Sie im Zeugenschutz?“, riet er. Er glaubte selbst nicht ganz daran, als er es sagte, aber es passte zu dem, was sie erzählt hatte.

Ihre Augen fanden seine und sie brauchte nicht zu antworten. Es stand ihr ins Gesicht geschrieben.

„Haben Sie die Belästigungen Ihrem Betreuer gemeldet?“, fragte er wohl wissend, dass ihr wahrscheinlich ein Agent zugewiesen worden war, der sie bei Bedarf an einen anderen Ort bringen konnte. In solchen Situationen reagierten sie normalerweise schnell. „Er sollte Ihnen helfen.“

Sie schnaubte leise. „Darauf würde ich nicht wetten.“

KAPITEL SECHS

Mr. Bubblesworth zerrte an der Leine bei dem Versuch, in Patricks Wohnzimmer zu gelangen. „Tut mir leid. Ich kann ihn nehmen“, sagte sie. „Das liegt an der neuen Umgebung, wissen Sie? Zu viel Aufregung für einen Welpen.“

„Ich werde mich um ihn kümmern.“ Patrick starrte auf den Hund hinunter und Mr. Bubblesworth winselte leise, bevor er stillhielt. „Kommen Sie.“ Er ging ihr voran in den Raum und bedeutete ihr, sich zu setzen. Er ließ sich ihr gegenüber in einen Sessel fallen und behielt den Hund neben sich.

Sie sah sich schnell um und war überrascht, wie gemütlich es war. Die Möbel waren schon älter, aber in einem ordentlichen Zustand. Sie betrachtete sie neugierig. Mit ein wenig Stoff und ihrer Nähmaschine könnte sie die Couch und den Sessel neu beziehen, ein paar Kissen machen und alles im Shabby-Chic-Stil gestalten. Vielleicht noch neue Vorhänge an den Fenstern …

Was dachte sie da? Sie war nicht seine Innenarchitektin. Trotzdem waren Nähen und Gestalten ihre Zuflucht in schwierigen Zeiten. Und die Zeiten waren gerade sehr schwierig. Sie hatte keine Unterstützung mehr, was die einzige Erklärung dafür war, dass sie gegen die Grundregeln des Zeugenschutzes verstoßen und zugegeben hatte, dass sie sich darin befand. Ihr Betreuer hatte sie davor gewarnt, aber er hatte nichts getan, um ihr zu helfen, seit die ständigen Bedrohungen begonnen hatten.

Sie zitterte bei der Erinnerung an den Brief und die telefonischen Nachrichten.

„Was hat Sie dazu veranlasst, sich im Zeugenschutz einen Hund zu besorgen?“ Patricks Stimme klang misstrauisch. „Ist er Teil Ihrer Tarnung?“

„Nein.“ Verstand er nicht, warum sie Angst hatte? Er musste es tun, nachdem er einen dieser Anrufe gehört hatte. „Ich habe ihn mir zum Schutz geholt. Er wird einmal riesig und einschüchternd sein. Ein großartiger Wachhund.“

Patrick sah den Hund zweifelnd an. „Ja, genau. In ungefähr fünf Jahren, wenn Sie es schaffen, ihn zu trainieren.“

„Es ist schön, ihn bei mir zu haben“, sagte sie und ihre Stimme verlor etwas von ihrer Schärfe. „Ich war … einsam, da es unmöglich ist, wahre Freunde zu finden, während ich eine Lüge lebe.“ Sie verstand sich gut mit einigen der anderen Lehrer, aber sie musste zu viel über ihren Hintergrund verbergen. Hinzu kam, dass die meisten von ihnen deutlich älter waren als sie. Ihr soziales Leben bestand darin, jeden zweiten Samstag bei der städtischen Essensausgabe zu arbeiten. Keine Verabredungen, kein Grund, ihre Kollektion schöner Schuhe zu tragen, kein Moment, in dem sie nicht über ihre Schulter sah. Sie seufzte fast.

„Wenn der Prozess diesen Sommer stattfindet, müssen Sie nicht mehr lange so leben“, sagte er.

„Ich hätte wohl abwarten können, denke ich“, gab sie zu, „aber als ich sah, dass auf Craigslist ein Schäferhundwelpe kostenlos angeboten wurde, konnte ich nicht widerstehen. Sein Foto war bezaubernd."

„Kaum zu glauben, dass dieser ungezogene Kerl kostenlos war." Patrick riss die Leine zurück, kurz bevor Mr. Bubblesworth in die Fernbedienung beißen konnte, die auf der Armlehne seines Sessels lag.

Imogen verspürte eine Welle der Verärgerung über den sarkastischen Kommentar. „Schäferhunde haben starke Kiefer. Das finde ich beruhigend. Vergessen Sie nicht, dass jemand es auf mich abgesehen hat." Wenn sie nur die Hälfte von dem taten, was sie ihr androhten, war es absolut furchterregend.

„Tut mir leid", sagte Patrick. „Vielleicht sollten Sie mir mehr Details über Ihre Situation geben."

„Ich …" Sie zögerte, aber sie musste sich jemandem anvertrauen. „Ich habe eines Abends eine Schulveranstaltung verlassen und wollte noch in Grants Büro vorbeischauen, um ihn zu überraschen."

„Grant?"

„Mein … Ex-Freund", sagte sie. „Wie auch immer, ich habe hinter der Baufirma geparkt, die seinem Vater gehört, und wollte gerade aus meinem Auto steigen, als ich sah, wie zwei Kerle einen Mann zu einem SUV zerrten. Er wehrte sich, aber nur schwach." Sie zitterte. Ihr ganzes Leben hatte sich in diesem Moment verändert und sie hatte es nicht einmal bemerkt. „Als sich die Autotür öffnete, sah ich Grants Vater in dem SUV. Die beiden Schläger stießen den Mann hinein und ich sah, dass seine Hände und Füße gefesselt waren. Es war, als wäre ich erstarrt. Ich wusste nicht, was ich tun sollte. Grants Vater hatte mich immer so gut behandelt, dass ich mir nicht vorstellen konnte, dass er … jemanden verletzen könnte. Also fuhr ich nach Hause und versuchte, das alles zu verarbeiten. Ich hätte fast die Polizei gerufen, aber was hätte ich sagen können?"

„Und was ist dann passiert?" Patricks Stimme war überraschend sanft.

„Zunächst nichts. Aber zwei Tage später lag im Lehrerzimmer die Lokalzeitung auf dem Tisch. Auf der ersten Seite war ein Foto des Mannes, den ich gesehen hatte, und in der Überschrift stand, dass er vermisst wurde. Ich wusste, dass ich nicht länger schweigen konnte. Ich habe die Schule verlassen und bin direkt zur Polizei gefahren."

„Wurde der Mann gefunden?"

„Ja. Er war so schlimm verprügelt worden, dass er sich an fast nichts erinnerte, als er endlich aus dem Koma erwachte." Wieder wurde sie von Schuldgefühlen gequält. „Ich wünschte … ich wünschte, ich hätte in jener Nacht die Polizei gerufen, aber ich glaubte einfach nicht, dass Grants Vater ein bösartiger Mann war."

„Also können Sie bezeugen, dass Sie gesehen haben, wie dieser Mann von Grants Vater gegen seinen Willen festgehalten wurde?"

„Ja."

Sie hatte schon eine Million Mal an jenen Tag zurückgedacht, sich vorgestellt, wie es anders hätte ausgehen können, und alle möglichen ‚Was wäre wenn'-Szenarien durchgespielt. Was, wenn sie in jener Nacht nicht angehalten hätte? Was, wenn sie auf dem vorderen Parkplatz geparkt hätte? Was, wenn sie geschwiegen hätte?

Nein, das hätte sie nicht tun können.

„Das alles war schon schlimm genug, aber als die Ermittlungen begannen, bekam ich Drohungen und anonyme Warnungen, nicht auszusagen. Sie waren so beängstigend, dass ich der Staatsanwaltschaft davon erzählte. Es stellte sich heraus, dass dieser Fall Teil von etwas Größerem sein könnte, das mit dem organisierten Verbrechen zu tun hat. Die Staatsanwaltschaft kam daher zu dem Schluss, dass angesichts des Risikos ein Platz im Zeugenschutzprogramm für mich gerechtfertigt war." Sie versuchte zu lächeln, aber es funktionierte nicht allzu gut. „Ich bin nicht sicher, ob es geholfen hat, aber ich denke, es könnte schlimmer sein. Wenn alles vorbei ist, bekomme ich hoffentlich mein Leben zurück. Ich war Lehrerin, nur … woanders.“ Sie würde Mr. Bubblesworth, der sich gerade ächzend auf den Teppich fallen ließ, behalten. Er würde eine Erinnerung an diese Zeit sein, aber keine traurige.

„Kehren Sie nach Hause zurück, wenn es vorbei ist?“, fragte Patrick.

Sie zuckte mit den Schultern. Sie konnte nicht über den Prozess hinaus denken und da zu Hause niemand Besonderes auf sie wartete, hatte sie sich noch nicht entschieden. Grant hatte sich, vielleicht verständlicherweise, in dieser Situation auf die Seite seines Vaters gestellt, also war ihre Beziehung vorbei.

„Wann haben die Drohungen begonnen? Ich meine, die Drohungen nach Ihrem Eintritt in den Zeugenschutz.“

Die Details schienen ihm wichtig zu sein und darüber zu sprechen – obwohl sie wusste, dass sie es nicht sollte – war eine Erleichterung, also fuhr sie fort. „Vor ein paar Monaten.“ Sie hatte die erste Nachricht als Zufall abgetan, aber dann hatte es mehr gegeben. „An manchen Tagen kommen nur wenige Anrufe und ich denke, es könnte vorbei sein. Und dann gibt es Tage wie heute. Ich denke, sie intensivieren die Kampagne, um mich einzuschüchtern.“

„Sie müssen sich fragen, ob Ihre Aussage Ihr Leben wert ist“, sagte er. „Diese Drohungen klangen echt.“

„Ich kann jetzt nicht aufgeben. Das wäre falsch.“ Ihr Moralkodex würde es nicht zulassen und der Staatsanwalt hatte klargestellt, dass ihre Aussage für den Fall wesentlich war.

„Ist Ihnen Ihr Betreuer keine Hilfe?“

Sie schüttelte den Kopf. „Ich habe es ihm erzählt, als die Drohungen begannen und immer wieder kamen, aber er sagte, ich solle sie einfach ignorieren und abwarten.“

„Was bedeutet, dass ein Umzug keine Option ist“, fuhr Patrick fort. „Es muss jemanden geben, dem Sie vertrauen können. Was ist mit Ihrer Familie?“

„Keiner meiner Verwandten lebt in der Nähe. Meine Eltern sind beide schon tot.“ Oh Gott, sie vermisste sie. Sie waren ruhige, starke Menschen gewesen und sie hatte sich in den letzten Monaten immer wieder gewünscht, sie um Rat fragen zu können. Aber ihre Mutter war vor drei Jahren an Krebs gestorben und ihr Vater war genau ein Jahr nach dem Tod ihrer Mutter beim Joggen von einem Auto überfahren worden. Seitdem fühlte sie sich orientierungslos.

„Das tut mir leid“, sagte er und klang viel mitfühlender als zuvor. Plötzlich bemerkte sie, dass sie sich hier in seinem Wohnzimmer wohlfühlte. Nicht nur wohl, sondern *sicher* auf eine Weise, die sie schon länger als sie sich erinnern konnte, nicht mehr empfunden hatte. Diese Empfindung könnte jedoch auch von ihm kommen, nicht von diesem Ort. Sie sah ihn an und er musste etwas auf ihrem Gesicht gesehen haben, denn er verließ seinen Sessel und setzte sich neben sie. Sein Arm legte sich auf die Rückenlehne der Couch und streifte fast ihre Schultern.

„Ich habe Angst“, sagte sie. Die Worte kamen leichter über ihre Lippen, wenn er ihr so nah war. „Ich habe das Gefühl, dass niemand mehr übrig ist, dem ich vertrauen kann.“ Seine Körperwärme und der Duft seines würzigen Aftershaves waren beruhigend und Trost in einer Welt, die ihr in letzter Zeit nur sehr wenig davon geboten hatte.

„Sie scheinen, mir zu vertrauen“, sagte er mit leiser Stimme.

„Ich denke schon“, erwiderte sie und war überrascht von sich selbst. Sie hatte es sich zur Gewohnheit gemacht, niemandem mehr zu vertrauen, aber er war irgendwie anders.

„Das wird es einfacher machen“, sagte er entschlossen und wandte sich ihr zu. „Ich denke, Sie sollten hier wohnen. Wenn Sie bei mir sind, kann ich Sie beschützen. Wer auch immer Sie bedroht, wird es sicher nicht mit mir aufnehmen wollen."

„Hier wohnen?", wiederholte Imogen. „Was … warum sollten Sie das vorschlagen?" Sie schüttelte den Kopf und versuchte, seine Worte zu verstehen. Wie hatte ihr Gespräch diesen Punkt erreicht?

„Es ergibt Sinn. Sie brauchen jemanden, der Ihnen diese Schläger vom Leib hält, und ich brauche Hilfe mit Ellery … weil Sie recht haben", gab er zu. „Ich weiß nicht viel über die Erziehung kleiner Mädchen und ich könnte Unterstützung gebrauchen."

Oh. Das ergab tatsächlich Sinn. Imogen kannte und verstand Ellery und ihre Bedürfnisse besser als Patrick. Es könnte ein guter Deal sein, auch wenn es unerwartet und … ungewöhnlich war. Aber bei einem Mann einzuziehen, den sie kaum kannte, und ihre Arbeit als Lehrerin um Kinderbetreuung zu erweitern war ein großer Schritt. Ganz zu schweigen von … „Was würde das Jugendamt dazu sagen?", fragte sie. „Ich denke, es würde seltsam aussehen." Mehr als seltsam.

„Verdammt. Sie haben vielleicht recht." Patrick sank gegen die Rückenlehne der Couch und verstummte. Ein Muskel zuckte an seinem Kiefer. Was würde er tun, wenn sie sich zu ihm beugte? Zurückweichen? Ihr näherkommen? Imogen konnte sie nicht beide verlegen hier sitzen lassen. Humor. Humor war immer gut, um angespannte Situationen zu entschärfen. Das hatte sie in ihrem ersten Jahr als Lehrerin gelernt.

„Hey, wir könnten heiraten", scherzte sie. „Das Jugendamt würde das lieben. Wir würden wie eine glückliche Familie aussehen und Ihre Probleme wären gelöst."

Imogen wollte ihn zum Lachen bringen, aber er schnippte stattdessen mit den Fingern. „Das ist es. Die perfekte Win-win-Situation. Wir werden verheiratet bleiben, bis der Prozess beendet ist und Sie in Sicherheit sind. Das gibt mir Zeit, eine dauerhafte Kinderbetreuung zu arrangieren. Und bis dahin wird Ellery sich daran gewöhnt haben, bei mir zu leben."

„Hey, warten Sie", sagte Imogen und versuchte, ihn zu bremsen. „Das kann nicht Ihr Ernst sein."

„Natürlich ist es das." Seine dunklen Augen waren auf sie gerichtet und zogen sie an, aber sie musste widerstehen, weil das lächerlich war. „Es würde vielleicht ein Jahr dauern. Bis dahin wären Ihre Probleme garantiert gelöst. Ich habe sechs Monate Zeit, bevor ich wieder auf eine Mission gehe, und Sie könnten während meines Einsatzes hierbleiben, damit für Ellery alles reibungslos verläuft. Wenn ich zurückkomme, werden wir uns scheiden lassen."

„Bei Ihnen klingt das so einfach, aber das ist es nicht." Sie hatte keine Erfahrung mit Ehen und Scheidungen, aber sie war überzeugt, dass es viel komplizierter war, als er zu glauben schien, besonders wenn ein Kind involviert war.

„Haben Sie eine bessere Lösung?", fragte er. „Eine, die uns beiden bei unseren Problemen hilft?"

Das hatte sie natürlich nicht, also wies sie auf das Offensichtliche hin. „Nein, aber wir sind nicht füreinander verantwortlich. Ich schulde Ihnen nichts und Sie mir nicht."

Er schüttelte den Kopf. „Jetzt, da ich weiß, in welchen Schwierigkeiten Sie stecken, kann ich Sie nicht im Stich lassen."

Großartig, das war genau das, was sie brauchte: Ein Mann, der darauf trainiert war, anderen zu helfen. Imogen war bereit zuzugeben, dass sie mit den Drohungen allein nicht zurechtkam, aber das bedeutete nicht, dass dieser seltsame Plan die Antwort war. „Lassen Sie mich einen Moment nachdenken."

Sie stand auf und trat an die Fenster, die auf die Veranda hinausgingen. Die hübschen Spitzenvorhänge waren alt, aber sauber.

Abgelenkt strichen ihre Finger über den Stoff, während ihre Gedanken sein Angebot verarbeiteten. Sie versuchte, alle Gründe aufzulisten, warum sie seinen Vorschlag ablehnen sollte, und wägte sie gegen die Vorteile ab. Die Waage kippte in eine Richtung.

„Ist es Ihr Freund?“, fragte Patrick leise hinter ihr.

„Ex-Freund“, sagte sie. „Grant dachte, ich hätte den Mund halten sollen über das, was ich gesehen hatte. Irgendwie kann ich es verstehen … niemand will glauben, dass der eigene Vater etwas falsch gemacht hat.“ Trotzdem waren sie und Grant seit einem Jahr zusammen gewesen. Es war keine leidenschaftliche Beziehung gewesen, aber eine solide, zumindest hatte sie das gedacht. Sie war enttäuscht gewesen, als ihr klar wurde, dass Grant nicht einmal daran gedacht hatte, zu ihr zu stehen.

Sie schluckte und verdrängte ihre Erinnerungen daran, wie sie von anderen benutzt worden war, weil sie zu nett war. Ihre Erfahrungen damit hatten begonnen, als sie zehn Jahre alt war, und die Erwachsenenwelt hatte ihre Sichtweise nicht verändert. Die meisten Menschen beschäftigten sich nur zu ihrem eigenen Vorteil mit anderen. Wenigstens würden sie und Patrick von dieser Situation beide gleichermaßen profitieren.

Trotz ihrer Bedenken musste sie zugeben, dass Patricks Plan in praktischer Hinsicht sinnvoll klang. Aber es war ein großer Schritt. Eine Ehe. Mit einem attraktiven Mann.

Keine echte Ehe. Es wäre nur eine Scheinehe.

Sie drehte sich vom Fenster weg und musterte ihn. Er hatte sich nicht bewegt, aber er schien bereit zu sein, in Aktion zu treten, wenn es nötig war. Sie könnte sich wirklich keine bessere Barriere zwischen ihr und diesen unaufhörlichen, schrecklichen Drohungen wünschen. Okay, vielleicht könnte sie das schaffen.

„Ich komme mit einem großen, fast völlig unerzogenen Welpen“, sagte sie.

„Damit kann ich leben, aber ich nenne ihn nicht Mr. Bubblesworth.“ Der Hund hob bei seinem Namen den Kopf. „Bleib, Mr. B“, befahl Patrick, bevor er aufstand und zu Imogen ging. Er legte seine Hände auf ihre Schultern und die Geste war überraschend intim. „War das ein Ja?“

„Ja“, sagte sie. „Wir heiraten, aber nur zum Schein bis der Prozess abgeschlossen ist und Ellery sich hier eingelebt hat.“ Klare Grenzen waren unerlässlich, wenn diese Sache funktionieren sollte.

KAPITEL SIEBEN

„Aber was ist mit Goldie?", jammerte Ellery, die mitten in Patricks Wohnzimmer stand. „Ich will Goldie."

„Du musst mir mehr Details geben", sagte er zu seiner Tochter. Er hatte sie vorhin bei der Pflegefamilie abgeholt und sie hatte gelächelt, bis sie nach Hause kamen. Er hatte das Wenige, das sie besaß, ins Haus gebracht. Zwei Reisetaschen, eine Plastikwanne mit Spielzeug, eine Bastelmappe und ein orangefarbener Plüschhund, den sie so fest umklammerte, dass Patrick Mitleid mit dem Stofftier hatte. „Heißt dein Hund Goldie?"

„Nein." Ellerys Stimme wurde noch höher, was er nicht für möglich gehalten hatte. „Er heißt Oscar. Goldie ist ein Fisch."

Patrick hatte ein Goldfischglas auf der Küchentheke der Pflegefamilie gesehen. „Sprichst du von Mrs. Ryans Fisch? Dem in der Küche?"

„Ja", kreischte sie und er hob beschwichtigend die Hände, damit sie sich beruhigte. Anscheinend war das eine Sprache, die Ellery nicht verstand, weil ihr Geschrei noch lauter wurde.

„Der Fisch gehört uns nicht und ich halte ohnehin nichts von Fischen. Außerdem ist er bei Mrs. Ryan besser dran.“ Obwohl Patrick fast brüllen musste, um sich über Ellerys Schreie Gehör zu verschaffen, erschien ihm das, was er sagte, vollkommen vernünftig. Ellery sah das aber anscheinend anders. Sie warf sich auf den Boden, sodass ihr Kopf fast den gemauerten Kamin traf, und fing an, sich herumzuwälzen und über den Fisch zu heulen und darüber, wie unfair ihr Vater war.

Das ist also ein Wutanfall, dachte Patrick und versuchte objektiv zu sein. Großartig, er hatte das Problem identifiziert, aber er hatte keine Ahnung, wie er es lösen sollte. Er trat näher, sodass sie ihm zu Füßen lag. All seine Instinkte sagten ihm, er solle sie hochheben und festhalten, aber sie wand sich so wild, dass er das nicht tun konnte, ohne sie vielleicht zu verletzen.

„Hör auf. Das ist lächerlich. Es ist nur ein Fisch“, brüllte er in einem Befehlston, bei dem selbst der härteste SEAL zusammengezuckt wäre. Aber es nützte nichts. Ellery schrie weiter und Tränen strömten aus ihren Augen. Ihr Fuß stieß schmerzhaft gegen seine Wade. Verdammt noch mal.

„Brauchst du Hilfe?“ Imogens Stimme schnitt durch die Turbulenzen und er drehte sich um und sah, dass sie mit Mr. B an der Leine in der Tür stand.

„Oh Gott, ja“, sagte er und war dankbar, dass jemand Vernünftiges hier war.

„Tritt zurück.“ Imogen ließ den Hund von der Leine und er sprang in den Raum. Sekunden später leckte der große Welpe Ellerys Gesicht und das Geschrei des Mädchens wurde zu Gelächter.

„Was zum Teufel war das?“ Er beobachtete die Szene vor sich erstaunt und ging dann näher zu Imogen. Ihr dunkelblondes Haar war zu einem Pferdeschwanz zusammengebunden und ließ sie jünger wirken. Sie würde bald seine Braut sein und dieser Gedanke traf ihn wie ein Schlag in die Magengrube. Er war in den letzten Tagen damit beschäftigt gewesen, die Zimmer von Ellery und Imogen fertig zu machen. Während er arbeitete, hatte er über den Vorschlag nachgedacht, den er Imogen gemacht hatte. Es schien für beide ein gutes Geschäft zu sein, aber wie wäre es, mit einer hübschen Frau, zu der er sich hingezogen fühlte, ohne sexuelle oder romantische Beziehung zusammenzuleben? Er hatte keine Erfahrung mit so etwas.

„Ablenkung. Es funktioniert fast jedes Mal“, sagte sie. „Gib ihr ein paar Minuten. Dann solltest du in der Lage sein, mit ihr darüber zu sprechen, warum sie so verärgert war.“

„Ich denke, es lag daran, dass sie den Goldfisch der Pflegemutter haben wollte.“

„Ah, Goldie.“ Imogen nickte verständnisvoll. „Ellery hat im Unterricht Bilder von ihm gemalt. Tiere sind oft eine Quelle des Trostes für Kinder in schwierigen Situationen. Deshalb habe ich meinen Schülern erlaubt, Mr. Bubblesworths Namen auszusuchen.“

„Du hast das Biest in die Schule mitgenommen?“ Er stellte sich vor, wie viel Zerstörung der Hund in ihrem aufgeräumten Klassenzimmer anrichten könnte.

„Nein.“ Sie lächelte und schien zu wissen, was er sich vorstellte. „Ich habe Fotos und Videos von ihm gezeigt. Ich würde ihn aber gern zum Therapiehund ausbilden lassen. Einige Schulen nutzen solche Hunde sehr effektiv, um Kindern zu helfen.“

„Hier hat es geholfen“, sagte er mit einem Blick auf Ellery. Sie saß auf dem Boden, hatte den Rücken gegen die Couch gelehnt und streichelte Mr. B, der auf ihrem Schoß lag.

„Zeit für das Gespräch“, sagte Imogen und ging weiter vor, damit Ellery sie sehen konnte. Sie ließ sich neben dem kleinen Mädchen auf dem Boden nieder. Patrick folgte ihr und setzte sich ihnen gegenüber.

„Mr. Bubblesworth freut sich, mich zu sehen“, sagte Ellery. Ihre Wangen waren mit getrockneten Tränen bedeckt und ihre Haare waren zerzaust.

„Natürlich tut er das.“ Imogen kraulte Mr. Bs Ohren. „Er mag dich, so wie ich dich auch mag, und deshalb macht es mich traurig zu sehen, dass du dich so verhältst. Worüber warst du verärgert?“

Ellerys Unterlippe begann zu zittern und Patrick bereitete sich auf einen weiteren Wutanfall vor.

„Sag es mir.“ Imogens Stimme war sanft.

„Goldie ist nicht hier“, flüsterte Ellery.

„Ich weiß“, sagte Imogen und drückte ihr Mitgefühl mit ihrer Stimme und ihrem Blick aus, „und das ist schade, aber er war nicht dein Fisch, also konntest du ihn nicht hierher bringen. Erinnerst du dich, wie wir in der Schule darüber gesprochen haben, was uns gehört und was nicht?“

Ellery nickte. „Ich mochte ihn einfach.“

„Ich bin sicher, dass du das getan hast. Vielleicht kannst du später ein Bild von Goldie malen, um dich an ihn zu erinnern, und es an den Kühlschrank hängen“, schlug Imogen vor.

Die einzigen Dinge an Patricks Kühlschrank waren Speisekarten vom Lieferservice, aber wenn ein Fischbild Ellery glücklich machte, würde er fünf davon dort anbringen. Er war nicht bereit für einen weiteren Wutanfall. Nie wieder. Er bezweifelte aber, dass er so viel Glück haben würde, und war froh, Imogen hier zu haben, da er keine Ahnung hatte, wie er diese Art von Bombe entschärfen sollte.

„Okay.“ Ellery wischte mit dem Handrücken frische Tränen weg.

„Warum gehst du jetzt nicht ins Badezimmer und wäschst dir das Gesicht?“, schlug Imogen vor. „Wir haben viel zu tun, wenn wir heute hier einziehen wollen.“

Ohne ein weiteres Wort stand Ellery auf und ging zum Badezimmer im Erdgeschoss. Sobald das Wasser lief, beugte sich Patrick näher zu Imogen, die jetzt den Hund auf ihrem Schoß hatte, und flüsterte: „Du musst mir beibringen, wie das geht."

„Du wirst es lernen." Sie lächelte ihn an. „Sei geduldig. Sie hat ein paar harte Monate hinter sich und ich weiß nicht, wie ihr Leben war, bevor sie in die Pflegefamilie kam. Nicht gut, vermute ich."

Patrick hatte ein besseres Gespür dafür und konnte sich vorstellen, dass Rachel ihrer Tochter in der Zeit, bevor sie mit ihrem Traummann davongelaufen war, das Gefühl gegeben hatte, unerwünscht zu sein. Der bittere Zorn, den er sowohl Rachel als auch sich selbst gegenüber empfand, würde Ellery nichts nützen. Sein Ziel war es nun zu lernen, wie man Vater war. Er musste beobachten, wie Imogen mit dem Mädchen umging, und versuchen, es nachzuahmen. Er wusste, dass er nicht in seinem Element war. Er hatte kein Problem damit, einen bewaffneten Angreifer zu töten – dazu war er schließlich ausgebildet –, aber der Umgang mit einer emotional zerbrechlichen Sechsjährigen machte ihm Angst.

Als Ellery aus dem Badezimmer zurückkam, stand Imogen auf. „Lass uns hier einziehen, Ellery. Ich habe Kartons und ein paar andere Dinge in meinem Auto, aber lass uns zuerst deine Sachen nach oben bringen. Hast du dein Zimmer schon gesehen?"

Patrick schämte sich zuzugeben, dass sie nicht weiter als bis zur Treppe gekommen waren. Er ging voran. Das Hauptschlafzimmer befand sich zusammen mit einem Badezimmer auf der rechten Seite und auf der linken Seite waren zwei kleinere Schlafzimmer.

„Ellery, das ist dein Zimmer." Er ging zu einem der kleineren Räume, dessen Fenster an der Vorderseite des Hauses war. Vorsichtig sah sie hinein. „Erinnerst du dich daran?" Es war fast zwei Jahre her, seit sie in seinem Haus übernachtet hatte.

„Das lila Zimmer.“ Ihr Lächeln war breit, als sie hineinging. Dies war zu Zeiten seiner Großmutter das Gästezimmer gewesen, mit lavendelfarbenen Tapeten und Bettzeug und einem weiß gestrichenen Holzboden. Ellery kletterte auf das Bett und Mr. B sprang neben sie. Patrick gefiel es nicht, den Hund auf die Möbel zu lassen, aber bei dem Gedanken daran, dass ein weiterer Wutanfall folgen könnte, wenn er Einwände erhob, hielt er den Mund. Er konnte diesen Kampf führen, wenn seine Ohren nicht mehr schmerzten.

„Bin ich nebenan?“, fragte Imogen.

„Du bist auf der anderen Seite des Flurs“, sagte er, als sie Ellerys Zimmer verließen.

„Ist das nicht das Hauptschlafzimmer?“, fragte sie und betrachtete das Queensize-Bett und die modernen Möbel.

„Ich dachte, du willst etwas Platz für dich.“ Am Vorabend hatte er seine Sachen in den anderen kleinen Raum gebracht, um Imogen mehr Privatsphäre zu geben.

„Danke, das ist wirklich nett von dir.“ Sie legte ihre Handtasche auf die Kommode. „Aber was bleibt dir dann?“

„Das Zimmer, in dem ich als Kind geschlafen habe, wenn ich hier zu Besuch war. Dieses Haus hat meiner Großmutter gehört.“ In seinem alten Zimmer war nur ein Einzelbett, aber das störte ihn nicht. Er konnte fast überall schlafen und der Raum mit seinen blauen Wänden und dunklen Möbeln war gemütlich und vertraut.

„Ah“, sagte sie und zeigte plötzlich ein Lächeln. „Das ergibt Sinn. Das Haus wirkt nicht so, als hätte ein alleinstehender Mann es eingerichtet.“

„Ich hole die Sachen aus deinem Auto“, sagte er. Es überraschte ihn nicht, dass sie so aufmerksam war.

„Hole zuerst Ellerys Sachen, dann kann ich ihr dabei helfen, sich einzuleben.“

Mit einem Nicken ging er nach unten und sie machten mit dem Umzug weiter. Er sah zu, wie Imogen Ellerys Verhalten steuerte, angefangen dabei, wo sie ihre Spielzeugwanne abstellen sollte, bis hin zu ihrem Nachmittagssnack. In der Küche beobachtete er, wie Ellery wieder außer Kontrolle geriet, aber Imogen beruhigte sie geschickt, indem sie ihr die Wahl zwischen zwei gesunden Optionen ließ.

Wieder einmal dankte er seinen Glückssternen. Die ganze Situation war chaotisch, aber es schien, als könnte es funktionieren – mit Imogens Hilfe. Außerdem waren ihm die gelegentlichen Blicke nicht entgangen, die sie ihm zuwarf, wenn sie dachte, er würde nicht hinsehen. Es war schön, die Aufmerksamkeit einer hübschen Frau zu haben, und er konnte die Anziehungskraft, die sie auf ihn ausübte, nicht leugnen.

Um sieben war alles erledigt und das Haus fühlte sich voll, aber ordentlich an. Seine Großmutter hätte es geliebt.

„Zeit zum Essen“, rief er, als der Pizzabote zwei Schachteln brachte. Als sie nach unten kamen, hatte er die Pizza auf Tellern angerichtet und Bier für die Erwachsenen und ein Glas Milch für Ellery auf den Tisch gestellt. Es war nicht das beste Familienessen, aber es war ein Anfang. Mr. B hatte er in den Garten verbannt. Er konnte keinen sabbernden Welpen gebrauchen, der um den Tisch rannte und um Essen bettelte.

„Ich bin so müde“, sagte Imogen. „Umzüge sind anstrengend.“ Sie strich Ellery die Haare aus dem Gesicht, damit sie nicht auf ihrer Pizza landeten.

„Damit wäre eine Aufgabe erledigt. Als Nächstes müssen wir am Montag heiraten“, sagte Patrick. Zwei weibliche Augenpaare trafen seinen Blick. Beide wirkten schockiert. Was hatte er gesagt? Die Schule hatte seit letzter Woche wegen der Sommerferien geschlossen, sodass Imogen nicht arbeiten musste. Was war falsch an einer Hochzeit am Montag?

„Ihr könnt nicht einfach so heiraten“, beharrte Ellery mit einem dramatischen Augenrollen.

„Wir gehen nur zum Standesamt“, sagte er und fragte sich, was das Problem war. „Ich habe vorhin nachgesehen.“ Er tippte auf sein Handy und fand die Webseite über standesamtliche Hochzeiten, die er überflogen hatte. Diesmal las er sie genauer durch und sah, dass Termine erforderlich waren. „Wir brauchen einen Termin. Das habe ich vorhin übersehen. Vor Dienstag um vier Uhr ist nichts verfügbar. Würde das gehen?“ Er blickte zu seiner Tochter.

„Damit kann ich arbeiten“, verkündete Ellery, als würde sie jeden Tag Hochzeiten planen. Er hätte sie fast ausgelacht, aber er bemerkte Imogens warnenden Blick. Ellery konzentrierte sich mit ernstem Gesicht auf Imogen. „Was für eine Silhouette willst du?“

„Hm?“ Was sollte das heißen?

„Darüber habe ich noch nicht nachgedacht“, antwortete Imogen und ignorierte seine Verwirrung. „Etwas Einfaches, denke ich. Ich bin kein Ballkleidtyp und auch kein Fan des Meerjungfrauen-Looks.“

„Pailletten?“ Ellery sprang von ihrem Stuhl auf, während sie sprach. „Spitze? Ohne Spitze ist es keine richtige Hochzeit. Kann ich deine Brautjungfer sein?“ Ihr Gesicht war plötzlich enttäuscht. „Aber ich habe nur ein Kleid und es ist hässlich.“

„Ich bin sicher, wir können dieses Problem lösen“, sagte Imogen. „Wir müssen ohne Randy und die Designer auskommen, aber ich bin ziemlich gut mit der Nähmaschine.“

„Wer ist Randy?“, unterbrach Patrick sie. Die Aufregung auf Imogens Gesicht machte ihn ein wenig nervös.

„*Sag Ja zu dem Kleid.*“ Ellery warf ihm einen überlegenen Blick zu. „Das ist eine Fernsehsendung.“

„Morgen früh machen wir eine Liste mit allem, was wir brauchen, und dann gehen wir einkaufen“, sagte Imogen zu Ellery. „Ziehe deinen Pyjama an und putze dir die Zähne. Wir gehen heute besser früh ins Bett, denn wir haben morgen viel zu tun.“

Ellery lief los und ließ die Erwachsenen am Tisch zurück.

„*Sag Ja zu dem Kleid*?“, fragte er.

„Das ist eine Reality-Show, die in einem Hochzeitssalon gedreht wird“, erklärte Imogen. „Frauen kommen dorthin, um Kleider anzuprobieren und das perfekte zu finden. Sie ist sehr beliebt.“

„Das klingt schrecklich“, stöhnte er.

„Du bist nicht wirklich die Zielgruppe.“ Imogen erhob sich von ihrem Platz und sammelte ihre Teller ein. Plötzlich fragte er sich, ob er einen Fehler gemacht und sie falsch eingeschätzt hatte. War sie romantisch veranlagt? Er hoffte nicht.

„Willst du das alles?“, fragte er besorgt. „Mein Plan ist, es unkompliziert zu halten. Wir werden einfach aufs Standesamt gehen, heiraten und mit unserem Leben weitermachen.“ Er hörte, wie sie seufzte, als sie die Spülmaschine mit dem Geschirr belud. Er war nicht besonders gut darin, Frauen zu verstehen, aber er vermutete, dass ihr Seufzen bedeutete, dass sie es wollte. Er musste diese Sache direkt angehen. „Sprich mit mir.“

„Jede Hochzeit sollte etwas Besonderes sein“, sagte sie. Sie kam zurück zum Tisch und nahm wieder ihren Platz ein. „Auch wenn es eine Scheinehe ist. Es muss nicht übertrieben oder teuer sein, aber Kleider und Blumen sind ein Muss.“

Er nickte und akzeptierte das Unvermeidliche, aber in seinem Inneren fragte er sich, ob er die Idee zu heiraten, geschweige denn ihre Umsetzung, bereuen würde. Der Gedanke konkurrierte in seinem Kopf mit der Überzeugung, dass Imogen eine wunderschöne Braut sein würde.

KAPITEL ACHT

„Imogen Mendel und Patrick Nelson“, sagte Imogen am Dienstagnachmittag zu der Frau an der Rezeption im dritten Stock des Bezirksgerichts. „Ist mein Verlobter schon hier? Ich sehe ihn nicht.“

„Noch nicht“, antwortete die Frau mit einem Lächeln. „Machen Sie sich keine Sorgen, er wird hier sein. Ich arbeite seit zwanzig Jahren in diesem Job. Die Bräute sind nervös und bekommen am ehesten kalte Füße, nicht die Bräutigame, die es am Ende immer durchziehen.“

Imogen strich den weißen Satin des Kleides glatt, das sie trug. *Nervös* war genau, wie sie sich fühlte, da sie die erste Frau in der Geschichte sein musste, die heiratete, um sich vor dem korrupten Zeugenschutzsystem zu schützen. Nun, das war ein Grund. Sie lächelte Ellery an, den anderen, besseren Grund. Mit Patrick verheiratet zu sein würde ihm dabei helfen, seine Tochter zu behalten und ein besserer Vater zu werden.

„Du siehst aus wie eine Prinzessin“, sagte die Frau zu Ellery, die ein Kleid in Aschenputtelblau mit einem Tüllrock trug. „Bist du das Blumenmädchen?“

„Ich bin die Brautjungfer“, verkündete Ellery und machte einen dramatischen Knicks.

„Natürlich. Herzlichen Glückwunsch“, sagte die Frau feierlich.

„Lass uns da drüben warten.“ Imogen zeigte auf einen Bereich in der Nähe, wo ein Sonnenstrahl durch ein hohes Fenster hereinkam. Als sie ihn erreichten, begann Ellery, an Imogens Kleid herumzuzupfen. Zweifellos hatte sie das in der Show gesehen, aber Imogen hatte nichts dagegen. Sie hatte nur einen Tag Zeit gehabt, um ihre Outfits zu planen, und fand, dass sie ihre Sache gut gemacht hatte. Bei ihrem Kleid, das sie gebraucht gekauft hatte, waren kaum Änderungen nötig gewesen. Es war weiß, hatte schmale Träger und reichte bis zum Boden. Dazu hatte sie ein Paar hochhackige silberne Sandalen gefunden, sodass sie sich wie eine richtige Braut fühlte.

Ellerys Outfit hatte sie mehr Mühe gekostet. Sie hatten ein altes Ballkleid in einem Secondhand-Laden entdeckt. Imogen hatte das Oberteil mit den Pailletten abgeschnitten und aus dem Stoff des Rocks ein völlig neues Kleid für das kleine Mädchen gemacht. Nach einer kreativen Eingebung hatten sie am Vorabend das Oberteil auseinandergenommen und daraus die Basis für ihre Blumensträuße gebastelt. Dazu noch weiße Seidenblumen und fertig.

„Deine Idee für die Blumensträuße war hervorragend“, sagte Imogen zu Ellery. Das Kind hatte ein Auge für Farbe und Design und Imogen war froh gewesen, seine Fähigkeiten nutzen zu können, um etwas so Schönes zu erschaffen. Immerhin war dies ihre erste Hochzeit und sie wollte, dass sie besonders und glücklich war, wenn auch nicht ganz real. „Glaubst du, dein Vater wird das Outfit tragen, das wir für ihn ausgesucht haben?“ Sie hatten eine Anzughose und ein Hemd an die Rückseite seiner Tür gehängt.

Ellery nickte weise. „Natürlich wird er das tun.“

Imogen war nicht so zuversichtlich, da er sie an dem Tag, als sie eingekauft und genäht hatten, gemieden hatte. Heute hatte er das Haus einige Stunden früher verlassen und behauptet, er hätte Besorgungen zu erledigen und würde sie im Gerichtsgebäude treffen. Sie wünschte, er würde endlich kommen, da sie mehr als bereit war, diese Partnerschaft zu beginnen. Ein Jahr Ehe. Sie würden beide davon profitieren und sie versprach sich, ihr Bestes zu geben, um es so angenehm wie möglich zu machen.

Bei einem Keuchen neben ihr wanderten Imogens Augen zu Ellery hinunter. Das Mädchen starrte durch den Flur zum Eingang. Imogens Augen folgten Ellerys Blick und sie spürte, wie ihr Herz fast stehen blieb. Patrick trug nicht das nette Outfit, das sie für ihn ausgesucht hatten. Er trug seine Navy-Uniform. Die Jacke hatte goldene Verzierungen an den Manschetten und an der Brust waren zahlreiche Orden befestigt. Sie hatte gewusst, dass er ein SEAL war, aber nicht, dass er so viele Auszeichnungen hatte. Die glitzernden Orden stellten ihren Blumenstrauß in den Schatten, aber sie erinnerten Imogen auch daran, dass dieser Mann sie beschützen konnte und würde.

Die Gespräche im Raum verstummten, als er alle Blicke auf sich zog. Als ob er es nicht bemerkte, ging er auf sie und Ellery zu. Der Mann war so selbstsicher und so verdammt attraktiv, dass sie dachte, sie könnte auf der Stelle dahinschmelzen.

„Nelson und Mendel?“, rief eine Stimme vom anderen Ende des Raums.

„Das sind wir“, sagte er. Als er Imogen erreichte, bot er ihr feierlich seinen Arm an.

~

Patrick konnte kaum atmen. Wo hatte Imogen über Nacht ein Hochzeitskleid gefunden, das ihr wie angegossen passte? Er hatte sie in der Schule in Lehrerinnenkleidung und zu Hause in Yogahosen gesehen und war völlig unvorbereitet auf Imogens Kleid, das einen Körper enthüllte, für den er ziemlich sicher töten würde.

Ellery trat an seine andere Seite und schenkte ihm ein wissendes Lächeln. Die Kleine war schlau. Sie hatte genau gewusst, was sie tat, als sie auf Hochzeitskleidung und ein wenig Aufwand bestand.

„Du siehst sehr hübsch aus", sagte er zu seiner Tochter, die bei dem Kompliment strahlte.

„Du auch", antwortete sie.

Er wusste nicht, ob er hübsch war, aber er war froh, dass er die Entscheidung getroffen hatte, seine Uniform zu tragen. Als er zu Hause angehalten hatte, um sich umzuziehen, hatte er die Hose und das Hemd gesehen, die er tragen sollte, aber er fand, dass der Anlass etwas Besseres verdient hatte. Trotz seines Widerstands am Vorabend war ihm klar geworden, dass seine Hochzeit – wahrscheinlich die einzige, die er jemals haben würde – ernst genommen und richtig gefeiert werden sollte. Das schuldete er Imogen angesichts ihrer Bemühungen, ihm mit Ellery zu helfen.

„Und du bist wunderschön", flüsterte er Imogen zu, als sie losgingen. Ein zartes Rosa trat auf ihre Wangen und machte sie noch schöner.

„Oh", rief sie leise, als sie den Raum betraten, in dem die Zeremonie stattfinden würde. Das Gerichtsgebäude war alt und dieser Raum mit dem kunstvoll verlegten Marmorboden, einem großen Kamin und Wänden mit dunkler Holzverkleidung zeugte davon. Es war viel schöner als erwartet, was ihn für sie und sich selbst freute.

Ellery wirbelte vor ihm herum, sodass er stehen blieb. „Du musst vorausgehen, damit Imogen und ich den Gang hinunter schreiten können."

„Es ist nicht so …“, begann er, aber als Ellery ihre Arme verschränkte, gab er auf. „Ja, Ma‘am.“ Er ging zu dem Friedensrichter und schüttelte ihm die Hand, bevor er sich wieder den beiden Frauen in seinem Leben zuwandte.

Ellery nahm ihren Platz vor Imogen ein und kam langsam auf ihn zu. Er war beeindruckt von der kleinen Lady. Sie war heute ganz anders als das wilde Kind, mit dem er sich in den letzten Tagen befasst hatte. Als sie ihn erreichte, winkte sie Imogen zu. Mit einem Lächeln, das einer Braut würdig war, hielt Imogen ihren Blumenstrauß fest umklammert und schritt anmutig zu ihm. Sobald sie vor dem Richter stand, schob sie ihre Hand in seine und drückte sie.

„Imogen Mendel und Patrick Nelson“, sagte der Richter, „heute haben Sie diesen Raum getrennt betreten, aber Sie werden ihn als Ehemann und Ehefrau zusammen verlassen. Sie werden miteinander verschmelzen, eine Familie werden und das großartige Abenteuer Ihres gemeinsamen Lebens beginnen.“

Auch wenn Patrick wusste, dass ihre Vereinigung nicht wie beschrieben war, wollte er sich die Worte zu Herzen nehmen.

„Denken Sie daran, einander mit Respekt zu behandeln“, fuhr der Richter fort, „und erinnern Sie sich oft daran, was Sie zusammengeführt hat. Übernehmen Sie die Verantwortung dafür, dass sich Ihr Partner sicher fühlt, und geben Sie Zärtlichkeit, Sanftmut und Freundlichkeit höchste Priorität.“

Imogens Finger umklammerten seine fester, als das Wort ‚sicher‘ fiel, und es war eine Erinnerung daran, warum sie neben ihm stand … aber gab es noch einen anderen Grund? In diesem Moment hatte er das Gefühl, dass es so war.

„Sprechen Sie mir nach.“ Der Richter wandte sich an ihn. „Ich, Patrick, nehme dich, Imogen, zu meiner Ehefrau, meiner Lebenspartnerin und meiner einzig wahren Liebe.“ Er machte nach jedem Satz eine Pause und wartete darauf, dass Patrick seine Worte wiederholte. „Ich werde dir vertrauen und dich respektieren, mit dir lachen und mit dir weinen und dich in guten wie in schlechten Zeiten lieben, egal was für Hindernissen wir uns gemeinsam stellen müssen. Ich gebe dir von diesem Tag an meine Hand, mein Herz und meine Liebe, bis dass der Tod uns scheidet."

Patrick sprach die Worte klar aus, auch wenn Liebe möglicherweise nicht in das hineinspielte, was sie hatten. Hindernisse zu überwinden und ihr sein Vertrauen und seinen Respekt zu schenken war etwas, das er ihr versprechen konnte. Ihr Blick war fest auf ihn gerichtet, als sie nacheinander ihre Gelübde sprachen, und er hätte alles gegeben, um zu wissen, was sie dachte.

„Jetzt ist es Zeit für die Ringe", sagte der Richter.

Imogen reichte Ellery ihren Blumenstrauß, während Patrick die Ringe aus seiner Jackentasche zog. Im Juweliergeschäft hatte er gedacht, die einfachen Goldringe wären gut genug für eine vorübergehende Ehe. Jetzt wünschte er, er hätte eine bessere Wahl für Imogen getroffen und etwas Besonderes gekauft, das zu ihrer Schönheit passte und seine Dankbarkeit ausdrückte.

Er ließ den Ring auf ihren Finger gleiten und wiederholte die Worte des Richters: „Ich gebe dir diesen Ring als Symbol meiner Liebe und Treue. Er gehört jetzt dir, genauso wie mein Herz und meine Seele."

Einen Moment später steckte sie ihm seinen Ring an den Finger und der Richter sprach die letzten Worte. „Mit der Autorität, die mir der Bundesstaat South Carolina verliehen hat, erkläre ich Sie zu Mann und Frau. Sie dürfen die Braut jetzt küssen."

Der Kuss. Irgendwie hatte er diesen Teil vergessen, nicht dass es ihm etwas ausmachte, sie zu küssen. Sie hob eine Augenbraue und ihre Mundwinkel zuckten.

„Küss sie, Daddy", sagte Ellery. „Du musst es tun. Das ist Pflicht."

Patrick berührte die glatte Haut ihrer Wange mit seinen Fingerspitzen, als ihre Lippen zusammenkamen. Ihr Mund war weich und einladend und weckte in ihm die Sehnsucht nach mehr. Der Kuss begann vorsichtig, aber der Funke der Anziehung zwischen ihnen verwandelte sich schnell in ein Feuer der Begierde. Trotzdem hielt er den Kontakt kurz. Vielleicht würde ihm seine Braut später erlauben, ihr noch einen Kuss zu geben, den seine Tochter und der Richter nicht zu sehen bekamen.

KAPITEL NEUN

Imogen wich langsam von ihrem Kuss zurück. Sie öffnete die Augen und begegnete seinem Blick. War da Verlangen in den dunklen Tiefen? Wenn ja, war es das Gleiche, was sie fühlte. Ihre Hochzeitszeremonie hatte ihre Erwartungen weit übertroffen. Sie fragte sich einen Moment lang, ob die Ehe das auch tun würde, und verdrängte dann den Gedanken. Das konnte niemand wissen und sie konnte nicht in dem Glauben in diese Ehe gehen, dass sie mehr bedeutete als vereinbart.

„Wir brauchen Fotos“, verkündete Ellery.

„Ich kann gern welche machen“, meldete sich der Richter freiwillig. Patrick gab ihm sein Handy und sie posierten für Bilder, einige mit Ellery und einige ohne sie. Nachdem sie die Heiratsurkunde unterschrieben hatten, dankten sie dem Richter und verließen das Gerichtsgebäude.

„Was jetzt?“, fragte Ellery, als sie auf dem Bürgersteig standen.

„Ich bin bereit zu wetten, dass du einen Plan hast“, sagte Patrick.

„Wir sollten ein schönes Abendessen haben“, schlug sie vor. „Ich denke, das *Hartsville Café* ist perfekt dafür.“

„Warst du schon einmal dort?“, fragte Imogen überrascht davon, dass Ellery das trendige, kleine Bistro in der Innenstadt kannte, das nur einen kurzen Spaziergang entfernt war.

„Daddy hat mich zu meinem Geburtstag dorthin eingeladen.“ Ellerys Stimme wurde leiser. „Es war wirklich hübsch.“

„Ich bin erstaunt, dass du dich daran erinnerst“, sagte Patrick und sah zufrieden aus.

„Es ist schön dort“, sagte Imogen. „Ist das in Ordnung für dich, Patrick?“

„Natürlich. Willst du zu Fuß dorthin gehen?“ Seine Augen wanderten über ihren Körper und hielten an ihren Zehen inne, die unter ihrem Kleid hervorblitzten. „Deine Schuhe sind nicht …“

Sie lachte, obwohl sie seine Fürsorge schätzte. „Ich könnte darin rennen. Mach dir keine Sorgen um mich. Heute ist ein schöner Tag, also lasst uns gehen.“ Sie nahm Patricks rechte Hand und Ellery nahm die andere.

Als sie durch die Stadt liefen, hupten die Leute in den vorbeifahrenden Autos, winkten und riefen: „Herzlichen Glückwunsch!“

„Ich mag es, in einer kleinen Stadt zu leben“, sagte Imogen. Sie war in einer Stadt aufgewachsen, die mehr als doppelt so groß wie Hartsville war, und sie genoss das Gemeinschaftsgefühl hier.

„Ich vermisse es, wenn ich weg bin“, sagte Patrick und winkte einem Mann zu, der ihnen Glück wünschte. „Aber ich muss sagen, dass ich mich im Moment wie ein Spektakel fühle.“

Sie lachte. „Ich denke, das ist hin und wieder akzeptabel.“

„Hier sind wir“, rief Ellery, als sie das Café erreichten. Die Fassade war dunkelgrün gestrichen und in den Blumenkästen unter den großen Fenstern waren unzählige Blüten.

Drinnen begrüßte der Kellner sie herzlich und führte sie in eine ruhige Ecke. Imogen hatte den Eindruck, dass er jedem Detail besondere Aufmerksamkeit schenkte. Kerzen und Blumen wurden an ihren Tisch gebracht und der Manager des Cafés überraschte sie sogar mit wunderschön angerichteten Tortenstücken zum Nachtisch.

Während des Essens plauderte Ellery unablässig über die Hochzeit, ihr Kleid, Mr. Bubblesworth und alles andere, was ihr in den Sinn kam. Imogen war als Lehrerin daran gewöhnt, aber sie war ein wenig überrascht, dass Patrick lächelte und seine Tochter zum Weiterreden ermutigte. Er wurde schon besser als Vater.

Sie bedankten sich ausgiebig, verließen das Café und fuhren in ihren jeweiligen Autos nach Hause. „Sie ist erledigt“, sagte Patrick, als sie sich in der Einfahrt trafen.

Ellerys Augenlider flatterten auf. „Ich bin müde“, murmelte sie und streckte die Arme aus, damit ihr Vater sie tragen konnte. Draußen war es noch hell, aber das kleine Mädchen war völlig erschöpft nach all der Aufregung.

Patrick trug seine Tochter ins Haus und die Treppe hinauf. Imogen folgte ihnen.

„Ich werde ihr helfen, ihr Kleid auszuziehen“, sagte Imogen.

„Gute Nacht, Daddy“, murmelte Ellery, als Patrick ihre Wange küsste.

„Ich habe mein Kleid nicht schmutzig gemacht“, sagte Ellery stolz, als sie einige Minuten später ins Bett kletterte.

„Du warst heute eine perfekte kleine Lady. Ich bin stolz auf dich.“ Imogen deckte sie zu.

„Ich bin froh, dass du meine neue Mama bist“, murmelte das Mädchen schläfrig.

Imogen schluckte schwer. Sie hatte sich als Patricks Ehefrau und Ellerys Bezugsperson gesehen, aber nicht als ihre Mutter. Sie verspürte Schuldgefühle, weil es Ellery schwerfallen würde, wenn die Ehe endete. Im Moment würde sie dem Mädchen jedoch geben, was sie konnte, und Patrick helfen, eine Bindung zu seiner Tochter aufzubauen.

„Gute Nacht, Süße“, flüsterte sie und verließ den Raum.

Im Flur des Obergeschosses blieb sie stehen. Sollte sie ihr Kleid ausziehen? Das wollte sie nicht. Das Kleid war wunderschön und fühlte sich so gut auf ihrer Haut an. Warum sollte sie es nicht den Rest des Abends anbehalten? Sie ging nach unten und erstarrte, als sie das Wohnzimmer erreichte. Eine Flasche Champagner und zwei Gläser standen auf dem Couchtisch. Schön, wenn auch unerwartet. Patrick stand am Kamin und beobachtete sie.

„Hi“, sagte sie und fühlte sich gleichzeitig schüchtern und überrascht. Er hatte sie den ganzen Tag überrascht – von dem Zeitpunkt an, als er in seiner Uniform aufgetaucht war, über den Kuss bis hin zu seiner Geduld mit Ellery und ihren Plänen. Ihre Ehe war ein Mittel zum Zweck, aber er schien bereit zu sein, mitzuspielen. Bei dem Gedanken wurde ihr warm ums Herz. „Damit hatte ich nicht gerechnet.“

Er zuckte mit den Schultern. „Ich bin gestern Nacht zur Besinnung gekommen und habe erkannt, dass du und Ellery recht hattet. Hochzeiten sollten gefeiert werden. Champagner?“

„Sehr gern“, sagte sie und setzte sich auf die Couch. Er schenkte ihr etwas davon ein und setzte sich neben sie.

„Worauf sollen wir anstoßen?“, fragte er, als er ihr ein Glas reichte.

„*Auf uns* ist die offensichtliche Wahl für Hochzeiten, aber unsere könnte etwas komplizierter sein.“

„Wie wäre es dann mit *Auf eine erfolgreiche Partnerschaft?*“, schlug er vor.

„Das wird funktionieren.“ Sie stieß mit ihrem Glas gegen sein Glas und nahm einen Schluck. Der Champagner war gut. Sie trank weiter, lehnte sich an ein Kissen und entspannte sich zum ersten Mal seit Stunden. In den Tagen seit ihrem Einzug hatten sie kaum Zeit zur Entspannung gehabt. Ständig war Ellery da gewesen oder sie waren beide mit anderen Dingen beschäftigt. Das hier war anders. Angenehm, gut … vielleicht sogar mehr als das. Sie betrachtete Patricks attraktives Gesicht. Er hatte seine Uniformjacke ausgezogen, aber er trug immer noch das Hemd und die Hose. Sie wollte noch einen Kuss von ihm, das konnte sie nicht leugnen. Was würde er tun, wenn sie sich vorbeugte?

Sie sollte es nicht. Er hatte sie im Gerichtsgebäude geküsst, weil das bei Hochzeiten erwartet wurde. Es hatte nichts bedeutet, nicht wirklich. Sie hatte allerdings seine Wertschätzung für ihr Aussehen bemerkt.

„Ellerys Idee, in das Café zu gehen, war gut. An welchem Geburtstag hast du sie dorthin gebracht?“, fragte sie, um sich von ihren Gedanken abzulenken.

„An ihrem fünften. Ich hatte gerade lange genug Urlaub, um an ihrem Geburtstag und Halloween hier zu sein, bevor ich wieder wegmusste. Ich wusste nicht, dass sich kleine Kinder an solche Details erinnern.“

„Sie erinnern sich an viel“, sagte sie. „Vor allem die Kinder, die so klug sind wie Ellery. Deine Herausforderung wird darin bestehen, ihre Intelligenz in die richtigen Bahnen zu lenken.“

„Das ist auch deine Herausforderung für das nächste Jahr. Habe ich schon erwähnt, wie dankbar ich dir bin?“ Sein Gesicht wurde ernst. „Übrigens … wir hätten schon früher darüber reden sollen. Ich weiß, dass es keine echte Ehe ist, aber ich denke, wir sollten uns mit niemand anderem verabreden, solange sie dauert.“

„Das ergibt Sinn“, sagte sie und dachte über seine Worte nach. Es entsprach nicht der Norm, weil sie nicht wirklich ein Paar waren. „Das Jugendamt würde es nicht mögen, wenn einer von uns das Eheversprechen bricht. Es fällt mir nicht schwer, mich nicht zu verabreden.“

„Die Männer müssen bei dir Schlange stehen.“ Seine Augen wanderten über sie.

Sie trank einen weiteren Schluck Champagner und war geschmeichelt von dem Kompliment, aber er irrte sich. Grant war ihre erste ernsthafte Beziehung gewesen. „Nicht unter den gegenwärtigen Umständen. Grant und ich haben über das Heiraten gesprochen, aber das hat sich offensichtlich erledigt.“

„War es eine schlimme Trennung?“, fragte er.

Sie nickte und erinnerte sich an die bittere Szene. Grant hatte gesagt, dass er sie liebte, und sie angefleht, nicht auszusagen. Als sie sich geweigert hatte, ihre Meinung zu ändern, hatte sich sein Verhalten gewandelt und er hatte einige brutale Kommentare über sie abgegeben. Vielleicht war er seinem Vater ähnlicher, als sie während ihrer Beziehung geahnt hatte.

„Das tut mir leid.“ Patrick sah eher wütend als betroffen aus.

„Ich denke, es war in gewisser Weise verständlich“, sagte sie.

„Hättest du ihn geheiratet?“

„Das weiß ich nicht. Ich war einsam, als ich anfing, mit ihm auszugehen. Meine Eltern waren beide innerhalb kurzer Zeit gestorben. Ich wollte wohl jemanden, der bei mir bleibt, und er schien der Richtige zu sein.“ Sie hatte Grant einen Monat nach der Beerdigung ihres Vaters kennengelernt und ihn für ihren Ritter in glänzender Rüstung gehalten. Das war er nicht gewesen und sie war erleichtert, dass sie es entdeckt hatte, bevor sie einander noch näher gekommen waren. „Was ist mit dir und Ellerys Mutter?“

Sein Gesicht verdunkelte sich kurz und sie war nicht sicher, ob er antworten würde.

„Rachel und ich hatten eine Affäre“, begann er. „Es war nie etwas Verbindliches. Wenn ich Urlaub hatte, gingen wir aus. Sie feierte gern und wir hatten viel Spaß. Es ist schwer, mich jetzt daran zu erinnern. Wie auch immer, ich kam von einer kurzen Mission nach Hause und sie verkündete, dass sie mit meinem Baby schwanger war. Ich war fassungslos. Das hatte ich nicht erwartet. Außerdem wollte sie das Baby nicht behalten.“

Imogen konnte ihr Keuchen nicht unterdrücken. Was, wenn Ellery niemals geboren worden wäre? Die Welt wäre etwas dunkler. „Ich bin froh, dass du sie überzeugt hast, ihre Meinung zu ändern.“

„Ich auch. Es war nicht leicht. Ich habe versprochen, sie finanziell zu unterstützen und alles zu tun, was ich konnte, während ich zu Hause war, aber es war von Anfang an kompliziert. Rachel stellte Forderungen, die oft unvernünftig waren, und wir stritten uns, sobald wir im selben Raum waren. Als Ellery drei Jahre alt war, entschieden wir, dass es besser war, sie getrennt zu sehen, was eine Weile funktionierte, aber im Lauf der Zeit schien Rachel immer frustrierter zu werden – mit mir oder mit Ellery, keine Ahnung. Es ergab keinen Sinn. Man sollte meinen, sie hätte gewollt, dass ich mehr Zeit mit Ellery verbringe, nicht weniger, damit sie Zeit für sich selbst hat. Stattdessen hat sie versucht, mich völlig aus Ellerys Leben auszuschließen.“

„Das war bestimmt schwer.“ Imogen konnte sich nicht vorstellen, wie schrecklich es gewesen sein musste.

„In gewisser Weise hatte ich das Gefühl, es verdient zu haben. Ich war als Vater häufig abwesend. Ich meine, ich habe mich um Ellery gekümmert, aber ich habe nie ernsthafte Anstrengungen unternommen, um sie zu einem größeren Teil meines Lebens zu machen. Als Rachel versuchte, mich aus ihrem Leben zu verbannen, kam ich zu dem Schluss, dass ich für Ellery und mich einige Änderungen vornehmen musste. Als ich von meinem letzten Einsatz zurückkam, wollte ich von Rachel das gemeinsame Sorgerecht verlangen."

„Und stattdessen hast du ein Chaos vorgefunden", sagte sie. „Warst du überrascht davon, dass Rachel verschwunden war?"

„Nicht wirklich. Ich wünschte, ich könnte sagen, dass ich es war. Aber sie hat immer nach etwas Besserem gesucht und sie mochte es nie, Mutter zu sein. Das hat sie mir und wahrscheinlich auch Ellery schmerzlich klargemacht. Ich muss bei meinem kleinen Mädchen viel wiedergutmachen."

„Kinder können fast alles verzeihen." Sie legte ihre Hand auf seine.

„Ich hoffe, du hast recht", sagte er. „Manchmal, wenn sie temperamentvoll wird, kann ich Rachels schlechteste Eigenschaften in ihr sehen."

„Hast du darüber nachgedacht, Rachel zu heiraten, als sie schwanger wurde?" Imogen hatte schon einige Ehen gesehen, die so begannen und schließlich funktionierten.

„Nein. Wie du dir vorstellen kannst, hielt Rachel nichts davon – und mit einem SEAL verheiratet zu sein ist schwierig. Meine verheirateten Teamkameraden haben stabile, auf Vertrauen basierende Beziehungen. Ich wusste, dass Rachel und ich das niemals haben würden."

„Es muss hart sein, eine Beziehung aufrechtzuerhalten, wenn ein Partner monatelang weg ist. Das kann ich mir kaum vorstellen."

„Das wird uns auch passieren, bevor wir hier fertig sind", sagte er und drehte seine Hand, um ihre zu ergreifen.

„Aber das ist nicht das Gleiche", widersprach sie. „Wir wissen, dass es ein praktisches Arrangement ist. Wir versuchen nicht, Liebe am Leben zu halten, womit anscheinend keiner von uns bisher viel Erfolg hatte."

„Stimmt. Wir haben wahrscheinlich die klügere Wahl getroffen, indem wir aus Vernunftgründen geheiratet haben, anstatt von Leidenschaft mitgerissen zu werden."

Sie dachte einen Moment darüber nach und versuchte herauszufinden, wie es sein konnte, dass sie seiner Aussage gleichzeitig zustimmte und nicht zustimmte. „Leidenschaft ist ein großes Wort, aber Anziehung wäre in Ordnung, oder?", fragte sie schließlich. Sie hatte sich die Spannung zwischen ihnen nicht eingebildet. Dessen war sie sich sicher.

Er grinste sie langsam an. „Oh, das kann ich nicht bestreiten. Ich habe mich definitiv zu dir hingezogen gefühlt, als ich dich zum ersten Mal in diesem Kleid gesehen habe. Und während unseres Kusses." Er stellte ihre Gläser auf den Tisch und beugte sich näher zu ihr. „Ich würde das gern noch einmal versuchen."

Er hielt einen Moment inne und schien in ihren Augen nach ihrer Erlaubnis zu suchen, bevor sich sein Mund auf ihren legte. Er schmeckte nach Mann und Champagner, eine berauschende Kombination, die sie dazu brachte, sich an ihn zu lehnen und seine Schultern zu packen. Seine Reaktion kam sofort und seine Hände umfassten ihren Kopf, während er den Kuss vertiefte. Seine Zunge glitt heiß und einladend in ihren Mund. Sie hatte keine Ahnung, wie lange sie sich küssten, und fühlte etwas, das – wie sie befürchtete – weit über Anziehungskraft hinausgehen könnte. War das Leidenschaft? Sie war nicht sicher. Leidenschaft war ein gefährliches Spiel, für das sie nicht bereit zu sein glaubte.

„Ich denke, ich sage jetzt besser gute Nacht", flüsterte sie, als der Kuss endete.

Er stand auf und zog sie auf die Füße. „Das ist wahrscheinlich eine weise Entscheidung. Gute Nacht, Imogen." Er küsste sie noch einmal kurz, bevor er sie gehen ließ.

KAPITEL ZEHN

Als Imogen am nächsten Morgen aufwachte, drehte sie sich in dem großen Bett um und betrachtete ihr Hochzeitskleid, das sie auf einen Kleiderbügel gehängt hatte. Sie hatte am Vortag wirklich geheiratet und sie, Patrick und Ellery waren jetzt eine Art Familie. Ellerys Bemerkung, dass sie so etwas wie eine Mutter sei, fiel ihr wieder ein und sie seufzte und versuchte zu überlegen, wie sie dieses Problem am besten auf eine Weise angehen könnte, die für Ellery hilfreich war. Sie vermutete, dass sie eine Stiefmutter war, wenn auch nur vorübergehend. Die nächsten Tage waren entscheidend, um ihre Rolle in diesem Haushalt für Vater und Tochter zu klären.

Sie dachte an den Kuss, den sie und Patrick geteilt hatten. *Diese* Rolle würde sie jederzeit einnehmen. Und dann war da noch ihre Unterhaltung vor dem Kuss, während der sie eine emotionale, zugängliche Seite von Patrick gesehen hatte. Er war offen gewesen und hatte seine Vergangenheit preisgegeben, genauso wie sie auch. Es hatte sich gut angefühlt, sich nach einem Jahr der Einsamkeit jemandem anzuvertrauen. Nichts während ihrer Zeit im Zeugenschutz hatte sich so angefühlt, als würde es wirklich ihr gehören. Sie hatte oft das Gefühl gehabt, das Leben eines anderen Menschen zu führen.

Tat sie das auch in dieser Ehe? Wahrscheinlich. Sie holte tief Luft und zwang sich, das Bett zu verlassen. Heute war der Tag, an dem sie ihren Platz in diesem Haus einnehmen würde.

Nach einer kurzen Dusche ging sie in die Küche. Noch bevor sie den Raum betrat, erreichten sie der Geruch von Kaffee und gereizte Stimmen. Friedensstifterin schien ihr erster Job zu sein.

„Dieses Zeug ist eklig", sagte Ellery und zeigte mit ihrem Löffel auf das Müsli in ihrer Schüssel. „Das esse ich nicht."

„Versuch es. Es ist gut für dich." Patricks Stimme deutete darauf hin, dass seine Geduld nachließ.

„Guten Morgen", sagte Imogen in ihrer fröhlichsten Lehrerinnenstimme und bekam zwei verschiedene Reaktionen. Patricks Gesichtsausdruck sagte *Gott sei Dank, ein anderer Erwachsener*, während Ellerys sturer Blick *Nichts wird mich beruhigen können* sagte.

„Guten Morgen", entgegnete Patrick. „Ellery ist nicht glücklich mit ihrem Frühstück."

„Das kann ich sehen." Großartig, sie musste noch vor ihrem Kaffee Schiedsrichter spielen. „Ellery, hast du höflich nach einem anderen Müsli gefragt?"

„Nein", zischte das Mädchen und die Spannung im Raum stieg.

„Ich denke, das wäre ein guter Anfang", schlug Imogen vor, bevor Patrick reagieren konnte. „Erinnerst du dich an das Sprichwort, das ich in der Schule verwendet habe? Mit Honig fängt man mehr Fliegen als mit Essig. Ich glaube, die Collage, die wir gebastelt haben, hat dir sehr gefallen. Darauf sind die Fliegen, Bienen und Schmetterlinge zum Honig geströmt, aber sie haben sich alle von dem übelriechenden Essig ferngehalten."

„Ja", gab Ellery zu.

„Was war der Punkt?“ Imogen hatte die Collage erstellt, um den Kindern eine Lektion über angemessenes Verhalten zu erteilen. Ihre Schüler hatten Spaß daran gehabt, die Insekten auszuschneiden und anzumalen, und Ellery hatte einen extravaganten Schmetterling in Orange und Lila gebastelt.

„Nett und süß zu sein bringt einem das, was man will“, murmelte Ellery.

„Nicht immer“, sagte Imogen und lächelte bei der Interpretation des Mädchens, „aber es ist ein guter Anfang. Versuche es noch einmal.“

„Daddy“, sagte Ellery mit süßer Stimme, „kann ich bitte ein anderes Müsli bekommen?“

„Das ist das einzige Müsli, das ich habe. Tut mir leid, Kleine“, sagte er. Imogen hörte ihn murmeln, dass es bei *Costco* im Sonderangebot gewesen war.

„Süß zu sein hat mir nicht geholfen“, beschwerte sich Ellery bei Imogen.

„Ach nein?“ Imogen öffnete die Schränke und sah sich die Vorräte an. „Jetzt, da du nett warst, könnte ich mich überreden lassen, Pfannkuchen zu machen. Was hältst du davon?“

„Ja, bitte!“ Ellery sprang von ihrem Stuhl auf, rannte zu Imogen und schlang die Arme um ihre Taille.

„Ist das okay für dich?“, fragte Imogen Patrick.

„Sicher“, sagte er. „Ich werde später einfach eine Meile mehr laufen, um das Fett zu verbrennen.“

„Hm.“ Imogen musterte ihn mit einem Blick, dessen Bedeutung er nicht übersehen konnte. Der Mann hatte kein Gramm Fett zu viel. Er war schlank und durchtrainiert. Zumindest sah es so aus und das enge T-Shirt und die Jeans, die er trug, gaben ihr eine ziemlich klare Sicht.

„Kann ich helfen?“, fragte Ellery eifrig.

„Natürlich. Niemand kocht gern allein. Hole Milch und Eier aus dem Kühlschrank.“ Als das Mädchen loslief, griff Imogen nach einer Schüssel und begann, den Teig zu mischen. Pfannkuchen mit einer Sechsjährigen zu backen dauerte länger, als wenn Imogen allein gearbeitet hätte, aber Ellerys Stimmung hellte sich in der Zeit auf, die erforderlich war, um eine Servierplatte mit perfekten, runden Pfannkuchen auf den Tisch zu bekommen.

Während sie ihr Frühstück genossen, plauderte Ellery über ihre Pläne für den Tag, bei denen es darum zu gehen schien, mit Mr. Bubblesworth im Garten zu spielen.

„Das klingt lustig“, sagte Imogen. Draußen herumzutoben würde sowohl den Welpen als auch das Kind müde machen. „Was wollt ihr spielen? Stöckchen holen? Oder Fangen?“

„Ich will Haus spielen“, erklärte Ellery. Sie schaufelte eine Gabel Pfannkuchen in ihren Mund, eilte ins Wohnzimmer und kehrte mit dem Prospekt eines Spielzeugladens zurück. Sie blätterte es durch und fand ein Plastikspielhaus. „Daddy, kann ich das haben?“ Sie schob das Prospekt über den Tisch.

Das farbenfrohe Plastikhaus war für Kleinkinder gedacht, nicht für Mädchen, die ab Herbst in die erste Klasse gehen würden. Ellery war schon fast zu groß dafür.

„Das da?“ Patricks Stimme klang zweifelnd. „Ich weiß nicht, Kleine. Die Verarbeitung ist schlecht und …“

Imogen stieß seinen Fuß unter dem Tisch an. Als er sie ansah, versuchte sie ihr Bestes, um ihm zu vermitteln, dass er nicht den richtigen Ansatz gewählt hatte. Ihre Vermutung war, dass Ellery schon lange ein Spielhaus wollte und nie eines bekommen hatte. Imogen hatte Mitleid mit dem Mädchen.

Nach einer kurzen Pause versuchte Patrick es anders. „Wenn du ein Spielhaus willst, kann ich dir ein besseres aus Holz bauen“, sagte er.

„Wirklich?“ Ellery strahlte und warf ihre Arme um seinen Hals. „Ich werde dir helfen.“

Patricks Gesicht wurde weicher, als er sein kleines Mädchen umarmte. Imogen unterdrückte einen Seufzer. Ein Mann, der sein Kind liebte, war verdammt sexy. Nicht, dass Patrick Probleme gehabt hätte, sexy auszusehen. Das hatte er gestern in seiner Uniform und letzte Nacht, als sie geredet hatten, getan und … wow. Das war ein gefährlicher Gedankengang.

„Lasst uns einkaufen gehen und das Material besorgen“, sagte Patrick, während er den Rest seines Frühstücks aß.

„Heute?“ Imogen schaltete sich wieder in das Gespräch ein. Wenn Patrick sich entschied, etwas zu tun, fing er anscheinend *sofort* damit an.

„Sicher. Wir haben keine anderen Pläne“, sagte er. „Wir räumen die Küche auf und gehen.“

Eine Stunde später hatte Imogen das Gefühl, mit einem Skateboard über Felsen zu fahren. Es schien ihre Aufgabe zu sein, das Gleichgewicht zwischen einem praktischen, sachlichen Vater und Ellerys Wunsch nach Glitzer, Herzen und Regenbögen aufrechtzuerhalten. Sie diskutierten über den Stil, bis sie schließlich einen Kompromiss in Form einer soliden Konstruktion mit einer Zierleiste wie bei einem Lebkuchenhaus eingingen. „Damit ist für jeden etwas dabei“, hatte Imogen nach einer fünfzehnminütigen Diskussion erklärt.

Nachdem sie sich für das Design entschieden und einen Bausatz und Farbe im Baumarkt gekauft hatten, fuhren sie zu einem Stoffladen, um Material für die Herstellung von Vorhängen, Kissen und einem Bezug für den Fensterplatz zu besorgen. Die Auswahl nahm Zeit in Anspruch und Imogen konnte sehen, wie Patricks Geduld schwand. Sie konnte sich vorstellen, dass er nach Hause wollte, um mit dem Aufbau zu beginnen.

„Bist du sicher, dass wir das alles an einem Tag schaffen können?“, fragte sie, als sie nach Hause zurückgekehrt waren und ihre Einkäufe in den Garten schleppten. Sie hatte den Stoff bereits ins Haus gelegt. Das war ihr Projekt für den nächsten Tag.

„Kein Problem.“ Er grinste sie an. „Ich habe nicht genau gesagt, wann der Tag endet, aber dadurch, dass wir mit einem Bausatz beginnen, verkürzt sich die Aufbauzeit.“

„Ich will helfen“, sagte Ellery und schwang einen Hammer in Kindergröße, den Patrick für sie gekauft hatte. Sie trug außerdem einen Werkzeuggürtel und einen Schutzhelm. „Wo fangen wir an?“

„Zuerst müssen wir den Boden aufbauen“, sagte Patrick. Gemeinsam maßen sie ein Quadrat ab und legten Bretter darüber.

„Autsch!“, kreischte Ellery, als sie das letzte Brett festnagelten. Sie hielt ihren Daumen umklammert und Tränen quollen aus ihren Augen.

„Oh nein.“ Patrick nahm sie schnell in den Arm und inspizierte den verletzten Daumen. Er gab ihm einen Kuss. „Besser? Ich glaube, es ist nicht schlimm.“

„Ich bin nicht so gut mit dem Hammer“, sagte Ellery. „Kann ich einen anderen Job haben?“

Patrick warf Imogen einen flehenden Blick zu. Sie wurden immer besser bei ihrer stillen Kommunikation.

„Kannst du zwei Jobs erledigen?“, fragte Imogen. Ellery nickte sofort. „Alles klar. Zuerst brauchen wir jemanden, der im Haus Snacks holt. Ich werde hungrig. Wie wäre es mit ein paar Crackern?“

„Ich habe auch Hunger“, sagte Ellery und ging zur Hintertür.

„Du bist unglaublich“, sagte Patrick und schenkte Imogen ein Lächeln, bei dem ihr heiß wurde. „Was ist Job Nummer zwei und wird sie damit länger beschäftigt sein?“

„Ich habe alles im Griff“, versprach Imogen ihm. „Mach dir keine Sorgen.“

Als Ellery mit den Crackern zurückkam, setzten sie sich an den Picknicktisch, um zu essen und den Sonnenschein zu genießen. Das Mädchen konnte jedoch nicht lange still sitzen. Es sprang auf und fragte ungeduldig: „Was jetzt?“

„Mr. Bubblesworth fühlt sich ausgeschlossen“, sagte Imogen mit sehr ernster Stimme. Sie hatten den Hund an einen Baum im Garten gebunden, aber er wollte offenbar spielen. „Kannst du ihn unterhalten?“

Ellery rannte los, um mit dem Welpen zusammen zu sein.

„Gute Arbeit. In einer Stunde werden die beiden so erschöpft sein, dass sie einschlafen“, sagte Patrick. „Das gibt uns Zeit, die Wände aufzubauen.“

Sie arbeiteten den ganzen Nachmittag, setzten die Wände zusammen und stellten sie auf. Anschließend montierten sie die Balken und Sperrholzplatten für das Spitzdach.

„Ich werde morgen das Wellblech auf dem Dach anbringen“, sagte Patrick und musterte die Vorderseite des kleinen Gebäudes. „Außerdem möchte ich noch ein paar Dinge im Inneren erledigen, damit Ellery sofort dort spielen kann. Ich glaube, ich baue vorn eine kleine Veranda. Würde ihr das gefallen?“, fragte er, als sie durch die Tür ins Spielhaus gingen.

„Sie würde es lieben.“ Imogen sah aus dem Fenster zu Ellery, die neben Mr. Bubblesworth im Gras lag. Das Mädchen machte eine Kette aus Löwenzahn und schien vollkommen zufrieden zu sein.

Patrick hängte die Tür ein und stieß mit ihr zusammen, als er sich umdrehte. „Tut mir leid."

„Wirklich?", fragte sie und erlaubte sich, ein wenig zu flirten. Es hatte Spaß gemacht, mit ihm zu arbeiten, weil es ihnen half, so etwas wie eine Beziehung aufzubauen. Und sie mochte seine Gesellschaft. Sehr. „Wir haben zusammen ein Haus gebaut, genau wie ein echtes Ehepaar."

Er zog sie näher an sich. „Wenn wir Ehepaar spielen, sollte ich dich küssen, um unsere Erfolge zu feiern."

Bevor sie antworten konnte, schlangen sich seine Arme um ihre Taille. Jeder Kuss hatte eine Stimmung. Der Kuss am Vorabend war ein langsames Glühen gewesen, das sich zu einem Waldbrand hätte entwickeln können. Der Kuss heute war spielerisch und machte Spaß. Sie mochte beide Versionen und fragte sich, was sie noch teilen könnten. Sie trennten sich rechtzeitig, um zu sehen, wie Ellery am Fenster vorbei in Richtung Haus lief.

„Wohin geht sie?", fragte Imogen und trat aus dem Spielhaus. Eine Minute später kehrte Ellery mit Todd zurück, der einen großen Strauß Rosen und Lilien trug. „Hallo, Todd. Sind die Blumen von dir?"

„Leider nicht. Sie lagen auf der Veranda." Er legte sie auf den Picknicktisch. „Ich bin vorbeigekommen, um euch beiden zu eurer Hochzeit zu gratulieren."

„Danke." Patrick gab seinem Bruder die Hand.

„Ich hoffe, ihr werdet glücklich zusammen", fügte Todd hinzu und küsste sie auf die Wange.

„Das weiß ich zu schätzen", sagte Imogen. Sie hatte sich gefragt, warum Patrick seinen Bruder nicht zu ihrer Hochzeit eingeladen hatte, aber sie hatte sich nicht eingemischt. Es war Patricks Entscheidung und die Hochzeit zu dritt war besonders intim gewesen.

„Komm und sieh dir mein Spielhaus an.“ Ellery nahm Todds Hand und zog ihn zu dem halb fertigen Gebäude.

„Hast du einen heimlichen Verehrer?“ Patrick zeigte auf die Blumen.

„Ich weiß nicht.“ Sie zog einen Umschlag aus dem Strauß. *Imogen Mendel Nelson* stand darauf. Jemand wusste, dass sie verheiratet war. Seltsam, da sie es keinem ihrer Freunde erzählt hatte. Patrick stellte sich neben sie und legte seine Hand auf ihren Rücken. Etwas stimmte hier nicht und er musste es auch gespürt haben.

„Mach ihn auf“, sagte er.

Sie brach das Siegel und zog eine kleine Karte aus dem Umschlag. Die Nachricht darin war in ordentlichen Druckbuchstaben geschrieben. *Herzlichen Glückwunsch zu Ihrer Hochzeit, aber denken Sie daran, dass wir wissen, wo Sie sind. Viel Glück für Ihre Zukunft.* Am Ende gab es keine Unterschrift oder einen Namen.

Imogen spürte, wie ein Schauder über ihren Rücken lief, und nur Patricks warme Hand hielt sie davon ab, zu zittern. „Das muss von meinem Betreuer sein“, sagte sie so leise, dass Ellery und Todd nichts hörten.

„Warum denkst du das?“ Alles an ihm war angespannt und bereit, zum Angriff überzugehen.

„Er ist unheimlich, aber ich musste ihm sagen, wo ich jetzt wohne.“ Sie hatte den Mann nur zweimal getroffen und war nicht begeistert gewesen. Ihre Telefongespräche in jüngerer Zeit hatten diese Meinung gefestigt. „Er findet das wahrscheinlich lustig.“

Patrick runzelte die Stirn und sie fragte sich, ob er in Gedanken ebenfalls Worst-Case-Szenarien durchging. Die Blumen und die Nachricht könnten von Grants Vater stammen oder von jemandem, der für ihn arbeitete. Aber selbst wenn es so war – was könnte sie dagegen tun?

Die Behörden würden ihr nur raten, das Problem ihrem Betreuer zu melden, aber er war der letzte Mensch, dem sie vertraute.

KAPITEL ELF

Am nächsten Morgen trug Patrick Imogens Nähmaschine zum Picknicktisch, holte ein Verlängerungskabel aus der Garage, um sie mit Strom zu versorgen, und dachte, seine Arbeit sei damit erledigt. Imogen und Ellery waren für die Dekoration des Spielhauses verantwortlich. Das war nicht seine Welt. Während sie das Spielhaus verschönerten, wollte er sich im Garten betätigen. Er hatte es fast bis zur Garage geschafft, um den Rasenmäher zu holen, als Ellerys Stimme ihn zurückrief.

Was jetzt? Er wollte schreien, aber er hielt den Mund. Ellery wollte seine Aufmerksamkeit und das war gut so. Also drehte er sich um.

„Wir brauchen Gardinenstangen“, verkündete seine Tochter. „Ich will hübsche.“

„Hübsche?“ Er sah Imogen ratlos an. Waren Gardinenstangen nicht alle gleich?

„Sie meint diejenigen mit Zierelementen an den Enden“, erklärte sie. „Wie in deinem Wohnzimmer.“

Hm? Er hatte hübsche Gardinenstangen? Das war ihm neu. Er würde nachsehen müssen. „In Ordnung. Wo bekommt man so etwas?“

„Der Baumarkt sollte eine gute Auswahl haben“, sagte Imogen. „Nimm Ellery mit, damit sie sich etwas aussuchen kann, das ihr gefällt.“

„Kommst du nicht mit?“

Imogen schüttelte den Kopf. „Ich nähe den Bezug für den Fensterplatz.“

Er wollte sie bitten, mit in den Laden zu kommen, aber sie war schon den ganzen Morgen angespannt. Die Blumen und die Nachricht von gestern waren ihr unter die Haut gegangen. Sie hatte während des Abendessens kaum ein Wort gesprochen, war früh ins Bett gegangen und hatte behauptet, müde zu sein. Das stimmte wahrscheinlich, nachdem sie den ganzen Tag an dem Spielhaus gearbeitet hatten, aber er wollte, dass sie sich ihm anvertraute.

Er sah die Nachricht nicht als große Sache an. Was sollte schon passieren, wenn jemand wusste, dass sie verheiratet war und mit ihm zusammenlebte? Wenn überhaupt, könnte es jemanden davon abhalten, ihr zu nahe zu kommen. Sie war nicht mehr allein und er hatte die Fähigkeiten, um sie zu beschützen. Er dachte, sie hätte das verstanden.

„Sicher“, sagte er und nahm Ellerys Hand. „Lass uns hübsche Gardinenstangen kaufen.“

Als sie den Baumarkt erreichten, wollte er unbedingt eine Auszeit. Ellery hatte im Auto ununterbrochen geredet, was für sie nichts Ungewöhnliches war, aber bei ihrer Aufregung über das Spielhaus stieg die Tonhöhe ihrer Stimme. Die Schrillheit ging ihm auf die Nerven.

Es wurde nicht besser, als sie hineingingen. Ellery rannte los und er verlor sie fast aus den Augen. Nachdem er sie in den richtigen Gang gebracht hatte, brauchte sie volle fünfzehn Minuten, um die perfekten Zierstücke für ihre Gardinenstangen auszuwählen. Der Versuch, sie zur Eile zu mahnen, brachte sie nur näher an den Wutanfall, den er schon an anderen Tagen gesehen hatte. Zum Glück dachte er rechtzeitig daran, um eine Eskalation zu verhindern. Es war wahrscheinlich der falsche Ansatz, ihr ihren Willen zu lassen, aber den richtigen kannte er nicht. Er musste noch viel lernen, um ein guter Vater zu sein – damit hatte Imogen recht gehabt. Also stand er so geduldig wie möglich im Gang, während Ellery sich zwischen drei ‚Finalisten' entschied, die für ihn im Wesentlichen alle gleich aussahen.

Als sie endlich nach Hause kamen, hoffte er, seine Pflicht getan zu haben. Stattdessen musste er die Stangen aufhängen, nachdem Ellery ihre Meinung über die genaue Höhe immer wieder geändert hatte. Anschließend strich er die Tür des weißen Spielhauses hellrosa, was ohne Ellerys Hilfe einfach gewesen wäre. Aber er hatte kein Glück.

„Tut mir leid, Daddy", sagte Ellery und wich zurück, nachdem sie sein Shirt mit rosa Farbe bespritzt hatte.

„Schon gut", sagte er und hielt den Fluch zurück, der über seine Lippen kommen wollte. Er benutzte ein Papiertaschentuch, um die Farbe abzuwischen. „Keine Sorge."

„Findest du nicht, dass es das schönste Rosa der Welt ist?"

„Es ist toll." Wo zum Teufel war Imogen? Seine Augen wanderten zu ihr. Sie ließ Stoff durch die Nähmaschine laufen. Als sie die Naht beendet hatte, sah sie auf und begegnete seinem Blick.

„Rosa steht dir", rief sie mit einem Lächeln im Gesicht. Es war das erste, das er seit gestern gesehen hatte.

„Können wir die Fensterrahmen auch rosa streichen?", fragte Ellery und hob ihr Gesicht zu seinem, um ihn flehend anzusehen. Sie benutzte diesen Blick immer, wenn sie ihren Willen durchsetzen wollte. Das könnte ein Problem werden, aber es war auch unwiderstehlich.

Rosa an den Fenstern würde höllisch kitschig aussehen, aber warum nicht? „In Ordnung. Wir streichen sie rosa."

Nachdem sie die Tür fertiggestellt hatten, machten sie mit den Fensterrahmen weiter, was mehr Geschick erforderte. Patrick verbrachte die meiste Zeit damit, Tropfen aufzufangen, bevor sie über das Weiß liefen. *Es ist okay*, sagte er sich. Er verbrachte Zeit mit seiner Tochter und baute eine Bindung zu ihr auf … aber Himmel, allein wäre er besser vorangekommen.

Am späten Nachmittag hatte er alles gestrichen, Vorhänge aufgehängt und Dekorationsgegenstände aus dem Haus geholt. Nun war er in der Garage, um den Fensterplatz nach Ellerys Vorgaben zu bauen. Er hatte dieses Projekt so satt. Würde sein Leben in den nächsten fünfzehn Jahren so aussehen?

Er musste mit einem anderen Mann sprechen, also griff er nach seinem Handy und wählte Andersons Nummer, ohne nachzudenken. Dann fiel es ihm wieder ein. Sein SEAL-Teamkamerad war bereits auf einer anderen Mission und nicht zu erreichen.

„Verdammt", fluchte Patrick und verspürte eine kurze Welle der Eifersucht. Anderson tat, wozu sie ausgebildet worden waren. Patrick hatte keine Ahnung, was seine Mission war, aber er stellte sich vor, dass sie viel interessanter war, als Vorhänge zu befestigen.

Er versuchte es als Nächstes bei Todd, aber er wurde an die Mailbox weitergeleitet.

Er betrachtete seinen Pickup. Er konnte einsteigen, losfahren und Imogen eine Weile mit allem hier umgehen lassen. Er fühlte sich schlecht bei dem Gedanken, aber Ellery und ihre Forderungen machten ihn fast verrückt. Als er die letzte Schraube festgezogen hatte, blickte er wieder auf seinen Truck. Nur ein paar Stunden für sich. Das war alles, was er brauchte.

Er tastete nach den Schlüsseln in seiner Jeanstasche und die Versuchung überwältigte ihn fast. Dann bremste er sich. Rachel hatte Ellery verlassen, sodass sie in einer Pflegefamilie gelandet war. War er als Vater so schlecht, wie Rachel als Mutter gewesen war?

Verdammt, das wollte er nicht sein, aber war er es, weil er daran dachte, wegzugehen?

„Ich finde, du hast dir eine Erfrischung verdient." Imogen reichte ihm ein Bier. Er war so in seine Gedanken versunken gewesen, dass er nicht gehört hatte, wie sie in die Garage kam.

„Danke", sagte er mit schroffer Stimme. Er ergriff die Flasche, öffnete sie und nahm einen langen Schluck.

„Lass uns spazieren gehen", sagte sie und hielt die Hundeleine hoch. „Mr. Bubblesworth könnte etwas Bewegung vertragen. Und wir könnten beide eine Auszeit von diesem Projekt gebrauchen." Sie deutete auf den Fensterplatz auf seiner Werkbank.

„Was ist mit Ellery?", fragte er, da Imogen allein war.

„Sie hat sich den *Discovery Family Channel* angesehen und ist auf der Couch eingeschlafen. Dort kann sie eine Weile bleiben, solange wir in Hörweite sind. Komm schon." Imogen ging ihm voran in den Garten und nahm Mr. B an die Leine, bevor sie sich zusammen auf den Weg zur Straße machten.

Ohne darüber zu diskutieren, gingen sie auf das Waldgebiet zu und hielten gelegentlich an, damit der Hund am Boden schnüffeln konnte. Mr. B ging inzwischen besser an der Leine. Sie redeten nicht und Patrick war dankbar für die Ruhe. Er hatte sein Zuhause immer als friedlich empfunden und vielleicht war das ein Problem. Die Zeit allein, die er immer nach einer Mission suchte, gab es nicht mehr. Nicht, wenn Ellery und Imogen in seinem Haus wohnten. Er würde sich daran gewöhnen müssen, sobald sie eine Art Routine gefunden hatten.

„Ellery weiß, was sie will“, sagte Imogen nach einigen Minuten des Schweigens. „Sie hatte eine Vision für ihr Spielhaus, das muss ich ihr lassen.“

„Sie hat uns damit fast in den Wahnsinn getrieben“, stimmte er reumütig zu.

„Ich denke, sie hatte bisher sehr wenig, das ihr gehörte“, sagte Imogen nach einer weiteren Pause. „Vielleicht hatte sie sehr wenig Kontrolle über sich oder ihre Umgebung.“

Patrick verspürte Schuldgefühle bei den Worten, weil sie wahr waren. Ellery war nicht wirklich vernachlässigt worden, aber sie war ausgehungert nach Aufmerksamkeit und Liebe. Er konnte ihr diese Dinge geben, aber die Kindererziehung war schwieriger, als er gedacht hatte. Jetzt konnte er verstehen, warum das Jugendamt gezögert hatte, ihm das volle Sorgerecht zu gewähren. Das Gremium musste gesehen haben, dass er nicht bereit war.

„Ich wäre heute fast in meinen Truck gestiegen und losgefahren“, sagte er und wartete auf Imogens hartes Urteil. Er hatte es verdient.

„Ich denke, alle Eltern fühlen sich irgendwann so.“ Sie erreichten das Ende des Waldwegs und kehrten um.

„Tun sie das?“ Das war kaum zu glauben. Er hatte einige seiner Teamkameraden mit ihren Kindern gesehen. Keiner von ihnen hatte jemals so gewirkt, als wollte er wegrennen. Der Fehler musste bei ihm liegen. „Ich bin nicht sicher, ob ich dafür geeignet bin. Ich weiß nie, was Ellery als Nächstes tut, und sie kann sehr … fordernd sein.“ Er hasste es, das über seine eigene Tochter zu sagen, aber es stimmte.

„Ich weiß. Ihre Situation …“

„… ist meine Schuld“, sagte er und unterbrach Imogen, bevor sie eine Ausrede für ihn finden konnte. „Wenn ich schon vor Jahren mehr Verantwortung für sie übernommen hätte, wäre jetzt alles anders.“

„Du übernimmst jetzt die Verantwortung“, antwortete Imogen. „Das ist mehr, als viele Menschen tun würden. Du tust jetzt alles, damit sie sich sicher und glücklich fühlt. Und du tust das Gleiche für mich. Sei nicht so hart zu dir.“

„Ich versage nicht gern“, gab er zu. Es lag nicht in seiner Natur. Einige Dinge in seinem Leben waren ihm leichtgefallen, für andere hatte er hart gearbeitet, aber er hatte immer Erfolg gehabt. Er war allerdings nicht sicher, ob er das auch als Vater von sich behaupten konnte.

„Du wirst nicht versagen. Vertrau mir“, erwiderte sie.

„Ich weiß nicht.“ Er hatte große Zweifel.

„Wenn du in deinen Truck gestiegen und weggefahren wärst, wärst du zurückgekommen?“

„Natürlich“, antwortete er sofort.

Imogen trat vor ihn und Mr. B setzte sich auf den Boden. Als Patrick stehen blieb, legte sie ihre Hände auf seine Schultern und hielt ihren Blick fest auf ihn gerichtet. „Eltern brauchen manchmal eine Pause. Du solltest dich deswegen nicht schlecht fühlen. Der Punkt ist, dass du zurückkommst. Dass du zurückkommen *willst*.“ Ohne ein weiteres Wort zog sie ihn für eine tröstende Umarmung an sich. „Du wirst das schaffen“, sagte sie und ließ ihn nach einem Moment los. „Wir werden es schaffen. Lass uns zurück zum Haus gehen.“

Sie ging weiter, aber diesmal nahm sie seine Hand. Das Gefühl ihrer Finger in seinen war beruhigend. Es erinnerte ihn an die Anziehungskraft, die zwischen ihnen pulsierte, wenn sie sich berührten … und er dachte immer häufiger daran, ihr nachzugeben.

Sie kehrten zum Haus zurück und schlichen sich hinein, um Ellery, die immer noch auf der Couch schlief, nicht zu stören. Imogen ließ Mr. B von der Leine und er verschwand in der Küche. Sekunden später hörten sie, wie er lautstark Wasser aus seinem Napf schlürfte.

„Danke“, flüsterte er und zog Imogen zu sich, bis sich ihre Körper berührten. „Du machst alles besser.“

Ihre Augen weiteten sich überrascht. Vielleicht hatte sie von ihm keine so unverblümte Ehrlichkeit erwartet, aber er sah keinen Grund, seine Dankbarkeit – und sein Verlangen – geheim zu halten. Sie hatte nichts gegen ihre vorherigen Küsse einzuwenden gehabt, also strich er mit einem Finger über ihre Wange und brachte ihren Mund an seinen. Dieser Kuss war von Anfang an anders. Sie öffnete ihren Mund sofort, ihre Zungen trafen sich in einem spontanen Tanz und bald spürte er die Hitze, die zwischen ihnen aufflammte.

Er drückte sie näher an sich, sodass er ihre Brüste an seinem Oberkörper spüren konnte, und ihre Arme schlossen sich um ihn, bevor ihre Finger seinen Rücken erkundeten. Sie wollte das genauso sehr wie er. Seine Lippen bewegten sich nach unten, um eine Spur von Küssen über ihren langen Hals zu ziehen, und seine Hände glitten unter den Saum ihres T-Shirts. Er berührte gerade die warme, glatte Haut dort, als Ellery sich auf der Couch regte. Imogen erstarrte in seinen Armen und ihre Augen, deren Lider immer noch schwer vor Lust waren, öffneten sich.

Widerwillig ließ er sie los.

KAPITEL ZWÖLF

„Was machen wir heute?“ Ellery stellte jeden Morgen beim Frühstück dieselbe Frage.

„Sieh auf der Tafel nach“, sagte Patrick. Er schenkte Imogen und sich selbst Kaffee ein und brachte die Tassen an den Tisch.

„Danke.“ Imogen nahm ihre Tasse und freute sich über seine Fürsorge. Sie achteten darauf, vor Ellery nicht zu liebevoll miteinander umzugehen, aber in den seltenen Momenten, in denen sie beschäftigt war, gab es wundervolle heimliche Küsse. Imogen wusste, dass sie sich daran nicht gewöhnen sollte, aber jeden Tag fühlte sie sich mehr zu ihm hingezogen.

„S-C-H-W-I-M-M-B-A-D“, las Ellery auf der Tafel, wo die Aktivitäten des Tages aufgelistet waren. „Das Schwimmbad. Schon wieder?“

Imogen gefiel es, dass Ellery Lesen üben durfte, aber der wahre Grund für den öffentlichen Zeitplan war Patricks Liebe zur Struktur. Praktischerweise funktionierte diese Struktur gut für Kinder. In den letzten Tagen hatten sie sich an eine angenehme Routine gewöhnt. Imogen war froh, zur Abwechslung einmal nicht für alles verantwortlich zu sein.

Von September bis Mai musste sie in ihrem Klassenzimmer alle Entscheidungen treffen, deshalb war es schön, dies für eine Weile jemand anderem zu überlassen. Patrick konsultierte sie, aber sie hatte keinen Grund gefunden, Einwände gegen seine Pläne zu erheben, und nur zu gern mitgemacht. Tatsächlich war sie in ihrer vorübergehenden Ehe überraschend glücklich. Zum ersten Mal seit fast einem Jahr fühlte sie sich sicher. Die unheimlichen Telefonanrufe kamen immer noch in Wellen, einige Tage lang gar nicht und dann einer nach dem anderen, aber die Bedrohung fühlte sich weiter weg an. Sie erkannte, dass es naiv war, so zu denken, aber sie hasste es, sich mit etwas Negativem zu befassen.

„Ich will nicht dorthin gehen“, sagte Ellery und kehrte zum Tisch zurück. Sie presste die Lippen zu einem Schmollmund zusammen, den Imogen und Patrick als Warnsignal dafür erkannten, dass ihr Verhalten problematisch wurde.

„Warum nicht?“, fragte Patrick mit neutraler Stimme. „Das Wasser wird sich heute gut anfühlen. Es wird heiß.“

„Dort sind sie nicht nett zu mir.“ Ellerys Unterlippe begann zu zittern.

„Wer ist nicht nett zu dir?“ Patrick sah von Ellery zu Imogen.

„Sag deinem Vater, was passiert ist“, ermutigte Imogen sie leise.

„Kannst du es ihm erzählen?“ Tränen traten in die Augen des Mädchens und Imogen hatte Mitleid.

„Gestern, als wir ohne dich dort waren“, erzählte Imogen Patrick, „sagte der Bademeister, dass Ellery zu groß für das Planschbecken sei. Es ist für Kinder unter fünf Jahren gedacht.“

„Na und? Geh ins Hauptbecken.“ Er verstand offensichtlich nicht, was das Problem war, aber er hatte Ellerys Gesichtsausdruck nicht gesehen.

„Das wollte sie nicht. Sie hat sich dabei *unbehaglich* gefühlt“, sagte Imogen und versuchte, es sanft auszudrücken. Ellery hatte sich rundweg geweigert, auch nur einen Zeh in das große Becken zu tauchen, selbst als Imogen angeboten hatte, mit ihr hineinzugehen. Als Imogen ihre Angst bemerkt hatte, wollte sie das Mädchen nicht zwingen, also hatten sie ihre Sachen zusammengepackt und waren gegangen. Patrick war erst spät abends nach Hause gekommen, nachdem er einem Freund bei einem Bauprojekt geholfen hatte, also hatten sie es ihm nicht gesagt.

„Schatz, hast du Angst vor dem großen Becken?", fragte Patrick und Ellery nickte. Ein ratloser Ausdruck huschte über sein Gesicht. Er hatte wahrscheinlich nie Angst vor irgendetwas. Würde er die Angst seiner Tochter verstehen? Imogen rechnete ihm hoch an, dass er seine Worte sorgfältig wählte, als er weitersprach. „Vor Wasser sollte man Respekt, aber keine Angst haben."

„Was, wenn ich untergehe und nicht wieder hochkomme?" Die Stimme des Mädchens war leise und ohne die übliche Tapferkeit.

„Deshalb solltest du schwimmen lernen", erklärte Patrick, „damit das nicht passiert. Wenn du dann untergehst, weißt du, wie du wieder an die Oberfläche kommst."

Ellerys Gesicht verzog sich, als würde sie die Idee abwägen. „Vielleicht", sagte sie schließlich.

„Warum denkst du nicht eine Weile darüber nach?", schlug Imogen vor.

„In Ordnung. Ich gehe zu meinem Haus." Ellery lief durch die Hintertür nach draußen. Seit sie das Spielhaus fertiggestellt hatten, sagte sie diesen Satz oft. Sie liebte ihr kleines Haus im Garten und Imogen vermutete, dass es der erste große Wunsch war, der Ellery gewährt worden war.

Patrick zog sein Handy hervor und tippte darauf herum.

„Was machst du da?", fragte sie, als sie das Frühstücksgeschirr wegräumte.

„Ich suche einen Schwimmkurs für sie.“ Sein Ton war sachlich.

„Was? Sie möchte vielleicht keinen Kurs besuchen.“ Imogen konnte Ellery verstehen. Sie konnte in das große Becken steigen, aber es war nicht ihre Lieblingsbeschäftigung. Wann immer sie den Ozean besuchte, gab sie sich damit zufrieden, am Ufer entlang zu waten. Ellerys Befürchtungen waren berechtigt.

„Ich bin ein SEAL.“ Patrick sah ihr in die Augen. „Wir sind darauf trainiert, im Wasser zu überleben. Es gibt keinen Grund, Angst davor zu haben.“

„Das sagst du als Navy-Offizier“, argumentierte Imogen. „Du bist kein sechsjähriges Kind.“

„Sie muss schwimmen lernen“, sagte er rundheraus und Imogen biss sich auf die Unterlippe, um nicht zu streiten. Sie hielt ihn für unvernünftig, aber sie musste sich daran erinnern, dass es sein Kind und damit seine Entscheidung war. Sie musste ihr aber nicht gefallen. Er begegnete ihrem Blick und schien ihre Gedanken zu lesen. „Alles wird gut, Imogen. Ich werde sicherstellen, dass ihr nichts passiert. Es muss Kurse für Kinder in ihrem Alter geben. Ah, hier.“ Er hatte seine Aufmerksamkeit wieder auf sein Handy gerichtet. „Sie werden von der Stadt angeboten. Ich melde Ellery an. Sie wird in kürzester Zeit wie ein Fisch schwimmen.“

Glücklicherweise hatte Ellery, als sie einige Zeit später aus ihrem Spielhaus zurückkehrte, beschlossen, schwimmen zu lernen, und Patrick ließ ihr die Illusion, dass es ihre Wahl gewesen war.

Zwei Schwimmstunden später bewies Ellery, dass ihr Vater recht hatte. Sie schien auf dem besten Weg zu sein, schwimmen zu lernen und ihre Angst vor dem Wasser zu überwinden.

Die erste Stunde war nicht besonders gut verlaufen, bis ein Junge aus ihrer Vorschulklasse aufgetaucht war. Ellery wollte vor einem Klassenkameraden nicht schlecht aussehen, also war sie ins Wasser gesprungen und hatte die Anweisungen des Bademeisters, der den Kurs leitete, befolgt.

Während der zweiten Stunde saßen Imogen und Patrick am Becken und sahen zu, wie Ellery spielerisch durch einen Reifen schwamm, der von dem Kursleiter gehalten wurde. Die Idee dahinter war, dass sich die Kinder ans Wasser gewöhnen sollten. Ellery mochte es nicht, wenn ihr Gesicht nass wurde, aber sie machte mit.

„Du hattest recht", sagte Imogen zu Patrick. „Obwohl ich mich frage, warum du es ihr nicht einfach selbst beigebracht hast."

„Ich bin ein Macher, kein Lehrer", sagte Patrick. „Ich kann Befehle erteilen, aber erklären, wie man etwas macht, ist nicht mein Ding." Er lehnte sich zurück und machte es sich auf dem Liegestuhl bequem. „Außerdem ist es nie eine gute Idee, jemanden zu unterrichten, der einem so nahe steht."

„Wirklich?", fragte sie überrascht. Das war überhaupt nicht ihre Philosophie. „Ich habe immer gedacht, dass es einfacher ist, jemanden zu unterrichten, den man kennt und liebt."

„Es ist offensichtlich, dass dir deine Schüler viel bedeuten", sagte er und seine Augen trafen ihre, „also muss es für dich funktionieren."

„Das tut es." Sie wollte noch mehr sagen, aber Ellery stieg aus dem Becken und rannte auf sie zu, sodass Wassertropfen in alle Richtungen flogen. Sie packte den Arm ihres Vaters und versuchte, ihn zurück zum Wasser zu ziehen.

Eine Sekunde lang war Imogen nicht sicher, was er tun würde. Manchmal reagierte er schlecht auf spontanes Verhalten, aber diesmal nicht. Er hob seine nasse Tochter hoch und sprang in das Becken, während er sie festhielt. Imogen lachte und war froh, dass er zum

Unterricht eine Badehose und ein T-Shirt angezogen hatte, sonst wäre es eine feuchte Heimfahrt geworden.

Da der Unterricht vorbei war und die anderen Kinder gingen, gab es im Becken viel Platz, sodass Vater und Tochter spielen konnten. Sie bespritzten sich gegenseitig mit Wasser und Patrick tauchte unter, um Ellerys Beine zu ergreifen, was sie zum Quietschen brachte. Er schien zu wissen, wie viel er tun konnte, um Ellery zum Lachen zu bringen, ohne sie zu erschrecken. Nach ein paar Minuten hielt Patrick einfach nur seine Tochter im Arm und schwebte mit ihr im Wasser.

Imogen wollte ein Foto machen, um den intimen Moment festzuhalten. Patrick und Ellery verstanden sich immer besser und die Liebe, die sie von Anfang an zwischen ihnen gesehen hatte, war jetzt offensichtlich.

Imogen hatte sich gefragt, ob sie sich unwohl fühlen würde, wenn die beiden einander näherkamen, da sie bis zu einem gewissen Grad davon ausgeschlossen war – aber das tat sie nicht. Sie war froh, dass sie eine Beziehung haben würden, auch noch lange nachdem sie aus ihrem Leben verschwunden war. Der Gedanke, in der Zukunft von ihnen getrennt zu sein, machte sie traurig, aber das war Teil der Vereinbarung, der sie zugestimmt hatte.

Plötzlich kicherte Ellery und begann, das Shirt ihres Vaters über seine Schultern zu ziehen und ihn damit einzufangen. *Kluges kleines Mädchen. Sie versucht, sich einen Vorteil zu verschaffen*, dachte Imogen, als sie zusah, wie Patrick mit dem nassen Stoff kämpfte. Als er das Shirt nicht wieder zurechtrücken konnte, zog er es aus und versuchte dann sofort, es wieder anzuziehen. Imogen fragte sich, warum. Sein Körper war erstklassig. Er stand jetzt im Becken und sie konnte seine tätowierte Brust und die festen Bauchmuskeln über dem Wasser sehen.

„Lass mich mein Shirt wieder anziehen“, sagte er zu Ellery. Seine Stimme war unerwartet scharf, als sie sich umdrehte und versuchte, ihn mit Wasser zu bespritzen.

Patrick gab schließlich auf, warf das durchnässte Shirt auf das Pooldeck und ging zum Beckenrand zurück. Er griff nach Ellery und hielt sie auf Armeslänge von sich weg, ohne auf ihre spielerischen Neckereien zu reagieren, wie er es gerade noch getan hatte. Imogen konnte sein Verhalten nicht verstehen. Sie stand auf und wollte zum Becken gehen, aber sie erstarrte, als sie einen Blick auf seinen nackten Rücken erhaschte und erkannte, was das Problem war. Tiefe Narben gruben sich von Schulter zu Schulter in seine Haut. Eine gezackte Narbe verlief neben seiner Wirbelsäule und bog dann zur Seite ab. Sie stieß den Atem aus. Sie hatte gewusst, dass er Soldat war und sein Leben für sein Land riskierte, aber sie hatte nicht an die Gefahr gedacht, der er bis zu diesem Moment so oft ausgesetzt gewesen sein musste.

Sie schüttelte den Kopf und beeilte sich, zwei Handtücher zu holen. Sie verstand jetzt, warum er Ellery nicht hinter sich lassen und sich so verzweifelt bedecken wollte. Sogar ein Kind würde begreifen, dass ihm etwas Schreckliches passiert war. Als sie ihn erreichte, sah Imogen noch einmal genauer hin. Sie konnte nichts dagegen tun. Einige der Narben waren älter und verblasst, andere waren rot, was auf ein neueres Trauma hinwies. Alle waren Symbole für den Schmerz und die Gewalt, die er ertragen hatte. Sie riss ihren Blick von ihm los, um Ellery anzusprechen.

„Komm schon, Süße. Zeit, aus dem Wasser zu steigen. Sonst verschrumpelst du wie eine Rosine." Sie ließ ihre Stimme fröhlich klingen, um das Mädchen nicht zu beunruhigen. „Und wir haben heute noch andere Dinge vor. Erinnerst du dich an Mr. Bubblesworths Termin beim Tierarzt?" Der Termin war erst in ein paar Stunden, aber es war eine gute Ablenkung.

„Oh, richtig." Ellerys Aufmerksamkeit verlagerte sich sofort und sie ging zur Leiter und stieg aus dem Becken.

„Hier, trockne dich ab." Imogen traf das Mädchen an der Leiter und wickelte es von Kopf bis Fuß in ein riesiges Handtuch.

Während Ellery damit beschäftigt war, ihre Haare auszuwringen, reichte Imogen Patrick das zweite Handtuch.

„Danke“, murmelte er. Er legte es schnell um sich und es schien ihn nicht zu interessieren, dass es dabei teilweise ins Wasser hing. Er sah nicht auf und mied ihren Blick.

Sicherlich schämte er sich nicht für die Narben, oder? Nein, erkannte sie im nächsten Moment, das war es nicht. Er wollte nicht, dass sie Mitleid mit ihm hatte. Trotz des Sonnenscheins spürte sie einen Schauder in sich aufsteigen, aber ihr nächster Instinkt bestand darin, ihn zu berühren und den Mann unter dem Narbengewebe zu beruhigen. Sie stoppte sich, weil sie nicht sicher war, ob er die Geste begrüßen würde. Etwas anderes war jedoch klar. Es wäre gefährlich, tiefe Gefühle für einen Mann wie ihn zu entwickeln, denn die Realität dessen, was er tat – die Risiken, die er einging – würde immer zwischen ihnen stehen.

Und sie hatte zugelassen, dass er ihr immer mehr bedeutete.

Sie wandte sich ab und weil sie nicht wusste, was sie sagen sollte, beschäftigte sie sich mit Ellery, während er sein Shirt auswrang und es wieder anzog.

KAPITEL DREIZEHN

Die Sonne ging gerade unter, als Patrick mit Mr. B in den Garten trat. Der Hund musste sein Geschäft vor dem Schlafengehen erledigen und Patrick ging jeden Abend an der Grenze seines Grundstücks auf Patrouille. Nicht, dass er Ärger erwartet hätte, aber er hatte jetzt Menschen in seinem Leben, die er schützen musste.

Er wollte sie vor allem schützen, auch vor seinen Narben. Er hatte sein Shirt immer anbehalten, selbst in der glühenden Sommerhitze von South Carolina, da er nicht bereit war, Ellery das Ergebnis seiner Erfahrungen als SEAL zu zeigen. Das würde er noch lange nicht sein. Er hatte auch nicht gewollt, dass Imogen es sah. Er war so verdammt vorsichtig gewesen, seit sie geheiratet hatten, um es geheim zu halten.

Dem Himmel sei Dank für ihre schnelle Reaktion am Becken, aber er konnte sie nicht einschätzen. War das Ekel oder Trauer in ihren Augen gewesen? Sie hatte den Rest des Tages so getan, als wäre nichts passiert, aber etwas zwischen ihnen stimmte nicht. Sie benahm sich zu fröhlich, als dass es echt sein könnte.

Er pfiff, damit Mr. B zu ihm zurückkehrte. Seine Zweifel an dem Hund waren unbegründet gewesen. Er war größtenteils immer noch ein undisziplinierter Welpe, aber er hatte bewiesen, dass er in der Lage war, grundlegende Befehle zu erlernen.

„Guter Junge." Patrick kraulte den Kopf des Hundes und schenkte ihm Aufmerksamkeit und Lob als Belohnung dafür, dass er gekommen war, als er gerufen wurde. Hunde waren einfach zu handhaben und unkompliziert. Als sie im Haus ankamen, ging Mr. B nach oben in Ellerys Zimmer, wo er bis zum Morgen schlafen würde. Auf Patrick wartete eine viel schwierigere Aufgabe.

Er musste jetzt mit Imogen sprechen, während Ellery im Bett war. Patrick ging zum Wohnzimmer und hörte eine Männerstimme. Hatten sie einen Besucher? Aber als er eintrat, sah er, wie Imogen ihr Handy umklammerte und ihre Nachrichten abhörte. Ihrem Gesichtsausdruck nach zu urteilen, waren es wieder Drohungen. Er hielt inne, um den Worten zu lauschen. Was er hörte, gefiel ihm gar nicht.

„Sie werden es bereuen, wenn Sie aussagen."

„Sie sind ein hübsches Mädchen. Ich wette, wir könnten eine gute Verwendung für Sie finden."

Auf jede Drohung folgten eine Reihe von Obszönitäten und weitere Schilderungen dessen, was sie ihr antun wollten. Ihre Haut war fast gespenstisch blass und sie hatte die Augen geschlossen, als könnte sie dadurch einen Teil des Grauens ausblenden.

„Warum hörst du dir das an?", fragte Patrick und sie zuckte zusammen. „Lösche es einfach."

Sie drückte auf eine Taste ihres Handys und unterbrach die vulgäre Nachricht. „Ich kann nicht anders", sagte sie. „Ich denke immer wieder, dass die Anrufer etwas tun könnten, das ihre Identität verrät. Was ist, wenn ich es verpasse? Oder was ist, wenn sie etwas Belastendes sagen, das ich dem Staatsanwalt als Beweis vorlegen kann?" Sie legte ihr Handy auf den Couchtisch. „Ich weiß, dass es nicht gesund ist, aber es ist eine Art Besessenheit, die ich einfach nicht loswerde."

Oder war es eine Manifestation ihrer Angst? Er hatte sie auch geheiratet, um sie zu lindern, aber hatte er das geschafft? Er musste es wissen. „Vertraust du darauf, dass ich dich beschütze?“, fragte er.

„Das tue ich … aber ich habe trotzdem Angst. Das kann ich nicht ändern.“ Sie schnappte nach Luft. Er durchquerte schnell den Raum und nahm ihre Hand.

„Atme, Süße“, sagte er und sah zu, wie sie tief Atem holte und ihn langsam wieder ausstieß. Nach einem Moment schien sie sich zu beruhigen.

„Tut mir leid“, sagte sie. „Ich will nicht in Panik geraten, aber das ist nicht mein Leben. Ich bin nicht wie du dafür gemacht, Gefahren ausgesetzt zu sein. Patrick, dein Rücken …“

„Er ist verheilt“, sagte er und zuckte mit den Schultern. Er wollte nicht, dass es um ihn oder seine Vergangenheit ging.

„Aber es muss schrecklich schmerzhaft gewesen sein.“ Ihr Gesicht wirkte angespannt und er befürchtete, sie würde weinen. Bitte nicht seinetwegen.

„Shhh“, sagte er leise. „Mir geht es gut.“ Er legte seine Arme um sie, drückte ihr Gesicht an seine Schulter und strich mit seinen Händen über ihren Rücken.

„Aber du wirst auf eine andere Mission gehen“, sagte sie mit gedämpfter Stimme, „und es könnte wieder passieren.“

Machte sie sich Sorgen um ihn, weil er ihr etwas bedeutete? Ein Teil von ihm wollte, dass es so war, aber so durfte er nicht empfinden. Er brauchte weder sie noch sonst jemanden. Das hatte er als Kind gelernt, als seine Mutter die Familie verlassen hatte. All die Jahre, in denen er andere Soldaten auf Missionen angeführt hatte, hatten diese Überzeugung verstärkt. Seine Aufgabe war, andere zu beschützen, so wie er es bei Imogen versuchte.

„Ich bin jetzt hier“, sagte er und küsste ihre Haare.

Sie bewegte ihre Arme, die zwischen ihnen gefangen waren, und schob sie um seine Taille. Sie waren einander schon früher so nah gewesen, aber diese Umarmung fühlte sich anders und intimer an als die Küsse, die sie seit ihrer Hochzeit geteilt hatten. Sosehr er sie auch wollte – er hatte sich zurückgehalten, um eine bereits komplizierte Situation nicht noch komplizierter zu machen. War das falsch gewesen? Vielleicht brauchte sie mehr von ihm.

Er beugte seinen Kopf über ihren. Vielleicht brauchte er auch mehr von ihr. Es war ein beängstigender Gedanke, aber er konnte ihn nicht leugnen. Und sie waren – vorerst – verheiratet und einander treu. Er wusste, dass er versuchte, sein Verlangen nach ihr zu rechtfertigen. Bevor er sich ermahnen konnte, nicht mit ihr zu schlafen, küsste sie seinen Hals. Ein elektrischer Schlag durchzuckte ihn.

Er stöhnte, als ihre Lippen über seine Wange wanderten und kleine, zärtliche Küsse darauf verteilten. Oh Gott, das fühlte sich gut an. Seine Widerstandskraft war stark, aber nicht bei ihr. Er fand ihren Mund und küsste sie mit all der Begierde, die er bislang gezügelt hatte. Sie reagierte sofort und ließ ihn wissen, dass sie ihn auch begehrte, aber er wollte, dass sie die Worte sagte.

Er unterbrach den Kuss und trat ein wenig zurück, damit sie beide nachdenken konnten. Die Farbe war in ihr Gesicht zurückgekehrt und ihre Lippen waren von seinen Küssen geschwollen. Ihr Gesichtsausdruck war weich, fast liebevoll, und er wollte sie so sehr.

„Wenn wir nicht aufhören, landen wir zusammen im Bett“, zwang er sich zu sagen. „Bist du sicher, dass du das willst?“

Sie nickte. „Du auch?“

Er konnte nicht glauben, dass sie fragen musste. „Verdammt, ja.“

Ein winziges Lächeln erschien auf ihrem Gesicht. „Nun, ich denke, dann ist es an der Zeit, dass wir unsere Hochzeitsnacht nachholen."

Sie kamen wieder zusammen und ihr Kuss war jetzt gefährlich und verführerisch. Ihre Hände glitten unter sein Shirt und sie begann, an dem Stoff zu ziehen, aber er hielt sie auf. „Nicht hier", keuchte er. „Im Bett." Ohne sich um weitere Worte zu kümmern, hob er sie hoch und ging zur Treppe. Als sie in ihrem Zimmer angekommen waren, stellte er sie auf die Füße. „Ich bin gleich wieder da."

Er durchquerte den Flur, spähte in das Zimmer, wo Ellery und Mr. B tief und fest schliefen, und schloss die Tür. Als Nächstes ging er in sein Zimmer, um die Kondome in seiner Schublade zu holen. Er schnappte sich eines, entschied dann aber, dass es nicht genug sein würde. Schließlich trug er die ganze Schachtel zurück ins Hauptschlafzimmer.

Er erstarrte in der Tür. Imogen hatte ihr Tanktop und ihre Shorts ausgezogen, sodass sie nur noch einen Spitzen-BH und einen Tanga trug. Sie war wunderschön und ihr Körper war gleichzeitig weich und muskulös. Sein Schwanz verhärtete sich erwartungsvoll. Sie war atemberaubend und sie gehörte ihm, zumindest für den Moment.

Ihre Augen fielen auf die Schachtel in seiner Hand. „Ganz schön ehrgeizig", sagte sie. Ihr Lächeln war pure Verführung, als sie auf ihn zukam. Zu seiner Enttäuschung ging sie um ihn herum und er geriet fast in Panik, bevor er bemerkte, dass sie nur die Schlafzimmertür schloss. Anscheinend konnte sie immer noch denken. Er war weit von jedem rationalen Gedanken entfernt. Er griff nach ihr, aber sie wich ihm aus und nahm ihm die Schachtel ab.

„Wir sollten das besser irgendwo griffbereit haben", sagte sie und durchquerte den Raum, um die Kondome auf den Nachttisch zu legen. Ihre Wangen waren leicht gerötet und zeigten, dass sie nicht ganz die Verführerin war, die sie spielte, aber ihre Stimme war klar, als sie sagte: „Komm und liebe mich, Patrick."

Das musste sie ihm nicht zweimal sagen. Er ging mit drei Schritten zu ihrem Bett und legte seine Hände um ihre nackte Taille. Dann ließ er seine Handflächen nach unten gleiten, um ihre Pobacken zu berühren. Sie hatten die perfekte Größe für seine Hände. Der Tanga und der BH waren verlockend, aber er wollte, dass sie verschwanden, also schob er seine Finger in den Bund ihres Höschens und zerrte es nach unten, bis es lautlos auf den Boden fiel.

Er küsste die sanfte Kurve ihrer Brüste, als er ihren BH öffnete. Sie wand sich heraus und schnappte nach Luft, als er ihre linke Brustwarze leckte, bis sie hart wurde, bevor er sie mit seinen Lippen reizte. Er tat das Gleiche auf der anderen Seite und hörte, wie sich ihre Atmung veränderte, als sie erregter wurde. Seine Finger glitten über ihren Bauch zu den dunklen Haaren zwischen ihren Schenkeln.

„Ich war nicht sicher, ob du von Natur aus blond bist", sagte er, als seine Finger ihre feuchte Hitze erkundeten.

„Jetzt weißt du, dass ich es nicht bin", flüsterte sie. „Ändert das etwas?"

Er ließ einen Finger in sie gleiten und war erfreut, als er spürte, wie ein Schauder sie durchlief. „Überhaupt nicht. Ich denke, es ist Zeit, dass wir ins Bett gehen." Widerwillig zog er seine Hand zwischen ihren Schenkeln hervor, ließ sie auf die Matratze sinken und zog dann sich selbst aus. Ihre haselnussbraunen Augen leuchteten, als sie seinen Körper betrachtete. „Ich hoffe, du hast nichts gegen Tätowierungen und Narben."

„Das alles ist ein Teil von dir", sagte sie, als er sich neben sie legte. „Genauso wie deine Muskeln und deine Kraft." Mit ihrer Fingerspitze zog sie eine Linie von seiner Kehle zu seinem Nabel, wo sie einen Herzschlag lang innehielt, bevor sie ihre Hand um seinen Schwanz legte. Sie streichelte ihn und rieb mit ihrem Daumen über die Spitze. Er holte tief Luft. „Noch einmal?" Sie wartete nicht auf seine Antwort, als sie die Aktion wiederholte.

Er konnte das kein drittes Mal ertragen, nicht ohne in ihrer Hand zu kommen, also ließ er sich auf sie nieder und lenkte sie mit einem Kuss ab. Aber sein Plan scheiterte, als der Kuss inniger wurde und er den leisen Lauten ihres Vergnügens lauschte. Als sie ihren Körper nach oben wölbte und ihre Hüften gegen seine drückte, wusste er, dass er nicht länger warten konnte. Nach einem letzten Kuss auf ihre Lippen rollte er sich von ihr ab und griff nach einem Kondom.

Er streifte es schnell über und kam zu ihr zurück. Dann schwebte er direkt über ihr, sodass ihre Körper sich nicht ganz berührten. Er wollte den Moment genießen, aber er wollte auch verzweifelt in ihr sein. Als sie ihre Hände auf seine Schultern legte und ihre Beine für ihn spreizte, konnte er sich keine Sekunde länger gedulden. Er sank auf sie und stieß in ihre enge Hitze, bevor er innehielt und das samtige Gefühl genoss. Aber als sich die Muskeln in ihrem Inneren um ihn herum anspannten, musste er reagieren.

Er küsste ihre Lippen, ihren Hals und ihre Brüste, während sich ihre Körper in einem einzigartigen Rhythmus vereinten. Er verwöhnte sie mit seinen Fingern und wollte sicherstellen, dass sie genauso viel Lust empfand wie er. Schließlich spürte er die Anspannung in ihrem Körper und den Moment, als sie zum Orgasmus kam.

„Oh, Patrick“, wimmerte sie und warf ihren Kopf in Ekstase zurück.

Er stieß noch einmal in sie, gab jeden Rest Selbstkontrolle auf, den er noch hatte, und kam in ihr. Als die Wellen seines Höhepunkts verebbten, rollte er sich auf den Rücken und zog sie über sich. Sie lag entspannt auf ihm, während er seine Hände weiter über ihren Körper gleiten ließ. Er glaubte nicht, dass er jemals aufhören könnte, sie zu berühren.

KAPITEL VIERZEHN

„Ich komme zurück, um dich abzuholen, wenn du fertig bist.“ Patrick umarmte Ellery kurz, bevor sie mit ihrem Schwimmlehrer durch das Tor zum Außenbecken ging. Er blieb noch einen Moment, um zuzusehen, aber es war klar, dass es ihr gut ging. Sie hatte eine Einzelstunde, gefolgt von einer Gruppenstunde, was ihm neunzig Minuten gab. Da die Heimfahrt zehn Minuten dauerte, hatte er Zeit für einen Quickie mit Imogen, bevor er zurückkehren musste.

Er konnte das Grinsen nicht von seinem Gesicht fernhalten, als er in den Truck stieg, um nach Hause zu fahren. Die vorige Nacht mit Imogen war unglaublich gewesen. Er wollte eine Wiederholung und noch viel mehr. Er ging hinein und fand Imogen im Wohnzimmer, wo sie mit einem Buch in den Händen auf der Couch lag.

„Ich habe dich nicht zu Hause erwartet“, sagte sie und sah lächelnd auf.

„Ich dachte, wir könnten die kinderfreie Zeit genießen.“ Er sank neben ihr auf dem Boden auf die Knie.

„Wie denn?“ Sie klimperte unschuldig mit den Wimpern.

„So.“ Er streichelte mit seiner Hand ihre Brust, als er sie küsste. Sie reagierte sofort und einen Moment später lag er neben ihr auf der Couch und presste seinen Körper an ihren.

„Warte“, sagte sie und drückte sanft gegen seine Brust. „Das hatte ich fast vergessen. Ich habe Mr. Bubblesworth in den Garten gelassen, kurz bevor du nach Hause gekommen bist. Ich sollte ihn besser holen, bevor wir …“

„Bevor wir … was?“, fragte er herausfordernd.

„Bevor ich dir die Kleider vom Leib reiße und ich dich hier auf dem Wohnzimmerboden reite“, sagte sie kühn, aber sie errötete bei den gewagten Worten.

Er rollte sich sofort von ihr ab und streckte sich auf dem Boden aus. „Komm schnell zurück.“ Ihre Beschreibung, was zwischen ihnen passieren würde, war nicht das, was er von einer Vorschullehrerin erwartet hätte, aber sie hatte letzte Nacht bewiesen, wie viel Leidenschaft in ihr steckte. Sie sprang auf und er konnte nicht widerstehen, mit seiner Hand über ihr verführerisches, nacktes Bein zu streichen. Er war einige Zentimeter über ihrem Knie, als sie seine Finger wegschob und in die Küche ging.

Er legte die Hände hinter den Kopf und ließ seiner Fantasie freien Lauf. Er dachte daran, wie sie seine Shorts öffnen würde und …

Ein Schrei und Mr. Bs wütendes Gebell ließen ihn hastig vom Boden aufstehen und zu dem Lärm rennen.

„Raus!“ Imogens Stimme schnitt durch die Luft, als Patrick die Küche erreichte und fast mit ihr zusammenstieß. Ein schwarz gekleideter Mann mit einer Skimaske über dem Gesicht stand in der Hintertür. Er hielt Imogens Laptop in den Händen und sein Bein war zwischen Mr. Bs Zähnen eingeklemmt. Die Panik in seinen Augen war fast komisch, als er um sich trat und versuchte, sich von dem Hund zu befreien.

Mr. B ließ nicht los, also ließ der Mann den Laptop fallen und stürzte aus der Hintertür, während der Hund immer noch an ihm hing. Sobald er draußen war, rannte er zum Tor. Mr. B blieb bei ihm. Patrick war auf dem Weg zur Tür und bereit, die Verfolgung aufzunehmen, als er Imogens aschfahles Gesicht sah. Sie zitterte sichtlich. Er drehte sich wieder zu ihr um, nahm ihre Hand und führte sie zu einem Küchenstuhl.

„Es ist in Ordnung. Alles okay", sagte er schnell.

„Mr. Bubblesworth", sagte sie und klang panisch. „Geht es ihm gut? Hat der Mann ihn verletzt?"

„Keine Ahnung. Ich gehe ihnen nach. Schließe die Tür hinter mir ab." Er war weniger besorgt um das Wohlergehen des Hundes als um die Person, die in sein Haus eingebrochen war. Mr. B schien in der Lage zu sein, sich zu behaupten.

„Sei vorsichtig." Ein wenig Farbe kehrte in ihr Gesicht zurück, also drückte er ihre Hand ein letztes Mal und verließ das Haus. Draußen lief er in den Vorgarten. Er hatte kein Auto gehört, also war der Eindringling zu Fuß hier. Er machte eine Pause, um zu lauschen, und hörte Gebell in Richtung Wald.

Sofort rannte er los und war fast beeindruckt davon, dass der Angreifer sich mit Mr. B im Schlepptau so schnell bewegen konnte. Aber der Kerl war nicht gut darin, seine Spuren zu verwischen. Gebrochene Äste zeigten, wo er sich von der Straße entfernt hatte.

Patrick verlangsamte sein Tempo und konzentrierte sich auf seine Sinne, als er den Wald betrat. Er arbeitete methodisch und fand mehr beschädigte Äste und zertrampeltes Unterholz, während seine Ohren auf das Hundegebell lauschten. Der Wald dämpfte und verzerrte Geräusche, sodass es nicht genug war, Mr. Bs Stimme zu folgen. Patrick war eine Viertelmeile in den Wald gegangen, als das Gebell plötzlich näherkam. War der Eindringling umgekehrt?

Patrick ging hinter einem großen Baum in die Hocke und wartete. Er hörte das Winseln eines Hundes, aber keine menschlichen Schritte. Patrick war sicher, dass Mr. B allein war, also kam er aus seinem Versteck und der Hund trottete auf ihn zu.

„Ich wünschte, du könntest reden, Kumpel", sagte Patrick und kraulte Mr. Bs Ohren. „Ich wette, dass der Kerl ein Auto auf der anderen Straße hatte." Auf der gegenüberliegenden Seite des Waldes verlief eine Landstraße. Wenn Patrick einen Angriff auf sein Haus planen würde, hätte er auch dort geparkt. Jemand hatte diese Aktion sorgfältig geplant. Aber wer?

„Lass uns zurückgehen." Mit dem Hund neben sich lief er durch den Wald zurück zu seinem Haus. Plötzlich flog die Haustür auf und Imogen kam heraus.

„Ihr seid beide in Sicherheit", sagte sie und rannte auf sie zu. Sie schien hin- und hergerissen zu sein, wen sie zuerst umarmen sollte, also ergriff sie Patricks Hand und ließ sich auf die Knie fallen, um ihren anderen Arm um Mr. B zu legen. Der hechelnde Hund genoss die Aufmerksamkeit und Imogen hätte seinen Bauch gekrault, wenn Patrick sie nicht auf die Füße gezogen hätte.

„Wir müssen es der Polizei melden." Das hatte er auf dem Rückweg entschieden, aber er wusste, dass er sie überzeugen musste.

„Nein", sagte sie mit einem festen Kopfschütteln. „Ich bin sicher, es war …"

„… kein Zufall. Und das weißt du auch", sagte er. „Jemand muss das Haus beobachtet und gesehen haben, wie ich weggefahren bin, aber er wusste nicht, dass ich zurückkommen würde. Er wollte dort einbrechen, während du allein warst. Das können wir nicht ignorieren." Er hielt ihren Blick. „Ich kann das nicht zulassen." Bei dem Gedanken, dass der Eindringling sie beim Lesen auf der Couch in einem ansonsten leeren Haus überrascht hatte, kochte sein Blut.

„Aber die Polizei einzubeziehen …“ Ihre Verteidigung brach zusammen, also machte er weiter.

„Der Vorfall muss dokumentiert werden und während die Beamten hier sind, kannst du ihnen von den Drohnachrichten erzählen, die du erhalten hast.“ Ihre Augen verdunkelten sich. Das gefiel ihr nicht, aber er fuhr fort. „Das alles ist Teil der Belästigungen und wird von jemandem organisiert.“

„Aber wir wissen nicht, von wem. Wozu also?“, fragte sie.

„Zur Dokumentation“, beharrte Patrick. Die zivile Welt war nicht sein Fachgebiet, aber er wusste, dass das wichtig war. „Du brauchst Beweise, wenn diese Kerle erwischt werden. Die Polizei einzubeziehen ist der beste Weg dafür.“

„Wahrscheinlich hast du recht“, stimmte sie ihm zu, aber sie sah immer noch zweifelnd aus.

Er führte sie und den Hund zum Haus. Sobald sie alle drinnen waren und er überprüft hatte, dass der Rest des Hauses gesichert war, rief er die Polizei an, um den Einbruch zu melden und darum zu bitten, einen Streifenwagen vorbeizuschicken. Als er fertig war, wandte er sich an Imogen. Sie saß auf der Couch und streichelte geistesabwesend Mr. B.

„Warum dein Laptop?“, fragte er und erinnerte sich daran, dass der Mann ihn gehalten hatte. Er hatte dabei keine Handschuhe getragen, also könnte die Polizei vielleicht einen Fingerabdruck finden.

„Das weiß ich nicht.“ Sie schwieg einen Moment. „Vielleicht wollen sie herausfinden, was ich weiß, oder sie interessieren sich für meine Kommunikation mit dem Staatsanwalt. Ich denke, das würde Sinn ergeben. Weißt du, vielleicht war es nur ein Gelegenheitsverbrechen. Eine unverschlossene Tür, ein Laptop in Sicht …“

„Nein.“ Das glaubte er nicht. All seine Instinkte deuteten darauf hin, dass es geplant gewesen war.

Die Polizei traf wenige Minuten später ein und Patrick schilderte den Beamten die Ereignisse aus seiner Sicht und zeigte ihnen, wohin ihn die Verfolgung im Wald geführt hatte. Die Polizisten befragten gerade Imogen, als sein Handy klingelte. Er trat auf die Veranda, um den Anruf anzunehmen.

„Nelson“, sagte er, ohne die Nummer zu erkennen.

„Mr. Nelson“, antwortete eine junge Frauenstimme. „Hier spricht Claudia vom Schwimmbad. Sollte jemand vorbeikommen, um Ellery abzuholen?“

Oh nein. Ellery. Er sah auf seine Uhr. Ihre letzte Schwimmstunde hatte vor fast dreißig Minuten geendet. Bei den Ereignissen zu Hause hatte er sein Kind in dem verdammten Schwimmbad vergessen.

„Richten Sie ihr aus, dass ich gleich da bin“, sagte er und legte auf. Er marschierte zu seinem Truck und stieß jeden Fluch aus, den er kannte. Er hatte sein Kind im Stich gelassen. Trotz seiner Bemühungen, ein guter Vater zu sein, hatte er das Undenkbare getan.

KAPITEL FÜNFZEHN

„Hi, Schatz“, sagte Imogen, als Ellery und Patrick aus dem Schwimmbad zurückkehrten. Sie hatte eine SMS von Patrick erhalten, in der er erklärte, warum er so eilig weggefahren war. Glücklicherweise war die Polizei vor ihrer Rückkehr verschwunden, sodass sie Ellery nicht erklären mussten, warum die Beamten im Haus waren. „Wie war der Unterricht?“

„Okay.“ Ellery war mürrisch, aber Imogen konnte es ihr nicht zum Vorwurf machen. Ein Kind, das einmal verlassen worden war, würde es nicht einmal eine halbe Stunde lang ertragen, wieder allein zu sein. „Lass uns einen Filmabend machen. Heute darfst du ausnahmsweise im Pyjama zu Abend essen. Geh nach oben und ziehe dich um.“

Nach einem flüchtigen Blick auf ihren Vater stieg Ellery die Stufen hinauf. Normalerweise würde sie sich freuen, mit ihnen Filme anzusehen, aber sie war nicht in der Stimmung. Es würde sie viel Mühe kosten, das Mädchen zu besänftigen.

Patrick wartete, bis sich Ellerys Zimmertür schloss, bevor er sprach. „Sie hasst mich.“

„Nein, sie ist nur traurig." Imogen ging zu ihm und schlang ihre Arme um seinen Hals. „War sie in Gefahr?"

„Nein", sagte er und legte seine Hände um sie. „Sie saß bei den Bademeistern im Pausenraum, als ich dort ankam. Trotzdem weigert sie sich, mit mir zu sprechen."

„Natürlich tut sie das." Imogen schenkte ihm ein wissendes Lächeln. „So drückt sie aus, dass sie verärgert ist. Wir werden sie heute Abend ein bisschen verwöhnen und morgen früh ist es vergessen. Vertraue mir. Sie ist nicht nachtragend."

Patrick schüttelte den Kopf. „Ich habe als Vater versagt. Das Kind kommt immer an erster Stelle. Was würden die Leute vom Jugendamt sagen, wenn sie es herausfinden würden?"

„Es gab mildernde Umstände. Sie würden es verstehen", versicherte ihm Imogen. Vorhin war sie aufgebracht gewesen und Patrick hatte ihr geholfen. Jetzt erwiderte sie den Gefallen. Sie ergänzten einander ziemlich gut angesichts der ungewöhnlichen Natur ihrer Beziehung. „Ein maskierter Fremder ist bei dir eingebrochen und mit deinem Hund am Bein weggelaufen. Das war kein gewöhnlicher Tag."

„Ich mochte meinen ursprünglichen Plan für den Tag lieber", sagte er leise, als er für einen Kuss näherkam und sie daran erinnerte, wie viel angenehmer sie den Nachmittag hätten verbringen können.

„Achtung", sagte sie, als Schritte über ihnen ertönten. Sie lösten sich voneinander, bevor Ellery die Treppe herunterkam. „Sucht euch ein paar Filme aus. Ich bestelle Pizza und mache Popcorn."

Imogen ging in die Küche, aber sie hörte dem Gespräch zwischen Vater und Tochter zu. Es gab Spannungen, aber sie ließen etwas nach, als Patrick einwilligte, sich Teil eins und zwei von *Die Eiskönigin* anzusehen. Als Imogen ins Wohnzimmer zurückkehrte, saßen die beiden nebeneinander auf der Couch und warteten auf sie.

„Setz dich hier hin.“ Ellery tätschelte die Couch auf ihrer anderen Seite.

Als Imogen saß, kuschelte sich Ellery an sie und zog sich von ihrem Vater zurück. Imogen glaubte nicht, dass das Mädchen Patrick damit bestrafen wollte, sondern nur Trost bei jemandem suchte, der vertrauter war. Keine große Sache. Es würde schnell vergehen.

Im Lauf des Abends, als sie die Filme ansahen und Snacks aßen, verschwand Ellerys Ablehnung gegenüber ihrem Vater und am Ende war sie vollkommen glücklich darüber, dass er sie ins Bett brachte.

„Siehst du, es war in Ordnung“, sagte Imogen, als Patrick wieder nach unten kam, um ihr beim Aufräumen zu helfen.

„Ich weiß nicht“, sagte er. „Ich denke, ich sollte etwas Besonderes für sie planen.“

„Das könntest du, aber es ist wahrscheinlich nicht notwendig.“ Sie verstand, dass er es versuchen musste, aber was Ellery brauchte, war Normalität. Das war das beste Geschenk, das er ihr machen konnte. Sie versuchte, eine taktvolle und überzeugende Art zu finden, ihm das mitzuteilen.

„Ich werde morgen darüber nachdenken“, sagte Patrick. Er beabsichtigte eindeutig, alles zu tun, was er konnte. Es war nicht ihre Aufgabe, sich einzumischen, also ließ sie es.

„Ich gehe auch ins Bett“, sagte sie, als sie den Geschirrspüler beladen hatte. Seine Augen trafen ihre und sie sah die Frage darin. War sie bereit, ihn eine zweite Nacht in ihr Bett zu lassen? Oh ja. Immerhin war er ihr Ehemann und ein verdammt guter Liebhaber. „Ich hätte nichts gegen Gesellschaft.“

Er grinste sie an und zum ersten Mal seit Stunden wirkte er glücklich. „Ich werde nachsehen, ob alle Fenster und Türen geschlossen sind. Dann komme ich zu dir nach oben.“

Getreu seinem Wort machte er ihre Nacht unvergesslich, aber die nächsten Tage waren angespannt. Er bemühte sich zu sehr um Ellery und versuchte verzweifelt, das wiedergutzumachen, was er als sein Versagen ansah. Er hatte Aktivitäten für sie vorbereitet, die sie gemeinsam machen konnten: einen Ausflug zu einem Hunderettungszentrum, damit Ellery die Tiere streicheln konnte, und einen Nachmittag in einem Töpferkurs, wo Ellery einen Prinzessinnenteller gestaltete. Er verschönerte sogar das Spielhaus mit einer Veranda, Fensterkästen und Blumen.

Er lud Imogen ein, sich ihnen anzuschließen, aber sie lehnte meistens ab, weil sie erkannte, was er mit der gemeinsamen Zeit bei seiner Tochter erreichen wollte. Und Ellery hatte Spaß mit ihrem Vater. Warum auch nicht, wenn er ihr all seine Aufmerksamkeit schenkte?

Aber es war Imogen, die nach dem Töpferkurs den Ton unter Ellerys Fingernägeln entfernte und ihr die zerzausten Haare kämmte, nachdem sie tagelang im Garten ‚gearbeitet' hatte. Als Imogen eine weitere Ladung Wäsche in die Maschine stopfte, fühlte sie sich ein wenig mürrisch, weil sie immer die mühsamen, definitiv nicht lustigen Aufgaben bei der Kindererziehung bekam.

Sie konnte sich jedoch nicht beschweren, da dies die Vereinbarung war, der sie zugestimmt hatte. Im Austausch für Schutz half sie ihm, mit seinem Kind eine Bindung aufzubauen. Und er erfüllte seinen Teil. Sie bemerkte seine erhöhte Wachsamkeit im Haus. Er hatte sogar ein Sicherheitssystem installiert, damit sie auch allein zu Hause geschützt war. Imogen schätzte das alles, aber sie wollte mehr. Sie wollte ein Teil der Familie sein, nicht eine Mischung aus Hausmädchen und Babysitterin.

Sie kannte die Emotionen, die sie durchströmten, obwohl sie mehrere Jahre geruht hatten. Sie hatte seit dem Tod ihrer Eltern keine Familie mehr. Die Sehnsucht danach prägte ihre Sichtweise und ließ sie Dinge wollen, auf die sie kein Anrecht hatte. Sie knallte den Deckel der

Waschmaschine zu und erinnerte sich wieder daran, warum sie hier war.

Ein plötzlicher Regenschauer am Nachmittag vereitelte Patricks Pläne, sodass er zum ersten Mal seit Tagen nichts Besonderes für Ellery hatte. Er improvisierte und brachte sie auf den Dachboden, um ihn zu erkunden. Zehn Minuten später rannte das Mädchen mit Stoffresten beladen in Imogens Zimmer.

„Kannst du mir ein Feenkostüm nähen?“, fragte Ellery und sprang auf das Bett. „Sieh dir das alles an.“ Sie breitete die Stoffe um sich herum aus. Die Vielfalt der Textilien und Farben war unglaublich. Glänzende rote Seide, brauner Tweed, wunderschöner dunkelblauer Samt, schwarzer Satin, der Teil eines Abendkleids gewesen sein könnte, der Pelzkragen eines alten Mantels … „Und es gibt noch so viel mehr. Komm.“ Ellery ergriff Imogens Hand und zog sie zu der heruntergeklappten Trittleiter.

Patrick stand auf dem schwach beleuchteten Dachboden und musterte die gestapelten Schachteln. „Ich denke, das sind alles Stoffe und Bastelartikel.“ Er zeigte auf vier Schachteln. Eine war offen und ihr Inhalt verstreut. Das musste diejenige gewesen sein, die Ellery zuerst aufgerissen hatte.

„Ist es okay für dich, wenn ich Ellery daraus ein Feenkostüm mache? Ich vermute, das alles hat deiner Großmutter gehört“, sagte Imogen. Vor einer Woche hätte sie es vielleicht getan, ohne um Erlaubnis zu bitten, aber Patrick war neuerdings besitzergreifender in Bezug auf Ellery und ihre Zeit, was Spannungen zwischen ihnen erzeugt hatte. Außer nachts. Dann gab es keine Spannung – zumindest keine unangenehme. Aber Tag und Nacht waren für sie beide sehr unterschiedlich.

„Von mir aus gern“, sagte er. „Ich werde das Zeug nach unten bringen.“

Imogen stellte ihre Nähmaschine auf den Esstisch. Da sie dort nie aßen, sondern den kleinen Küchentisch bevorzugten, konnte sie sich dort ausbreiten. Sie war begeistert, Ellerys Aufmerksamkeit für dieses Projekt zu haben. Zusammen öffneten sie die Schachteln voller Materialien, durchwühlten sie und suchten darin nach Inspiration.

„Das ist so hübsch", sagte Ellery und nahm ein Stück moosgrünen Samt aus einer Schachtel. „Und das." Der lila Tüll erregte als Nächstes ihre Aufmerksamkeit. So viele Möglichkeiten. Zuerst dachte Ellery, sie wollte vielleicht eine Waldfee in Braun und Grün sein, aber glänzendes Rosa und sonniges Gelb siegten bald.

„Willst du nähen lernen?", fragte Imogen, nachdem sie einen Stoff für das Oberteil und drei weitere für den Rock ausgewählt hatten. Ellery sprang aufgeregt auf und ab. „Lass uns zuerst messen und schneiden, dann werde ich es dir beibringen."

Imogen nahm Ellerys Maße. Da sie seit der Grundschule selbst nähte, brauchte sie kein Muster, sondern schnitt das Oberteil freihändig aus. Als es Zeit für den Rock wurde, ließ sie Ellery bei sich sitzen, während sie ihre kleinen Hände vorsichtig von der Nadel der Nähmaschine fernhielt.

„Ausgezeichnete Arbeit", sagte Imogen, als sie die letzte Naht fertiggestellt hatte. „Jetzt befestigen wir den Rock am Oberteil und beginnen mit dem lustigen Teil."

„Was ist das?" Ellerys Augen leuchteten.

„Die Verschönerungen. Du willst doch kein langweiliges Feenkostüm, oder? Wir brauchen Flügel und etwas Glitzerndes." Da Ellery glänzendes, funkelndes Zeug liebte, war es nicht schwer, sie zu überzeugen. „Du suchst in dieser Schachtel nach etwas, während ich hier weitermache." Es dauerte nur eine Minute, bis Imogen mit dem Nähen fertig war. Gerade so lange, dass Ellery den Inhalt der Schachtel auf dem Tisch verteilen konnte. „Wow!" Imogen untersuchte die Ausbeute.

Ellery trat mit den Händen auf den Hüften zurück und musterte den

Tisch, als ob er die Wunder des Universums darbot. „Wir müssen das alles sortieren."

„Du hast recht." Zusammen ordneten sie alles. Es gab Knöpfe, Borten, Bandspulen, Federn, Garn, Nähzubehör und Modeschmuck.

„Das ist wie eine Schatzkiste", sagte Ellery, als sie fertig waren, und Imogen musste ihr zustimmen.

„Es ist schön, dass diese Dinge von deiner Urgroßmutter stammen", sagte Imogen. „Du hast Glück, etwas zu besitzen, das ihr gehört hat."

„Ich besitze es nicht wirklich." Ellerys Stimme war ein wenig traurig. „Daddy besitzt das alles."

„Ich denke, wenn du ihn fragst, wird er es dir schenken", schlug Imogen vor. Patrick hatte ihnen den ganzen Nachmittag Freiraum gegeben, was sie sehr schätzte.

„Kann ich ihn jetzt fragen?" Ihre Augen funkelten.

„Geh und hole ihn."

Ellery lief in die Garage, wo Patrick arbeitete, und zog ihn zurück ins Esszimmer. Zuerst zeigte sie ihm das Kostüm. Wie es sich für einen guten Vater gehörte, bewunderte er es ausgiebig.

„Aber, Daddy, kannst du nicht sehen, dass es funkeln muss?"

„Wenn du das sagst." Er warf Imogen einen hilfesuchenden Blick zu.

„Ellery hätte gern die Erlaubnis, einige dieser Sachen für ihr Kostüm zu verwenden." Imogen wies mit der Hand auf den Tisch.

„Sicher", sagte er und konzentrierte sich darauf. Er hob einen großen, hübschen roten Knopf auf. „Daran erinnere ich mich. Er stammt von dem guten Wintermantel meiner Großmutter, den sie nur in der Kirche trug." Er lächelte, aber Imogen sah, wie sein Gesichtsausdruck stahlhart wurde, als er nach einem Armband griff.

„Was ist das?“, fragte Ellery. „Ich habe so etwas noch nie gesehen.“

„Das ist ein Bettelarmband.“ Patricks Stimme war leise. „Ich wusste, dass es irgendwo im Haus ist, aber …“

„Hat es dir gehört?“, fragte Imogen sanft und versuchte, seine Reaktion zu verstehen.

Er schüttelte den Kopf. „Ich habe es für meine Mutter gemacht.“ Seine Finger schlossen sich um das Armband zu einer Faust.

„Ellery, läufst du schnell in mein Zimmer und holst den kleinen Korb auf meiner Kommode?“ Imogen wollte eine Minute mit Patrick sprechen, ohne dass das Mädchen es mitbekam. „Geht es dir gut?“, fragte sie, sobald Ellery aus dem Raum gegangen war.

Patrick entspannte seine Faust. „Ja, nur eine Erinnerung daran, dass Mom es nicht mitgenommen hat, als sie weggegangen ist.“

„Was?“ Imogen hatte gedacht, dass seine Mutter tot war. „Ich dachte, sie wäre gestorben.“ Demnach, was er gesagt hatte, waren seine Eltern beide tot, obwohl er keine Details genannt hatte.

„Das ist sie auch“, antwortete er, „kurz nachdem sie uns verlassen hatte.“

„Das tut mir leid“, flüsterte sie und plötzlich verstand sie ihn besser. Er war auch ein verlassenes Kind gewesen. Das trug zweifellos zu seiner Verzweiflung bei, für Ellery alles perfekt zu machen. „Wie alt warst du?“

„Acht, aber sie hatte schon lange vorher … Probleme.“

„Das solltest du behalten“, sagte Imogen und deutete auf das Bettelarmband, „oder gib es Ellery, wenn sie etwas älter ist. Es wird ihr viel bedeuten.“

„Du hast recht.“ Er steckte das Armband in seine Tasche. Unerwartet griff er nach Imogen und zog sie zu sich. Er schien Trost zu suchen und sie war nur zu gern bereit, ihm Trost zu spenden. Plötzlich hatte sie eine Idee.

„Wie wäre es, wenn wir am Abend zusammen ausgehen?“, fragte sie und neigte ihr Gesicht zu seinem.

„Das gefällt mir“, antwortete Patrick und küsste sie zärtlich. „Wir könnten etwas kinderfreie Zeit gebrauchen.“

Damit hatte er definitiv recht. Sie mussten ein Paar sein, nicht nur ein Vater und ein Kindermädchen, was die Rollen zu sein schienen, in die sie gefallen waren.

„Imogen“, schrie Ellery von der Treppe.

„Ja?“, rief sie. Sie hatten darüber diskutiert, wie Ellery sie nennen sollte, und schließlich entschieden, dass ihr Vorname allen am passendsten erschien.

„Kann ich ein bisschen von deinem Parfüm testen?“, flehte Ellery. „Nur einen Spritzer. Bitte.“

Imogen lachte. „Ich hätte wissen sollen, dass sie meiner Make-up-Schublade nicht widerstehen kann. Sie ist eben ein Mädchen“, sagte sie mit leiser Stimme zu Patrick. „Ihre Teenagerjahre werden eine Herausforderung für dich sein.“ Sie hob ihre Stimme ein wenig, um Ellery zu antworten. „Nur einen Spritzer.“

„Du hast sie heute glücklich gemacht“, sagte Patrick und gab ihr einen weiteren Kuss auf die Lippen. „Ich stehe in deiner Schuld.“

„Unser Date wird einen großen Beitrag zur Begleichung dieser Schuld leisten.“ Sie hatte ein Lächeln im Gesicht, weil sie in diesem Moment wirklich glücklich war, aber der Gedanke, dass sie nicht da sein würde, um zu sehen, wie Ellery zu einem Teenager und dann zu einer jungen Frau heranwuchs, machte sie traurig.

KAPITEL SECHZEHN

Imogen betrat die Bar und hörte sofort das knirschende Geräusch, als sich Äxte in hölzerne Zielscheiben gruben. Nachdem Patrick einem abendlichen Date zugestimmt hatte, hatte sie ihn gebeten, den Ort auszuwählen. Bier trinken und Äxte werfen schien eine schlechte Kombination zu sein, besonders wenn sie ihre Tage damit verbrachte, Kindern beizubringen, wie man beim Gehen sicher eine Schere trug, aber Patrick lächelte und seine Augen wanderten zum hinteren Teil der Bar, wo sich die Axtwerfer versammelt hatten.

„Großartige Idee", sagte sie. „Alkohol und spitze Gegenstände."

„Perfekt, wenn du mich fragst." Er grinste sie flirtend an und stieß mit seiner Hüfte gegen ihre.

„Oh, besorge uns Bier", befahl Imogen kopfschüttelnd. Er nahm ihre Hand und sie folgte ihm zur Bar, wo er sofort die Menge durchbrach und den Blick der hübschen Barkeeperin auf sich zog.

Er hielt zwei Finger hoch und ein paar Sekunden später glitten kalte Flaschen über den Tresen zu ihnen. „Kannst du das für mich anschreiben?", bat er.

„Sicher, Süßer", antwortete die Barkeeperin.

Imogen lachte, als die Frau mit wogenden Hüften wegging. „Ist das normal für dich oder kennst du sie?"

„Ich habe sie noch nie gesehen", antwortete er mit einem Schulterzucken.

„Erliegen Frauen immer so leicht deinen Reizen?" Sie konnte sich vorstellen, dass sie es taten. Bei ihr hatte es nicht lange gedauert.

Er schlang seinen Arm um ihre Taille und führte sie zu dem Axtwurfbereich. Dann beugte er seinen Kopf näher an ihren und flüsterte: „Eifersüchtig?"

Imogen hob die Hand, sodass ihr Ehering das Licht einfing. „Ich mag es nicht, wenn andere Frauen mit *meinem* Ehemann flirten."

Er küsste ihr Ohr und knabberte kurz an dem Ohrläppchen, was einen Anflug von Verlangen durch sie sandte. „Du musst dir keine Sorgen machen, weil du die hübscheste Frau im Raum bist. Ich werde die anderen Kerle hier auf Abstand halten müssen."

„Das bezweifle ich", sagte sie. Sie war attraktiv, aber das galt auch für einige andere Frauen hier, die so gekleidet waren, dass sie garantiert die Aufmerksamkeit der Männer auf sich ziehen würden. Und welcher Kerl würde sich ihr mit Patrick an ihrer Seite nähern? Sie alle würden einen Alpha-Mann erkennen, wenn sie ihn sahen, und sich von ihr fernhalten. Nicht, dass sie irgendjemandes Aufmerksamkeit wollte, außer seiner.

„Hast du so etwas schon einmal gemacht?", fragte er, als sie eine freie Bahn fanden und ein Angestellter ihnen Äxte und einen zweiminütigen Vortrag über Sicherheitsvorschriften gab.

„Noch nie." Sie hob eine Axt auf. Der Holzgriff war glatt poliert und rutschte leicht aus ihren Fingern. „Ich weiß nichts darüber."

„Es ist toll.“ Er war eindeutig begeistert davon. „Es ist, als würde man zum Schießstand gehen, um Dampf abzulassen.“

„Machst du das?“, fragte sie und überlegte, wie viel sich hinter seinem sorgfältig kontrollierten Äußeren aufgestaut haben musste.

„Sicher.“ Er hörte ihr nur halb zu, als er zielte. Sie wartete, bis er seine Axt geworfen hatte. Er traf genau links vom Bullauge. Nicht schlecht für einen ersten Wurf.

„Was führt dich zum Schießstand?“ Seine Missionen? Seine Familie? Seine Ex? Er hatte viele Stressfaktoren in seinem Leben. Sie fragte sich erneut, wie er es überlebt hatte, als Kind verlassen zu werden. Welche Narben waren davon zurückgeblieben?

„Hm?“ Er drehte sich wieder zu ihr um, nahm sein Bier und trank einen Schluck.

„Du weißt schon. Was regt dich so sehr auf, dass du auf etwas schießen willst?“ Sie versuchte, ihre Stimme unbekümmert klingen zu lassen, damit er antwortete, aber seine Augen trübten sich sofort. Er wollte nicht über seine Gefühle sprechen. Sie dachte, er würde sich abwenden, aber er drehte sich zurück zu ihr und seine Haltung war fast konfrontativ.

„Hör zu, ich bin hierhergekommen, um Bier zu trinken, Äxte zu werfen und meine Frau ohne ein Kind in der Nähe zu küssen.“ Um seinen Standpunkt zu verdeutlichen, zog er sie an sich und küsste sie auf eine Weise, die zu Johlen auf den umliegenden Bahnen führte. „Verstanden?“, fragte er, als sie sich voneinander lösten. „Das hier ist keine Therapiesitzung.“

„Okay“, sagte sie und trat an die Linie, um ebenfalls zu werfen. Bei diesem Spiel konnten zwei mitspielen. Und es war gut, außer Haus zu sein und an diesem Abend keine elterlichen Pflichten zu haben. Die ganze Nacht. Ellery übernachtete bei einer Freundin, deren Mutter Imogen aus dem vergangenen Schuljahr gut kannte, also hatten weder sie noch Patrick irgendwelche Bedenken hinsichtlich Ellerys Sicherheit. Sie hatte wahrscheinlich eine großartige Zeit. Warum sollte Imogen es ihr nicht gleichtun?

Sie zielte und versuchte, den Lärm der Bar auszublenden. Dann ließ sie die Axt los. Sie traf die Zielscheibe, aber zu weit unten.

„Netter Versuch", sagte er mit einem Grinsen und schob sie beiseite, als er ihren Platz an der Linie einnahm.

„Ich nehme an, du wirst mir zeigen, wie es geht?", fragte sie.

„Sieh zu und lerne, Süße." Er ließ seine Axt fliegen und die Klinge landete im Bullauge.

„Ziemlich gut", sagte sie über seinen perfekten Wurf, „aber ich kann es besser." Sie bluffte. Auf keinen Fall konnte sie ihn hier schlagen, aber sie zielte sorgfältig und ihr Wurf landete etwas weiter in der Mitte als zuvor.

„Nicht schlecht." Er packte sie, riss sie zurück zu sich und küsste die Seite ihres Halses.

Bei seinem nächsten Wurf und allen folgenden traf er ins Schwarze. Bei jedem Wurf, den sie machte, wurde sie ein wenig besser, trotz seiner Bemühungen, sie mit seinen Berührungen, seinen Küssen und den Bieren, die er kaufte, abzulenken. Sie hielt ihn davon ab, ihr noch eins zu holen, als sie ihr drittes leer trank. Er war ihr bereits zwei Flaschen voraus, was ihn aber nicht beeinträchtigte. Nie verfehlte er sein Ziel, selbst bei seinem letzten Wurf, als sie ihm eine Sekunde vor dem Loslassen der Axt einen Klaps auf den Hintern gab.

„Das war nicht fair." Er wirbelte zu ihr herum, riss sie an sich und küsste sie. Sie erwiderte den Kuss und vergaß, dass sie sich in einer überfüllten Bar befanden, bis seine Hand zu ihrer Brust wanderte.

„Ich denke, es ist Zeit, nach Hause zu gehen", sagte sie und schlug seine Hand weg. „Ich rufe ein Uber." Sie tippte die App auf ihrem

Handy an und war dankbar, dass sie den Service genutzt hatten, um zu der Bar zu gelangen.

„Noch ein Wurf. Er entscheidet darüber, wer gewinnt.“ Er reichte ihr eine Axt.

„Du weißt, dass du gewonnen hast“, sagte sie. Er hatte sie bei jedem Wurf übertroffen.

„Darum spielen wir nicht.“ Sein Grinsen war breit und seine Augen funkelten. Er hatte definitiv etwas vor. „Wir spielen darum, wer heute Nacht oben ist.“

Eine Welle der Begierde ging durch sie hindurch. Egal wer ins Schwarze traf, sie würden beide Gewinner sein. Sie trat an die Linie und zielte. Zu ihrer Überraschung traf ihre Axt den mittleren Ring der Zielscheibe.

„Mach es besser“, sagte sie und drehte sich wieder zu ihm um.

„Das werde ich nicht einmal versuchen.“ Er hielt seine Hände hoch, als würde er sich ergeben.

„Oh nein, wage es nicht.“ Sie hielt ihn fest. „Ich werde mir nicht nachsagen lassen, dass es unfair war. Mach deinen Wurf.“

Er trank den Rest seines Bieres, schlenderte zur Linie und warf die Axt, ohne wirklich hinzusehen. Sie prallte von der Zielscheibe ab und fiel zu Boden.

„Siehst du? Du gewinnst.“ Er trat zu ihr und flüsterte: „Auf dem Wohnzimmerboden?“

Imogen hatte nichts dagegen. Sie schnappte sich ihre Handtasche von dem kleinen Tisch, ergriff seine Hand und zog ihn aus der Bar. Während der Heimfahrt saßen sie schweigend nebeneinander, ohne sich zu berühren, und unterhielten sich nur kurz mit dem Fahrer, wenn er eine Frage stellte. Sie wusste, wo ihre Gedanken waren, und sie konnte sich vorstellen, dass es Patrick genauso ging.

„Fünf Minuten", sagte Patrick zu ihr, als sie zu Hause ankamen. Seine Stimme war fast ein Knurren. Die sexuelle Energie zwischen ihnen pulsierte in der Luft. Er überprüfte das Sicherheitssystem und ging dann mit Mr. Bubblesworth in den Garten.

Imogen überlegte, Dessous anzuziehen, entschied jedoch, dass ihr kurzer Rock, das Tanktop und die hochhackigen Sandalen genauso gut waren. Sie tippte die Wiedergabeliste auf ihrem Handy an und fand einen sexy Song, der genau richtig schien. Sie dachte gerade daran, Kerzen anzuzünden, als Patrick zurück ins Zimmer kam. Ein Blick auf ihn und sie kümmerte sich nicht mehr um ein romantisches Ambiente. Sie wollte nur noch ihn.

Mit dem Knie stieß sie den Couchtisch zur Seite und machte den Teppich zu ihren Füßen frei.

„Ist das gut?" Sie griff nach dem Saum ihres Oberteils, zog es über ihren Kopf und warf es beiseite.

„Alles ist gut", sagte er und verringerte den Abstand zwischen ihnen. Seine Hände umschlossen ihre nackte Taille, bevor sie über ihren Hintern wanderten. Er zog sie an sich, damit sie die harte Wölbung seiner Erektion spüren konnte.

Sie stieß ihre Hüften gegen seine und genoss das Keuchen, das aus seinem Mund kam. Schnell öffnete er ihren rosa Spitzen-BH, riss ihn von ihr und warf ihn in eine Ecke des Zimmers. Sie drückte ihre Brustwarzen an seinen Oberkörper, rieb sie gegen den weichen Stoff seines Shirts und stöhnte. Seine Haut würde sich noch besser anfühlen, also packte sie sein Shirt an den Schultern und zog es mit einer schnellen Bewegung über seinen Kopf.

Aber das war immer noch nicht genug. Ihre Hände glitten zu der Knopfleiste seiner Jeans. Während sie einen Knopf nach dem anderen öffnete, streichelte sie ihn unablässig. Er biss sich auf die Unterlippe und sein Kopf neigte sich zurück. Sie deutete es als Einladung, mit ihm zu machen, was sie wollte, also ließ sie sich auf die Knie fallen und zerrte seine Jeans über seine Hüften nach unten. Als Nächstes waren seine Boxershorts an der Reihe, bis sein Schwanz daraus befreit und auf der Höhe ihres Mundes war.

Seine Hände sanken in ihre Haare, massierten ihre Kopfhaut und zogen sie näher zu sich. Sie zögerte nicht und nahm ihn in den Mund. Ihre Zunge wirbelte um die Schaftspitze und ihre Zähne kratzten über die harte Länge.

„Himmel, Frau", murmelte er und sie spürte, wie sein starker Körper schauderte. Ermutigt saugte sie fester an ihm und spannte dabei ihre Lippen an. Ihre Hände packten seinen Hintern und hielten ihn fest. „Ich will in dir sein."

„Ich hoffe, du hast ein Kondom in deinem Portemonnaie", sagte sie, ließ seinen Schwanz los und steckte ihre Hand in die Tasche seiner beiseite geworfenen Jeans.

„Verdammt, ja, das habe ich", sagte er und ging vor ihr auf die Knie. Sie fand es schnell und er nahm es von ihr entgegen. „Aber zuerst musst du dich ausziehen." Seine Stimme nahm einen befehlenden Ton an.

„Was? Bekomme ich dabei keine Hilfe von dir?", fragte sie, als er sich auf dem Boden ausstreckte und sie beobachtete. „Das ist unfair. Schließlich habe ich dich ausgezogen." Sie verzog ihre Lippen zu einem Schmollmund.

„Ich denke, du wirst es genauso sehr genießen wie ich", neckte er sie und seine Augen richteten sich auf ihre Brüste.

Vielleicht hat er genau das verdient, wonach er fragt, dachte sie und stand auf. Sie setzte sich einen Moment lang auf die Kante der Couch, sodass er unter ihren Rock sehen konnte, bevor sie provozierend langsam ihre Sandalen auszog und mit ihren Fingern über ihre Beine strich. Sie stand wieder auf, griff hinter sich, um ihren Rock zu öffnen, und schob ihn mit wogenden Hüften nach unten, wobei ihre Brüste bei jeder Bewegung erbebten.

Sie hatte seine ganze Aufmerksamkeit und sie liebte es. Bald war nur noch ihr Höschen übrig. Es war aus rosa Spitze und passte zum BH. Sie ließ sich Zeit dabei, es auszuziehen, und ließ es schließlich auf seine Brust fallen. Er griff danach und hielt es in seiner Hand.

„Komm her", knurrte er.

„Willst du nicht, dass ich mich berühre?" Sie hätte nicht gedacht, dass sie so abenteuerlustig war, aber vielleicht …

Seine dunklen Augen wurden schwarz vor Verlangen. „Oh Gott, ja, aber später."

„Du bist nicht bereit", sagte sie und nickte in Richtung des Kondoms. Sie lachte, als er es in Rekordzeit überstreifte.

„Jetzt bin ich es." Er hob die Hüften, als wollte er es ihr zeigen. „Reite mich."

Sie zögerte nicht, als sie sich rittlings auf ihn setzte, sich auf ihn sinken ließ und ihn mit einem Stoß in sich aufnahm. Sie holte tief Luft. Er war groß und füllte sie so vollständig aus, dass sie ihre Selbstkontrolle zu verlieren drohte, aber sie hielt daran fest. Sie hob ihren Körper an, bevor sie wieder nach unten sank. Seine Hände griffen nach ihren Brüsten und streichelten sie, als sie ihn weiter ritt. Sie hatte sich noch nie so mächtig, weiblich und lebendig gefühlt. Er bewegte sich mit ihr im Takt, bis sie an nichts anderes als an ihn und diesen Moment denken konnte.

„Oh, Patrick", wimmerte sie und war kurz davor, zu kommen. Er griff zwischen ihre Körper und als er mit einem Finger über ihre empfindliche Knospe strich, konnte sie sich nicht länger beherrschen. Der Orgasmus überwältigte sie in Wellen der Ekstase, die sie noch nie erlebt hatte. Seine Hände packten ihre Hüften und hielten sie fest, als er weiter in sie stieß, bis er ebenfalls Erlösung fand.

Sie blieben miteinander verbunden, bis sie neben ihm zusammenbrach und ihn an sich zog, während Befriedigung sie erfüllte. Er schien es auch zu fühlen, weil die ganze Anspannung aus seinem Gesicht und seinem Körper gewichen war. Sie schmiegte sich an ihn und genoss das Gefühl der Intimität und die sanften Küsse, die er ihr auf die Wangen und die Stirn gab.

Daran könnte sie sich gewöhnen. Ihre Hände wanderten über seinen Rücken und rieben über die vernarbte Haut. Sie wollte ihm nur Trost spenden, aber er versteifte sich sofort.

„Nicht." Sein Flüstern war hart und er rollte sich weg.

Kühle Luft strömte über sie und ließ sie trotz der warmen Nacht zittern. Aber es war nicht nur die Raumtemperatur, es war sein Widerwille, sie näher an sich heranzulassen. Sie hatte einige kurze Einblicke in die emotionalen Narben bekommen, die er trug, aber nicht mehr.

Sie spürte Tränen in ihren Augen. Bevor sie über ihre Wangen fließen konnten, stand sie auf, sammelte ihre Kleider ein und ging allein die Treppe hinauf. Eine Stunde später kroch er neben ihr ins Bett, aber sie fühlte sich emotional so distanziert von ihm, als wäre er auf der anderen Seite der Welt.

KAPITEL SIEBZEHN

„Danke. Ja, ich weiß Ihre Bemühungen zu schätzen“, sagte Imogen in ihr Handy, bevor sie den Anruf beendete.

„Wer war das?“, fragte Patrick, als er in die Küche kam.

Sie hasste, es ihm zu sagen. Seit ihrer Verabredung – von der sie gehofft hatte, dass sie seinen Stress lindern würde – war er nervöser denn je und hatte keine Geduld mit ihr oder Ellery. Jeder Instinkt in Imogen wollte ihn genauso sehr emotional besänftigen, wie sie seine physischen Narben berühren wollte, aber er ließ sie nicht nahe genug an sich herankommen. Das hatte er deutlich gemacht.

„Die Polizei“, gestand sie, wohl wissend, dass er nicht nachgeben würde. „Sie haben keine Spur im Hinblick auf den Eindringling oder die Anrufe, die ich erhalten habe, also haben sie meinen Fall zurückgestellt.“

„Sie haben was?“ Ohne auf ihre Antwort zu warten, nahm er sein Handy von der Anrichte und drückte eine Taste.

„Wen rufst du an?“, fragte Imogen.

„Einen Freund. Er könnte in der Lage sein, die Nummern nachzuverfolgen. Gib mir dein Handy." Er streckte die Hand aus. Sie war kurz versucht, von ihm wegzugehen, da ihr seine Einstellung nicht gefiel. Widerwillig gab sie ihr Passwort ein, damit er das Anrufprotokoll sehen konnte.

Bevor sie etwas sagen konnte, ging er zur Tür hinaus. Sie sah zu, wie er beim Reden durch den Garten lief. Mit jedem Schritt schien er mehr Abstand zwischen ihnen zu erzeugen. Sie schüttelte den Kopf und konzentrierte sich auf Ellery, die die Blumen in den Fensterkästen an ihrem Spielhaus goss.

Patrick ging zurück zum Haus und blieb kurz stehen, um mit Ellery zu sprechen. Imogen konnte nicht hören, was er zu ihr sagte, aber das Mädchen lächelte. Zumindest lief es zwischen Ellery und ihrem Vater besser. Ihre Beziehung war nicht perfekt, aber Ellery schien auf Patricks Anspannung mit Besorgnis und Empathie zu reagieren, anstatt mit den Wutanfällen, die sie früher gehabt hatte.

„Hattest du Glück?", fragte Imogen, als Patrick ins Haus zurückkehrte.

„Ja, er wird sich um die Anrufe kümmern." Er gab ihr das Handy zurück.

„Glaubst du wirklich, er kann an Informationen kommen, die die Polizei nicht finden konnte?" Sie bezweifelte es, da die Polizei ihren Fall ernst zu nehmen schien.

Patrick betrachtete sie und zögerte, als würde er seine Worte abwägen. „Er hat alternative Methoden."

„Legale Methoden, hoffe ich." Sie wollte nicht, dass jemand wegen ihrer Probleme in Schwierigkeiten geriet.

„Ja, aber selbst wenn sie es nicht wären, würde ich ihn bitten, sie zu nutzen. Ich bin es leid, dabei zuzusehen, wie du belästigt wirst."

Sie zuckte mit den Schultern. Die Anrufe waren fast ein Teil ihres Lebens geworden. Manchmal wurde sie allerdings von ihnen überwältigt. Leider hatte Patrick sie in diesen Momenten gesehen. Die meiste Zeit konnte sie sie ignorieren. Es würde ohnehin nicht mehr lange dauern. Der Prozess stand kurz bevor und danach würde dieser Albtraum hoffentlich enden.

„Es ist ein Problem, das gelöst werden muss", betonte er. „Bist du sicher, dass du nicht zu deinem Betreuer gehen kannst?"

Sie seufzte verärgert. „Das haben wir doch schon besprochen. Ich vertraue ihm nicht. Ich will nicht, dass er mehr weiß, als es bereits der Fall ist."

„In Ordnung", stimmte Patrick ihr zu und sie war dankbar, dass er es zu akzeptieren schien.

„Ich weiß zu schätzen, dass du versuchst, meine Probleme zu lösen." Das war nicht gelogen. Sie wünschte nur, ihre Situation wäre nicht so kompliziert. „Ich weiß, dass du genug eigene Probleme hast."

„Das ist wahr", murmelte er und drehte sich um, um Ellery durch das Küchenfenster zu beobachten. Sie war zu dem Picknicktisch gegangen, auf den sie mehrere Outfits für ihre Barbie-Puppe gelegt hatte. „Ich muss sicherstellen, dass Rachel niemals versuchen wird, Anspruch auf sie zu erheben."

„Kannst du sie kontaktieren?" Imogen wusste, dass er daran gedacht hatte. Ellerys Mutter könnte ihm eine ganze Reihe von Problemen bereiten, wie auch schon das Jugendamt gewarnt hatte. Wenn er Rachel nicht dazu bringen konnte, ihre gesetzlichen Rechte aufzugeben, würde er immer über seine Schulter sehen müssen.

„Ich weiß, wo sie ist, aber sie reagiert nicht auf meine Anrufe. Ihr Kind zu verlassen war wohl nicht genug. Sie muss auch noch unausstehlich sein."

Imogen wollte ihre Arme um ihn legen, aber sie widerstand dem Drang. Er würde den Trost, den sie ihm spenden wollte, nicht annehmen, nicht auf diese Weise. Er flirtete gern und hatte gern Sex mit ihr. Und er erwartete, dass sie für Ellery da war, aber ansonsten wurde sie in eine untergeordnete Rolle in seinem Leben gedrängt.

Bei einem Schrei draußen kehrte ihre Aufmerksamkeit zu Ellery zurück. Die Barbie-Puppe, die sie umgezogen hatte, flog ins Gras, dicht gefolgt von den Outfits. Ellery stand auf, stampfte mit den Füßen und hatte die Hände an ihren Seiten zu Fäusten geballt.

Patrick eilte aus der Tür. „Was ist? Was ist los mit dir?“

„Das blöde Kleid passt der blöden Puppe nicht“, schrie Ellery. Ihr Gesicht war rot vor Wut.

Imogen folgte Patrick nach draußen und hatte Schuldgefühle. Das Kleid war eng anliegend und es war schwierig, die langen Ärmel über die starren Arme der Puppe zu ziehen.

„Die Puppe kann ein anderes Kleid tragen.“ Patrick nahm eines aus dem Gras. „Was ist mit diesem hier?“

„Sie geht mit Ken in ein edles Restaurant. Dort kann sie kein Sommerkleid tragen“, kreischte Ellery.

Imogen wägte die Situation ab. Sollte sie sich einmischen oder Patrick den Vortritt lassen? Er hatte ihre Hilfe bei Ellery gewollt, also nahm sie an, dass sie einspringen sollte. Eines ihrer Ziele für den Sommer war, Ellery widerstandsfähiger zu machen. Dies könnte eine gute Lernmöglichkeit dafür sein.

„Ellery“, sagte Imogen in einem ruhigen Ton, „bitte nimm deine Puppe und ihre Kleider und lege sie wieder auf den Picknicktisch.“

„Das werde ich nicht.“ Ellery verschränkte die Arme und erinnerte Imogen daran, wie sie sich verhalten hatte, als sie in die Pflegefamilie gekommen war. Sie hatten seitdem Fortschritte gemacht, aber dies war ein deutlicher Rückschritt, was bedeutete, dass sie vorsichtig damit umgehen mussten.

„Möchtest du einfach weggeworfen werden, obwohl das Problem nicht deine Schuld ist?“, fragte Imogen und bekam dafür einen harten Blick von Patrick. Verdammt, genau das war Ellery passiert. Glücklicherweise schien das Mädchen die Verbindung nicht herzustellen, als es die Puppe anstarrte.

„Ich helfe dir.“ Patrick sammelte die verstreuten Gegenstände ein, bevor Ellery sich rühren konnte.

Imogen seufzte. Das brachte Ellery nicht bei, wie sie sich verhalten sollte.

„Ziehe sie an“, befahl Ellery und reichte ihrem Vater die halb nackte Puppe.

„Sicher, Schatz. Wir werden nur … äh …“ Er versuchte, das Kleid über den Kopf der Puppe zu ziehen, aber es blieb an den Armen hängen. Er zerrte es herunter und wiederholte die Aktion mit dem gleichen Ergebnis.

„Siehst du, du hast es falsch genäht“, warf Ellery Imogen vor.

„Denke daran, dass ich dir gezeigt habe, wie man ihr das Kleid anzieht“, sagte Imogen und reagierte nicht auf den wütenden Ton. „Möchtest du es noch einmal sehen?“

„Nein“, zischte Ellery. „Daddy wird es tun.“

Imogen erwartete, dass Patrick seine Tochter zurechtweisen würde, aber das tat er nicht. Er hielt seinen Kopf über die Puppe gesenkt, also ging Imogen weg und zog sich ins Haus zurück. Sie holte einen Krimi, setzte sich in einen Schaukelstuhl auf der Veranda und versuchte zu lesen, aber sie war zu verärgert.

Was war schwerer zu ertragen? Wie Ellery sie behandelte oder was Patrick tat? Sie wusste es nicht. Beides tat weh, besonders weil sie bei dem Mädchen Fortschritte gemacht hatte. Zumindest hatte es sich so angefühlt. Der Mann hingegen … Sie kam ihm nicht näher, nicht im emotionalen Sinn. Aber was hatte sie von ihrem Arrangement erwartet?

Sie stieß den Atem aus und schlug ihr Buch auf. Ihre Augen wanderten blind über die Zeilen, bis sie hörte, wie sich die Tür hinter ihr öffnete.

„Imogen", sagte Patrick, „kannst du mir zeigen, wie das geht?"

Sie sah ihn an. Er hielt die Puppe und das Kleid in seinen Händen. Wortlos nahm sie beides und zeigte ihm, wie man die Arme in die Ärmel steckte und den Reißverschluss am Rücken schloss.

„Danke. Ich werde …" Er zögerte. Würde er sich entschuldigen?

„Du wirst was?", fragte sie und hoffte auf seine Einsicht.

„Ich werde es Ellery zeigen, damit sie es nächstes Mal selbst tun kann."

Imogen wollte ihn daran erinnern, dass sie genau das im Garten vorgeschlagen hatte, aber sie hielt ihre Zunge im Zaum. „Du kannst nicht immer alles für sie in Ordnung bringen. Das hilft ihr nicht. Deeskaliere stattdessen die Situation, indem du ruhig bleibst, und sei ihr ein gutes Vorbild."

„Das funktioniert vielleicht bei dir, aber …"

„Es muss auch bei dir funktionieren. Ich werde nicht immer hier sein." Imogen sagte es nicht gern, aber es stimmte.

Sein Gesicht spannte sich an. „Das stimmt. Das wirst du nicht. Außerdem sind Ellerys Probleme meine Schuld und ich muss diese Last allein tragen."

Seine Worte hätten ihr nicht mehr wehtun können, wenn er sie geschlagen hätte. „Was ist dann meine Rolle hier?", fragte sie leise.

„Sollte ich nicht bei ihren Verhaltensproblemen helfen und ihr beibringen, sich zu beherrschen?“

„Ja, aber ich brauche eine dauerhafte Lösung.“ Er fuhr sich mit der Hand über das Gesicht und starrte auf den Vorgarten. „Das heißt, wenn ich weiterhin ein SEAL sein will.“

Sie sah ihn überrascht an, aber er ging bereits wieder ins Haus. Dies war das erste Mal, dass er erwähnt hatte, dass er möglicherweise nicht in den Dienst zurückkehren würde. Kein Wunder, dass er gestresst war, wenn ihm das neben allem anderen im Kopf herumging.

Aber diese Erkenntnis füllte nicht die Leere in ihr.

KAPITEL ACHTZEHN

„Achte darauf, dass du im Haus bleibst und das Sicherheitssystem eingeschaltet ist“, sagte Patrick einige Tage später zu Imogen. Er stand an der Tür und wartete darauf, dass Ellery herunterkam.

„Das hast du mir schon dreimal gesagt.“ Imogen lächelte nachsichtig. „Ich habe dich verstanden.“

Er mochte es nicht, sie allein und ungeschützt zu lassen, aber er hatte Pläne. Er musste Ellery heute zur Beobachtung und Therapie beim Jugendamt absetzen und dann seine Ex treffen. Rachel hatte endlich auf seine Anrufe reagiert, aber sie war nicht besonders kooperativ. Wenn er sie sehen wollte, musste er sich beeilen, da sie in drei Tagen mit ihrem neuen Mann in ihre Luxusflitterwochen aufbrechen würde.

Zumindest hatte sie angedeutet, dass sie die Dokumente unterschreiben würde, die Patricks Anwalt erstellt hatte, und ihre elterlichen Rechte an Ellery aufgeben würde. Er klammerte sich an diesen Hoffnungsschimmer. Andernfalls steckte er in Schwierigkeiten. Er musste eine Karriereentscheidung treffen, aber darüber hinaus musste er seine Beziehung zu Imogen und Ellery besser gestalten. Er wusste, dass er Imogen in letzter Zeit verletzt hatte und dass sie nur versuchte zu helfen. Aber er betrachtete dieses Chaos als seine Verantwortung. Er hätte Imogen niemals in all das hineinziehen sollen und hätte es vielleicht auch nicht getan, wenn sie nicht in Gefahr gewesen wäre.

Ellery spürte die Anspannung, die er nicht vollständig verbergen konnte. Sie war manchmal immer noch lieb und süß, aber dann änderte sich ihre Stimmung scheinbar grundlos und sie wurde wütend oder brach in Tränen aus. Imogen versuchte immer wieder, ihm beizubringen, wie er mit diesen Situationen umgehen sollte, und er glaubte, es zu lernen, aber es ging nur langsam voran – und daran war er nicht gewöhnt. Seine Karriere war darauf ausgerichtet, Probleme direkt anzugehen, zu überwinden und voranzukommen. Wenn er sich im Kreis drehte, fühlte er sich wie ein eingesperrtes Tier.

„Viel Glück mit Rachel heute", sagte Imogen. Sie hatte sich mit seiner schwierigen Stimmung abgefunden und war seiner Schärfe mit Sanftheit begegnet, was ihm noch mehr das Gefühl gab, ein Mistkerl zu sein.

„Ich weiß das zu schätzen", sagte er, als Ellery mit schleppenden Schritten die Treppe herunterkam. Sie wollte nicht gehen. Das hatte sie deutlich gemacht. „Fertig, Schatz?"

„Ja. Bye, Imogen. Kannst du Spaghetti zum Abendessen machen? Mit Knoblauchbrot?", bettelte das kleine Mädchen.

„Ich denke, das kann ich schaffen. Wir sehen uns heute Abend." Imogen ging mit ihnen zur Tür. Patrick blieb auf der anderen Seite stehen und wartete auf das Klicken des Schlosses und den Piepton des Sicherheitssystems. Als er es hörte, fühlte er sich geringfügig besser, aber diese Sicherheitsmaßnahmen waren kein Ersatz dafür, dass er dort war. Immerhin hatte er alles getan, was er konnte, einschließlich der Bitte an die Polizei, häufiger als gewöhnlich auf der Straße zu patrouillieren. Angesichts des Einbruchs hatten die Polizisten zugestimmt.

Nach einer stillen Fahrt bog er auf den Parkplatz des Gebäudes ein, in dem sich das Jugendamt befand. Er wollte Ellery dort hinbringen, sicherstellen, dass sie pünktlich zu ihrem ersten Termin kam, und dann weiterfahren, um Rachel zu sehen. Wenn alles gut ging, wäre er rechtzeitig zurück, um Ellery abzuholen. Er hatte den Plan sorgfältig in seinem Kopf ausgearbeitet und die Zeit kalkuliert. Es würde funktionieren.

„Ich will nicht reingehen", sagte Ellery, als er den Motor abstellte.

Sie hatten das schon einmal besprochen. „Wir haben keine Wahl, Kleine."

„Du könntest bei mir bleiben, oder?" Ellerys Stimme war ungewöhnlich leise.

„Ich muss heute woanders hin", sagte er, obwohl sein Herz für das Mädchen brach. Er musste sich mit Rachel befassen, da sie ihm nur dieses kurze Zeitfenster gewährt hatte, aber er wollte Ellery nicht genau sagen, was los war.

„Bist du sicher?", fragte Ellery.

Er wollte nicken, aber dann hielt er inne und betrachtete die Situation aus einem anderen Blickwinkel. Nein, er war nicht sicher. Warum sollte er seine Tochter an einem Tag, an dem sie ihn eindeutig brauchte, wieder verlassen müssen, nur um seiner verantwortungslosen Ex hinterherzujagen? Zur Hölle mit Rachel und ihrem Drama. Er würde nicht zulassen, dass sie ihm noch mehr Zeit mit Ellery stahl.

„Weißt du was? Ich kann meine Pläne ändern. Ich möchte stattdessen den Tag mit dir verbringen." Ellerys Gesichtsausdruck verwandelte sich augenblicklich und Hoffnung strahlte aus ihren Augen. „Lass uns gehen." Er stieg aus dem Truck und nahm ihre Hand, als sie zu dem Gebäude gingen.

Patrick hatte keine Ahnung, was ihn an diesem Tag erwarten würde. Andernfalls hätte er vielleicht Rachel als einfachere Option betrachtet, denn jeder Moment war eine Erinnerung an den Schaden, den sie und er ihrer Tochter zugefügt hatten. Ihre schwierige Beziehung hatte Ellery aus dem Gleichgewicht gebracht. *Ich bereue wenig im Leben, aber das werde ich mir nie verzeihen*, dachte er, als er hinter einer verspiegelten Wand stand und Ellery bei der Interaktion mit anderen Kindern zusah.

In einem Moment war sie süß, fröhlich und kreativ, aber im nächsten zeigten sich ihre Vertrauensprobleme darin, wie sie auf die Kinder und die Therapeutin reagierte, die mit ihnen im Raum war. Es war schwer mitanzusehen, aber er hatte es nicht anders verdient.

„Ihr scheint es besser zu gehen", sagte Anita, die leitende Mitarbeiterin des Jugendamts, neben ihm.

„Tut es das?", fragte er.

„Ich glaube schon. Sie scheint eher bereit zu sein, sich mit den anderen Kindern zu beschäftigen, aber wir werden sehen, was die Therapeutin zu sagen hat."

Er sah zu, wie die anderen Kinder gingen und die Therapeutin blieb, um allein mit Ellery zu arbeiten. Es war nicht das, was er erwartet hatte. Die Therapeutin stellte Ellery keine Fragen. Stattdessen spielten die beiden auf unterschiedliche Weisen miteinander. Zuerst ein Brettspiel für Kinder, dann Zeichnen und Malen und dann Puppen. Nichts davon ähnelte den Therapiesitzungen, die er sich vorgestellt hatte, und es war definitiv ganz anders als die Nachbesprechungen seiner Missionen.

Kinder mussten anders behandelt werden. In der Theorie wusste er das, aber es war eine Lektion, die er nur schwer in der Praxis umsetzen konnte. Imogen half ihm dabei. Sie verstand Ellery. Er fühlte sich in letzter Zeit schlecht wegen seines Verhaltens ihr gegenüber. Er konnte ihr Schutz versprechen, aber ansonsten schien er ihr nicht das zu geben, was sie brauchte.

„Die Therapeutin ist bereit, mit Ihnen zu sprechen“, sagte Anita und führte ihn zu demselben Konferenzraum wie zuvor.

Das Team am Tisch war kleiner und sah sympathischer aus als die Gruppe, mit der er konfrontiert gewesen war, als er das Sorgerecht beantragt hatte, aber er fühlte sich allein. Beim letzten Mal hatte er seinen Anwalt bei sich gehabt … und Imogen war dort gewesen, eine Art Verbündete, auch wenn er sie damals kaum gekannt hatte. Heute musste er sich allein seinen Fehlern stellen.

„Hallo, Captain Nelson. Ich bin Dr. Aimee Johnson“, sagte die Therapeutin und reichte ihm ihre Hand. „Obwohl wir uns noch nie getroffen haben, ist dies meine dritte Begegnung mit Ellery.“ Sie listete die anderen Termine für ihn auf. Einer, als Ellery in die Pflegefamilie gekommen war, und der andere kurz vor der ersten Sorgerechtsverhandlung. „Wie läuft es bei Ihnen zu Hause?“

„Gut“, sagte er.

Dr. Johnson lächelte. „Ich denke nicht, dass das ganz richtig ist. Wir sind auf Ihrer Seite, wissen Sie.“ Sie neigte den Kopf zu Anita und einer anderen Sozialarbeiterin. „Es ist in Ordnung, ehrlich zu sein, wenn Sie Probleme haben.“

Er holte Luft. „Ich würde nicht sagen, dass ich Probleme habe, aber es gab schwierige Momente.“ Er erzählte ihnen von dem jüngsten Vorfall mit der Barbie-Puppe und einigen anderen Situationen, in denen Ellerys Verhalten schwierig gewesen war.

„Und was machen Sie bei diesen Episoden?“

„Ich versuche, geduldig zu sein“, sagte er, „und zu deeskalieren.“ Er benutzte Imogens Worte, weil er erkannte, dass sie recht hatte.

„Das ist gut“, sagte Dr. Johnson. „Es ist ein Anfang. Unser Ziel ist, dass sich Ellerys Verhalten normalisiert und typisch für ein Kind ihres Alters wird.“

„Wie nah sind wir diesem Ziel?“, fragte er, obwohl er die Antwort erraten konnte.

„Es wird Zeit, ein stabiles, liebevolles Umfeld und die richtigen Reaktionen von Ihnen dafür brauchen.“

Mit anderen Worten waren sie verdammt weit davon entfernt. Er spürte, wie die Uhr tickte. Wenn er bei den SEALs blieb, war seine nächste Mission weniger als fünf Monate entfernt. War das genug Zeit? Oder würde seine Abreise Ellery zurückwerfen? Er wollte fragen, aber er war ziemlich sicher, dass er die Antwort nicht hören wollte.

Das Glück, das er früher am Tag empfunden hatte, als Ellery ihn bat, bei ihr zu bleiben, verschwand. Alles, was er sehen konnte, war die harte Arbeit, die vor ihnen lag, aber es war jede Anstrengung wert, Ellery ein besseres Leben zu ermöglichen. Er wusste nicht, wo er anfangen sollte, also hörte er sich Dr. Johnsons Bericht an und speicherte die Informationen in seinem Kopf, als wären es Anweisungen vor einem Einsatz. Es waren gute Informationen, aber sie sagten ihm nicht, was er hier und jetzt tun sollte.

„Was soll ich machen?“, fragte er, als die Therapeutin aufhörte zu sprechen. „Wie kann ich das in Ordnung bringen? Können Sie mir konkrete Vorschläge machen?“

„Das können und werden wir“, antwortete sie, „obwohl es nicht darum geht, Ellery ‚in Ordnung zu bringen‘, sondern vielmehr darum, so auf sie zu reagieren, dass sie gesündere Reaktionen auf ihre Emotionen und ihre Umgebung lernen und verinnerlichen kann. Wir werden Ihnen Lösungen dafür anbieten, wie Sie mit bestimmten Verhaltensweisen umgehen können, wenn sie sich manifestieren. Das ist für die nächste Stunde geplant. Aber bei allem Respekt – ich schlage vor, dass Sie in diesem Prozess auch an sich selbst arbeiten.“

„Was meinen Sie?“ Er fühlte sich angespannt. Nach seiner Erfahrung war ‚bei allem Respekt‘ eine höfliche Art, jemanden einen Idioten zu nennen. Was sollte das bedeuten?

„Ich spüre aufgestaute Angst bei Ihnen“, sagte sie sanft, „und Ihre Hintergrundprüfung ergab, dass Ihre Mutter Sie verlassen hat, als Sie ein Kind waren. Sie und Ellery teilen möglicherweise einige Probleme und es wäre gut für Sie beide, sich damit zu befassen.“ Sie sah ihm in die Augen. „Mir ist klar, dass sich das wie ein persönlicher Angriff anfühlt, und ich versichere Ihnen, dass dies nicht meine Absicht ist. Sie haben in Ihrer Karriere eindeutig bewundernswerte Erfolge erzielt und machen gute Fortschritte beim Aufbau einer gesunden Beziehung zu Ihrer Tochter. Aber um Ellery effektiv zu helfen, ist es wichtig, dass Sie verstehen, was einige Ihrer eigenen Reaktionen auf gewisse Situationen verursacht – damit Sie ihr helfen und sie führen können.“

Er umklammerte die Armlehnen und versuchte, seinen Zorn zu kontrollieren. Bei diesem Treffen sollte es um Ellery gehen, nicht um ihn. Aber er zwang sich, normal zu atmen und Dr. Johnsons Worte abzuwägen, als wären sie Informationen vor einem Einsatz. Er konnte nicht leugnen, dass die Handlungen seiner Mutter ihn als Kind geprägt hatten – und er würde alles tun, um Ellery nicht auf die gleiche Weise zu verletzen. Nach einem weiteren Moment, in dem er seine Gefühle beruhigte, nickte er Dr. Johnson leicht zu und fragte, ob sie einen privaten Therapeuten empfehlen könne, den er und Ellery gemeinsam aufsuchen konnten.

Eine Stunde später verließ er den Raum mit Ratschlägen und einer Broschüre über den Umgang mit traumatisierten Kindern. Das Wort Trauma bedeutete etwas anderes für ihn, aber er lernte langsam den Jugendamt-Jargon. Imogen würde das alles verstehen, aber er konnte sich nicht für immer auf sie verlassen. Er musste Ellerys Hauptbezugsperson werden und ihr Orientierung im Leben geben. Die Verantwortung war atemberaubend, aber er war noch nie vor einer Herausforderung zurückgeschreckt.

„Können wir auf dem Heimweg Eis essen gehen?“, fragte Ellery, als sie in dem Korridor vor dem Konferenzraum zu ihm kam. „Wir können einen Milchshake für Imogen mit nach Hause nehmen.“

„Das ist eine gute Idee. Welche Geschmacksrichtung will sie wohl?“, fragte er, nahm Ellerys Hand und ging zur Tür.

„Erdbeere“, sagte Ellery. „Das nimmt sie immer.“

„Tut sie das?“ Er hatte es nicht bemerkt, aber er war nicht überrascht, dass Ellery es getan hatte. Sie war ein scharfsinniges Kind.

„Natürlich.“ Ellery strahlte ihn an und ihm wurde warm ums Herz.

Was auch immer nötig war, um sie glücklich und gesund zu machen – er würde es tun.

KAPITEL NEUNZEHN

Atme. Atme. Atme.

Imogen zog langsam Luft in ihre Lunge und ließ sie heraus, um gegen eine Panik anzukämpfen, die knochentief reichte. Sie war in den Kofferraum eines Autos eingesperrt worden und wurde weggefahren. Gott allein wusste, wohin.

Als sie sich etwas beruhigt hatte, tastete sie in dem engen Raum über ihr nach einem Hebel oder einer Zugschnur. Glücklicherweise hatten ihre Entführer ihre Hände vor ihrem Bauch anstatt hinter ihrem Rücken gefesselt. Auch ihre Knöchel waren gefesselt, was ihren Bewegungsradius einschränkte.

Komm schon, dachte sie frustriert. Hatten nicht alle Autos innen einen Hebel, um den Kofferraum zu öffnen? Gab es kein Gesetz, das dies vorschrieb? Sie erinnerte sich, dass sie das irgendwo gelesen hatte, also begann sie erneut mit der Suche und rollte sich in dem engen, dunklen Raum herum, um den Rand des Kofferraums abzutasten.

Sie hatte dort bereits gesucht, aber vielleicht hatte sie etwas übersehen.

Kratziger Teppich, Metall, etwas Klebriges, aber nichts, das sich wie ein Hebel anfühlte.

Frische Tränen traten in ihre Augen, aber sie drängte sie zurück. Weinen würde ihr nicht helfen. Genauso wenig wie Reue, wovon sie in den Minuten seit ihrer Entführung viel empfunden hatte. Sie hätte im Haus bleiben sollen, wie Patrick befohlen hatte. Aber Mr. Bubblesworth hatte unbedingt spazieren gehen wollen. Sein ständiges Herumrennen zwischen der Leine und der Haustür sagte das so laut, wie es sonst nur Worte hätten tun können. Schließlich hatte sie nachgegeben. Es war schließlich ein wunderschöner Sommertag und sie hatte fast genauso sehr nach draußen gehen wollen wie der Welpe.

Sie hatten es gerade auf die Straße geschafft, als ein Auto vorgefahren war und ihr den Weg versperrt hatte. Zwei Männer waren herausgesprungen, hatten sie gepackt und Mr. Bubblesworth trotz seiner Versuche, sie zu beschützen, von ihr weggerissen. Sie hatte gekämpft, aber einer von ihnen – ein großer, starker Kerl – hatte sie hochgehoben und in den Kofferraum geworfen. Dann war das Auto losgefahren. Nach ein paar Minuten hatte es angehalten und die Männer hatten den Kofferraum wieder geöffnet. Sie hatte versucht herauszuspringen und wegzurennen, aber sie waren zu schnell gewesen. Einer hatte sie festgehalten, während der andere ihre Hände und Füße gefesselt hatte. Dann hatten sie den Kofferraum wieder zugeknallt. Sie hatte einen Blick auf die Bäume über ihnen erhascht, aber das war alles.

Das Auto bog plötzlich abrupt nach links ab und sie zuckte zusammen, als ihr Kopf gegen die Kofferraumwand schlug. Verdammt noch mal. Sie rollte sich auf den Rücken und starrte in die Dunkelheit. Wohin wurde sie gebracht? Sie hatte diese Frage bisher verdrängt, konnte es aber nicht mehr. Weitere Fragen folgten. Was würden sie mit ihr machen? Wer waren sie?

Wann würde sie endlich lernen, niemandem zu vertrauen?

Tränen flossen aus ihren Augen und liefen über ihr Gesicht. Sie hatte Grant vertraut. Sie hatte sogar geglaubt, ihn zu lieben. Und was hatte ihr das eingebracht? Zumindest anfangs hatte sie ihrem Betreuer vertraut und monatelang abscheuliche Anrufe und Belästigungen ertragen.

Sie hatte Patrick vertraut und gedacht, dass er sie beschützen würde. Und er hätte es wahrscheinlich auch getan, wenn sie im Haus geblieben wäre, wie er verlangt hatte. Das sagte zumindest ihr Verstand. Sie unterdrückte ein Schluchzen. Als sie Patricks Schutz am meisten gebraucht hatte, war er nicht für sie da gewesen. Oh, es war nicht seine Schuld, das wusste sie, aber sie konnte nichts gegen den Groll tun, der in ihr aufstieg. Oder vielleicht war sie einfach nur wütend auf die Rolle, die er ihr in seinem Leben zugewiesen hatte.

Keiner dieser Gedanken half. Sie musste nachdenken. Sie schob ihre Fragen und Sorgen beiseite, um sich auf ihre Situation zu konzentrieren. Die Entführung hatte direkt vor dem Haus stattgefunden, was bedeutete, dass die Überwachungskameras sie möglicherweise aufgezeichnet hatten. Das war ein hoffnungsvoller Gedanke. Sie konnte darauf vertrauen, dass Patrick die Aufnahmen überprüfte, wenn er bemerkte, dass sie vermisst wurde, aber wann würde das sein? Sie hatte keine Ahnung, wann er nach Hause kommen würde. Es war Nachmittag gewesen, als sie mit Mr. Bubblesworth aufgebrochen war, aber Patrick könnte noch einige Stunden weg sein. Sie stöhnte und hatte das Gefühl, die Hoffnung zu verlieren.

Okay, sie konnte sich also nicht darauf verlassen, dass er sie rettete. Das musste sie selbst tun. Da sie den Hebel zum Öffnen des Kofferraums nicht finden konnte, musste sie auf ihre Chance warten, wenn ihre Entführer ihn aufmachten. Sie versuchte, ihre verspannten Muskeln zu dehnen. Sie würde schnell und entschlossen handeln müssen und konnte sich die Zeit vertreiben, indem sie sich mental darauf vorbereitete … denn nur so würde sie freikommen.

Es würde ihr ein Ziel geben und die Angst in Schach halten.

~

Ellery schlürfte laut ihren Milchshake. Sie hatten am *Dairy Dock* Halt gemacht und verschiedene Leckereien gekauft, genau wie Ellery verlangt hatte. Als Patrick in seine Straße einbog, fühlte er sich ziemlich gut. Seiner Tochter ging es … besser … und er fühlte sich sicherer in der Vaterrolle.

Als er Mr. B mit der Leine an seinem Halsband auf der Veranda sitzen sah, ließ seine Freude nach. Was zur Hölle war hier los?

„Bleib hier", sagte er zu Ellery. „Du kannst das Radio aufdrehen." Er ließ den Motor des Trucks laufen, schloss aber die Türen ab, als er ausstieg. Wenn er eine Waffe getragen hätte, hätte er sie gezogen. *Irgendetwas stimmt hier nicht*, schrie jeder seiner Instinkte.

„Was ist los, Mr. B?" Patrick legte seine Hand auf den Kopf des Hundes. „Wo ist sie?" Als wollte er antworten, winselte der Hund und sank zu Boden.

Patrick versuchte, die Tür zu öffnen, und stellte fest, dass sie verschlossen war. Das mochte positiv sein, aber es erklärte nicht, warum Mr. B allein draußen war. Patrick schloss die Tür auf und überprüfte das Sicherheitssystem, sobald er eintrat. Es war aktiviert. Er gab seinen Code ein.

„Imogen?", rief er und sein Blick schweifte durch das Wohnzimmer. Er ging in das Esszimmer und die Küche, bevor er das Obergeschoss durchsuchte. Nichts. Sie war weg.

In Gedanken ging er mögliche Szenarien durch. Ihr Auto war in der Einfahrt geparkt, also war sie nirgendwo hingefahren. Niemand hatte das Haus gewaltsam betreten. Aber der Hund mit der Leine draußen deutete darauf hin, dass sie spazieren gehen wollte, als etwas oder jemand sie aufgehalten hatte.

Er ging wieder ins Wohnzimmer, wo er seinen Laptop gelassen hatte, und nahm sich eine Sekunde Zeit, um nach Ellery im Truck zu sehen. Er konnte erkennen, wie sie ihren Milchshake trank und bei einem Lied im Radio mitsang. Ihr ging es für den Moment gut.

Er schaltete seinen Computer ein und ging zur Webseite des Sicherheitssystems, wo er sein Passwort und seinen Code eingab. Von dort konnte er auf die Außenkameras zugreifen, die durch Bewegungen ausgelöst wurden. In weniger als zwei Minuten fand er die Szene, bei der ihm das Blut in den Adern gefror. Imogen stieg gerade mit Mr. B von der Veranda, als ein Auto vor dem Haus anhielt. Zwei Männer mit Baseballmützen griffen sie an. Sie hatte keine Zeit zu reagieren, bevor die Kerle Mr. B wegzerrten und sie packten.

Patrick sah zu, wie die Männer sie in den Kofferraum des Autos zwangen und ihn zuschlugen. Dann fuhren sie die Straße hinunter. Das Ganze hatte laut dem Timer der Kamera nicht einmal fünfzehn Sekunden gedauert.

„Verdammt“, fluchte Patrick, als er das Filmmaterial noch einmal ansah. Er brauchte etwas, um weiterzumachen. Das Auto war ein silberner Sedan. Davon gab es zu viele auf der Straße. Er verlangsamte die Wiedergabe und starrte mit zusammengekniffenen Augen auf den Bildschirm. Als das Auto wegfuhr, war das hintere Nummernschild für den Bruchteil einer Sekunde sichtbar. Er stoppte die Aufnahme und griff nach seinem Handy.

Obwohl er von der Reaktion der Polizei auf die Drohungen und den Eindringling enttäuscht gewesen war, würde sie die Entführung bestimmt ernst nehmen. Darauf würde Patrick wetten. Er wählte die 9-1-1 und rief dann kurz die Mutter einer Freundin von Ellery an. Er wollte sich der Suche nach Imogen anschließen, aber das konnte er nicht, solange Ellery bei ihm war.

Ellery war immer noch zufrieden, als er wieder nach draußen kam. „Es gibt eine Planänderung, Schatz“, sagte er. „Du gehst zum Spielen zu Sarah.“ Er befürchtete, dass die Neuigkeit einen Trotzanfall auslösen könnte, aber zum Glück reagierte sie gut darauf. Er legte den Gang ein und fuhr die kurze Strecke zu Sarahs Haus. Dort setzte er Ellery mit einem schnellen Dank an Sarahs Mutter und dem Versprechen, später alles zu erklären, ab und fuhr dann zum Polizeirevier.

Die Beamten würden seine Einmischung vielleicht nicht begrüßen, aber sie würden damit leben müssen, weil er etwas tun musste, um Imogen zurückzubekommen. Andernfalls würde er über seine Schuldgefühle nachdenken. Er hatte befürchtet, dass die Kerle, die sie belästigten, angesichts des bevorstehenden Gerichtstermins kühner werden würden, aber er hatte nicht gedacht …

Er hätte es tun sollen, erkannte er, aber seine Aufmerksamkeit war von Ellery und seinen anderen Sorgen beansprucht worden. Er hätte über mögliche Bedrohungen nachdenken und Imogens Schutz priorisieren sollen. War das nicht seine Vereinbarung mit ihr gewesen? Oh Gott, er hatte versagt.

Er würde aber nicht dabei versagen, sie zu finden. Jetzt war es nur noch wichtig, sie rechtzeitig wiederzubekommen. Je früher sie gerettet wurde, desto besser. Je länger die Kerle sie hatten, desto größer war die Gefahr. Mit diesem Gedanken hielt er vor dem Polizeirevier und sprang aus seinem Truck. Der Sergeant an der Rezeption führte ihn zu einem Schreibtisch, wo ein Polizist gerade den Hörer auflegte.

„Sind Sie Patrick Nelson?“, fragte der Mann und musterte ihn schnell.

„Das bin ich“, sagte Patrick, der sich keine Zeit für Höflichkeiten nahm. „Haben Sie meine Frau gefunden?“

„Wir hatten gerade einen Anruf von einem Angestellten in einem Motel an der Route 3. Er hat ein Fahrzeug gesehen, das dem von Ihnen gemeldeten Wagen entspricht. Zwei Männer haben eine Frau aus dem Kofferraum gezogen. Der Angestellte sagte, dass sie sich gewehrt hat, aber sie haben sie überwältigt und in ein Zimmer gebracht."

„Lassen Sie uns gehen." Worauf zum Teufel warteten sie noch?

„So einfach wird es wahrscheinlich nicht." Der Polizist hob die Hände. „Ich verstehe, dass Sie aufgebracht sind, aber ich muss Sie bitten hierzubleiben oder, besser noch, nach Hause zu gehen und uns das zu überlassen."

„Das werde ich nicht tun", sagte Patrick und sah den anderen Mann an. Auf einem Messingschild an seiner Uniform stand ‚Anders'. „Hören Sie, Officer Anders, wenn Ihre Frau entführt und in den Kofferraum eines Autos gesteckt werden würde, würden Sie nach Hause gehen und dort auf Neuigkeiten warten?"

„Keine Chance", gab der Polizist zu. Er seufzte kurz. „Ich kann Sie nicht davon abhalten, mir zu folgen, aber mischen Sie sich nicht ein."

Patrick stieg wieder in seinen Truck und blieb hinter dem Streifenwagen, bis er das Grundstück des Motels erreichte. Dort parkte er weit weg von dem silbernen Sedan. Die Vorstellung, in seinem Truck zu bleiben, gefiel ihm nicht, aber er kannte die Risiken, sich in eine organisierte Operation einzumischen, und zwang sich, abzuwarten und zuzusehen, wie die Polizisten an die Tür eines Zimmers klopften, bevor sie sie eintraten.

Patrick konnte nicht länger stillhalten. Er sprang aus seinem Truck und rannte los. Er konnte Kampfgeräusche und das Klirren von Glasscherben in dem Zimmer hören, aber keine Schüsse. Als die beiden Männer, die er auf dem Sicherheitsvideo gesehen hatte, in Handschellen abgeführt wurden, stürzte Patrick in das Zimmer.

Imogen saß auf der Bettkante. Eine Polizistin schnitt das Seil durch, das ihre Handgelenke und Knöchel fesselte. Sie sah zu ihm auf und ihre Augen trafen seine. Dann fing die Polizistin an, sie mit Fragen zu überhäufen.

„Können Sie ihr eine Minute geben?“, bat Patrick, dem die Blässe ihrer Haut und die angespannten Linien um ihren Mund nicht gefielen.

„Mir geht es gut“, sagte sie und hob ihr Kinn. „Fragen Sie mich, was Sie wissen müssen, Officer.“

„Sir, Sie müssen draußen warten“, sagte ein anderer Polizist zu ihm.

Patrick ging widerwillig aus der Tür und lehnte sich an das Gebäude. Er wollte zu ihr eilen und sie in seine Arme nehmen, aber nichts an ihrer Körpersprache oder ihrem Gesichtsausdruck hatte ihn willkommen geheißen. Machte sie ihn für die Entführung verantwortlich? Wahrscheinlich, und das hatte er auch verdient. Sie schien unverletzt zu sein, aber er hatte sie dennoch im Stich gelassen.

Fast eine Stunde verging, bis sie herauskam und zu Anders‘ Wagen ging.

„Imogen?“, sagte Patrick. Sie hielt inne, aber dann stieg sie ohne einen Blick auf ihn in den Streifenwagen und wurde weggefahren.

KAPITEL ZWANZIG

Imogen knöpfte nervös den dunkelblauen Blazer auf, den sie trug. Sie war erschöpft, aber sie hatte es geschafft. Das Gericht würde jede Minute tagen. Sie würde aussagen und dann würde ihr Leben hoffentlich wieder normal werden. Sie hatte keine Ahnung mehr, wie *normal* aussah, aber der Prozess brachte sie einen Schritt näher daran, es herauszufinden.

Nachdem sie von der Polizei gerettet worden war, war sie in ein sicheres Versteck gebracht worden, um auf den Gerichtstermin zu warten, der nur eine Woche entfernt war. Sie hatte die Zeit damit verbracht, von der Staatsanwaltschaft über die Drohungen gegen sie befragt zu werden. Zum Glück nahm der Staatsanwalt die Situation ernst und untersuchte die Quelle der Anrufe und Nachrichten. Imogen hatte keinen Zweifel daran, dass es eine Verbindung zu Grants Vater geben würde.

Das war zumindest eine Sache in ihrem Leben, von der sie überzeugt war. Alles andere war … kompliziert. Es war eine einsame Woche ohne Patrick und Ellery gewesen. Die Staatsanwaltschaft hatte angeboten, einen Polizisten in Patricks Haus zu stationieren und ihr zu erlauben, dorthin zurückzukehren, aber sie hatte sich für das sichere Versteck entschieden, weil sie zu diesem Zeitpunkt nicht wusste, wie ihre Beziehung zu Patrick aussah.

Er war dabei gewesen, als ihre Entführer verhaftet wurden, aber er hatte unheimlich wütend gewirkt, als er in das Motelzimmer gestürmt war. Sie erinnerte sich an seinen Gesichtsausdruck. Vielleicht war es keine Wut gewesen, sondern Sorge. Sie war nicht sicher, aber so oder so musste sie eine Pause von ihm machen. Sie brauchte ihn jetzt nicht mehr zu ihrem Schutz und er hatte deutlich gemacht, dass er nicht wollte, dass sie sich in Ellerys Erziehung einmischte.

Sie fühlte sich ausgeschlossen und das tat weh … aber ihre Beziehung hatte nie etwas anderes als vorübergehend sein sollen. Sie wusste, dass sie ihn wiedersehen musste. Ihre Sachen, sogar ihr Hund, waren in seinem Haus, aber das alles musste warten, bis der Prozess beendet war. Sie konnte nicht beide Probleme gleichzeitig lösen.

„Erheben Sie sich“, rief der Gerichtsdiener und verkündete, dass das Gericht jetzt tagen würde.

Sie stand von ihrem Stuhl hinter dem Tisch der Staatsanwaltschaft auf und klammerte sich an das Geländer vor sich. Hier zu sein fühlte sich surreal an. Sie hatte über ein Jahr auf diesen Tag gewartet und jetzt war er endlich gekommen.

„Setzen Sie sich“, sagte der Gerichtsdiener, nachdem der Richter seinen Platz eingenommen hatte.

Als Imogen sich setzte, sah sie zur Seite und begegnete dem Blick ihres Ex-Freundes. Grant war auf der anderen Seite des Ganges hinter seinem Vater, der einen teuren Anzug trug und aussah, als wäre der Prozess nur eine Unannehmlichkeit. Aber es war nicht Grants Vater, der ihre Aufmerksamkeit auf sich zog, sondern Grant selbst. Bei dem Hass in seinem Blick zitterte sie und sah weg. So hatte sie ihn nicht in Erinnerung. Sie schloss die Augen und senkte den Kopf. Dann rief sie sich ihr letztes Gespräch ins Gedächtnis, als er sie gebeten hatte, ihre Anschuldigungen zurückzuziehen. Trotz seiner Wut bei ihrer Weigerung hatte sie den Hass in ihm nicht gesehen, der jetzt offensichtlich war. War sie blind für seine wahre Natur gewesen?

Als die Eröffnungsrede begann, konnte sie Grants Augen und die Hitze seines Blicks auf sich spüren. Wie hatte sie jemals denken können, er sei jemand, mit dem sie ihr Leben verbringen wollte? Sie hatte ihm ihr Herz geschenkt und gedacht, sie würde ihn vielleicht sogar heiraten. Wie falsch sie damit gelegen hatte.

Sie kämpfte dagegen an, aber Patricks Gesicht kam ihr in den Sinn. Ihre Beziehung war vorübergehend gewesen und hatte für beide praktische Gründe gehabt. Trotzdem war er derjenige, nach dem sich ihr Herz sehnte. War sie einfach dumm, wenn es um die Liebe ging? Verschwendete sie ihren Glauben und ihr Herz an unmögliche Beziehungen?

Daran konnte sie jetzt nicht denken. Sie musste sich auf das Gerichtsverfahren konzentrieren. Bewusst hörte sie sich die Eröffnungsrede des Verteidigers an, der behauptete, dass die Verbindung von Grants Vater zum Opfer zufällig sei und der Staatsanwalt keine Beweise für seine Beteiligung an etwas Illegalem habe.

Imogen wollte ungläubig schnauben, aber sie beherrschte sich und starrte geradeaus. Im Lauf des Vormittags wurden Beweise vorgelegt und Zeugen aufgerufen. Als die Mittagspause kam, schlüpfte sie schnell aus dem Gerichtssaal, aus Angst, Grant und seinem tödlichen Blick wieder zu begegnen. Eine Konfrontation mit ihm war das Letzte, was sie jetzt gebrauchen konnte.

Der Staatsanwalt erwartete sie vor dem Gerichtssaal. „Bereit?“

„Ich denke schon“, sagte Imogen, „aber ich bin nervös.“

„Das sollten Sie nicht sein. Sie haben die Wahrheit auf Ihrer Seite.“ Ein Kurier näherte sich und reichte dem Staatsanwalt einen versiegelten Umschlag. „Entschuldigen Sie mich, Ms. Mendel.“ Er ging in eine ruhige Ecke und sie sah, wie er den Umschlag öffnete und zufrieden nickte.

Am Nachmittag ging der Prozess weiter und Imogen wünschte, er wäre wie die knappen und markanten Gerichtsszenen in Fernsehshows. Die Episoden enthielten nur die wenigen interessanten Momente und übersprangen die zähen Abschnitte, in denen die gegnerischen Seiten ihre Fälle vortrugen. Schließlich war sie an der Reihe auszusagen.

„Schwören Sie, die ganze Wahrheit zu sagen …" Der Gerichtsdiener sprach die Worte monoton aus.

„Ich schwöre", antwortete sie und setzte sich in den Zeugenstand.

Die Fragen des Bezirksstaatsanwalts waren genauso, wie sie erwartet hatte. Sie sollte schildern, was sie an jenem Abend vor dem Baubüro gesehen hatte und wie sie die Informationen gemeldet hatte. Sie bemerkte, dass mehrere Jurymitglieder nickten, als ob sie jedes Wort glaubten, das sie sagte.

„Und im vergangenen Jahr, Ms. Mendel, haben Sie im Zeugenschutz gelebt und waren aufgrund Ihrer Aussage gezwungen, in eine neue Stadt zu ziehen und den Arbeitsplatz zu wechseln, nicht wahr?"

„Das ist richtig", bestätigte sie.

„Und ist es auch wahr, dass Sie seit mehreren Monaten belästigenden Anrufen und Drohungen ausgesetzt sind?"

„Ja", sagte sie. Sie hatte nicht erwartet, dass dies während ihrer Zeugenaussage erwähnt werden würde.

„Euer Ehren, die Staatsanwaltschaft erhebt gegen den Angeklagten zusätzliche Anklage wegen der Einschüchterung von Zeugen."

„Einspruch", sagte der Verteidiger. „Dies ist das erste Mal, dass mein Mandant oder ich davon hören."

„Ich habe gerade eine Bestätigung von meinem Büro erhalten, dass die Drohungen gegen Ms. Mendel auf den Angeklagten und seinen Sohn zurückzuführen sind“, sagte der Staatsanwalt.

„Du Schlampe“, knurrte Grant und stand plötzlich auf. Der Richter schlug mit seinem Hammer auf sein Pult, aber Grant machte weiter und hob die Stimme, um über das aufgeregte Gemurmel im Saal gehört zu werden. „Du warst dumm genug, deinen gottverdammten Mund aufzumachen.“

„Du …“ Imogen stand mit zitternden Beinen auf. Also hatte er hinter den Anrufen und Nachrichten gesteckt? Und die Entführung – deutete Grant an, dass er das auch arrangiert hatte? Die Männer, die verhaftet worden waren, hatten entweder nicht gewusst, wer sie angeheuert hatte, oder sich geweigert, es zu sagen. Aber es wirkte unplausibel, dass es nichts mit all den anderen Belästigungen zu tun hatte.

„Halt die Klappe, Grant“, brüllte sein Vater.

Sie richtete ihren Blick auf den Staatsanwalt, der von Grants Ausbruch nicht überrascht zu sein schien. Er gab dem Gerichtsdiener ein Zeichen, der sich Grant näherte und ihm Handschellen anlegte, als er sich weigerte, ihn freiwillig zu begleiten. Er überhäufte sie weiter mit Schimpfwörtern, als er aus dem Gerichtssaal geführt wurde.

Imogen wollte wegrennen und sich verstecken, um seine Tirade nicht zu hören, aber sie konnte es nicht. Ihre Füße schienen am Boden festzukleben. Sie hatte Grant einmal geliebt und er war … er war ein Monster. Er hatte ihr ein Jahr lang den Seelenfrieden geraubt.

„In Anbetracht der neuen Anklage, Euer Ehren“, sagte der Verteidiger, „möchte ich eine Vertagung beantragen.“

„Das kann ich mir vorstellen.“ Der Richter schlug mit seinem Hammer auf sein Pult. „Dieser Fall wird in einer Woche weiter verhandelt.“

„Es ist also nicht vorbei?“ Ihre Stimme war kaum mehr als ein Flüstern, als der Staatsanwalt auf sie zukam. „Ich muss wieder aussagen?“

„Mal sehen, was passiert, wenn der Verteidiger die neuen Anklagepunkte und Beweise überprüft. Wir glauben, dass der Fall in eine ganz andere Richtung gehen könnte. Mein Assistent bringt Sie zurück zu dem sicheren Versteck und ich rufe Sie an, sobald ich mehr weiß.“

Imogen ließ sich wegführen und fünfzehn Minuten später war sie wieder in dem kleinen Raum, der seit einer Woche ihr gehörte. Sie fühlte sich immer noch benommen, als sie ihr Handy überprüfte.

Sie wollen einen Deal aushandeln, hieß es in einer Nachricht vom Büro des Staatsanwalts. War das ein gutes Zeichen? Ihre juristischen Kenntnisse waren begrenzt, aber sie glaubte, dass dies normalerweise bedeutete, dass kein Prozess stattfinden würde. Wagte sie zu hoffen?

In den nächsten Stunden ging sie mit ihrem Telefon in der Hand auf und ab, bis es schließlich klingelte.

„Gute Neuigkeiten“, informierte sie der Staatsanwalt. „Sie müssen nicht noch einmal aussagen.“

„Kommt Grants Vater ins Gefängnis?“, fragte Imogen und ließ keine Erleichterung zu, bis sie sicher war.

„Ja. Ich kann Ihnen noch nicht alle Details nennen, aber Sie brauchen sich keine Sorgen mehr zu machen.“

„Was ist mit Grant?“ Wenn er freikam oder sie vor Gericht gegen ihn aussagen musste … sie wusste nicht, ob sie die Kraft dazu hatte.

„Das ist eine ähnliche Situation. Die Anklage gegen ihn ist schwerwiegend“, versicherte ihr der Staatsanwalt. „Sie können sich entspannen. Es ist vorbei.“

Sie dankte ihm, verließ das sichere Versteck und überquerte die Straße zu einem kleinen Park, in dem sie sich auf eine Bank setzte. Langsam ließ sie die Wahrheit auf sich wirken. Es war wirklich vorbei. Die Belästigungen – durch Grant – waren vorüber. Sie konnte zu ihrem alten Leben zurückkehren. Oder doch nicht?

Ihr früheres Leben war mit Grant verknüpft gewesen. Sie konnte nicht in diese Stadt zurückkehren und zu den Menschen, die sie als seine Freundin kannten … aber das Leben in Hartsville war auch nicht wirklich ihr Leben. Sie mochte die Schule, wo sie unterrichtete, und das Gemeinschaftsgefühl, aber ihr Leben hier war eine Illusion gewesen, die durch den Zeugenschutz geschaffen worden war und der sie eine Scheinehe hinzugefügt hatte.

Sie konnte nicht an Patrick denken, nicht jetzt. Er war Teil dieses Zwischenspiels, das sie hinter sich lassen musste. Wohin würde sie jetzt gehen? Die Welt stand ihr plötzlich offen, aber die Freiheit, die sich ihr bot, hatte keinen Reiz. Sie sehnte sich nach dem sonnigen Haus am Ende der Straße in der Nähe des Waldes, aber es gehörte ihr nicht mehr. Patrick und Ellery waren jetzt eine Familie. Und so sollte es auch sein, das wusste sie … aber was war mit ihr?

KAPITEL EINUNDZWANZIG

Patrick ging durch den kleinen Flughafen in Key West, Florida und nahm ein Uber in die berühmte südlichste Stadt des Landes. Wenn Rachel zugestimmt hätte, ihn am Flughafen zu treffen, hätte er den nächsten Flug nach Hause genommen und wäre viel früher zu Ellery zurückgekehrt. Aber Rachel kümmerte sich nicht darum, was für ihn praktisch war, oder um Ellerys Glück.

Rachel hatte sogar die Unverschämtheit gehabt, verärgert darüber zu sein, dass sie sich in ihren verlängerten Flitterwochen Zeit für ein Treffen mit ihm nehmen sollte. Es war klar, dass sie sich nicht mit ihrer Tochter beschäftigen wollte, nicht einmal um das Sorgerecht aufzugeben. Aber so war sie eben. Alles, was Patrick brauchte, war ihre Unterschrift auf zwei Dokumenten, und jede Verbindung zu ihr würde für immer enden.

Das war ein Grund zum Feiern, aber seine Freude wurde durch das, was zwischen ihm und Imogen geschah, getrübt. Er hatte gehört, dass das Gerichtsverfahren beendet war. Die Nachrichten hatten darüber berichtet, dass ihr Ex-Freund sie vor Gericht verbal angegriffen hatte und dass er und sein Vater einen Deal mit der Staatsanwaltschaft gemacht hatten.

In der Woche vor dem Prozess hatten die Ermittler mit ihm gesprochen, um zu erfahren, was er über die Drohungen gegen sie wusste. Er hatte ihnen erzählt, dass Imogen in Angst gelebt hatte, ihrem Betreuer nicht vertrauen konnte und machtlos gewesen war, die Situation zu ändern. Er hoffte, dass diejenigen, die ihr das angetan hatten, im Gefängnis verrotten würden.

Patrick hatte Imogen nach dem Prozess ein paar SMS geschickt, aber sie waren unbeantwortet geblieben. Er hatte darin gefragt, wie es ihr ging und ob sie etwas brauchte. Sie hatte auf keinen seiner Versuche, sie zu erreichen, reagiert. Er sollte nicht überrascht sein. Ellery fragte jeden Tag nach ihr und sosehr Patrick das Mädchen auch trösten wollte – er war ehrlich gewesen und hatte gesagt, dass er nicht wusste, ob sie Imogen wiedersehen würden. Die Tränen seiner Tochter hatten ihm fast das Herz gebrochen und die Tatsache, dass er dieses Problem nicht lösen konnte, trug zu seiner Frustration bei.

Selbst bei der fröhlichen Atmosphäre in der Duval Street hellte sich Patricks Stimmung nicht auf. Der Anblick des Luxusresorts am Meer trug auch nicht dazu bei. Rachel hatte sich schon immer einen reichen Mann angeln wollen und es schien, als hätte sie Erfolg gehabt. Patrick ging in die Lobby, wo Rachel versprochen hatte, ihn zu treffen. Er war nicht überrascht, als sie nicht dort auftauchte. Als er einen Cabana-Bereich in der Nähe des Pools durchsuchte, entdeckte er sie schließlich. Sie lag mit einem großen Strohhut auf dem Kopf und einem tropischen Drink in der Hand in der Sonne.

„Hallo, Rachel“, sagte er. „Du solltest mich treffen.“

Sie zuckte mit den Schultern. „Du hast mich gefunden. Willst du etwas trinken?“

„Nein danke.“ Er sah sie an und fragte sich, wie er sich jemals zu ihr hingezogen gefühlt hatte. Sie waren nie verliebt gewesen, aber sie waren Freunde gewesen und hatten miteinander geschlafen. Das sollte etwas bedeuten, tat es aber nicht.

„Setze dich“, sagte sie. „Du stehst mir in der Sonne.“

„Du musst nur diese Dokumente unterschreiben und ich werde sofort aus diesem verdammten Bundesstaat verschwinden.“ Er zog sie aus der Mappe, die er bei sich trug.

Sie schnaubte, schwang die Beine auf den Boden und streckte die Hand nach den Dokumenten aus. „Ich verstehe nicht, warum du mich in meinen Flitterwochen dafür aufspüren musstest.“

Es wäre höflich gewesen, sich nach ihrem Ehemann zu erkundigen, aber Patrick sah keinen Grund dazu. „Ich wollte es hinter mich bringen und mit meinem Leben weitermachen. Ich vermute, dass du das auch willst.“

„Das kann man wohl sagen.“ Sie blätterte die Seiten durch und schien hier und da Abschnitte zu lesen. „Anwaltskauderwelsch. Was zum Teufel bedeutet das alles?“

„Es ist ziemlich einfach. Mit deiner Unterschrift trittst du alle Rechte auf Ellery an mich ab.“

„Alle? Was ist, wenn ich sie eines Tages sehen will?“

Patrick musste den Drang unterdrücken, den albernen Hut von ihrem Kopf zu stoßen und einen Stift in ihre Hand zu drücken. Sie spielte mit ihm. Er wusste es, aber es machte ihn trotzdem wütend. „Wenn du sie willst, hättest du sie im März nicht verlassen sollen.“

„Ich habe sie bei einem Kindermädchen gelassen“, sagte Rachel.

„Die Frau hatte keine Kontaktinformationen von dir und kein Geld, um Ellery zu versorgen. Du hast ihr keine andere Wahl gelassen, als Ellery in eine Pflegefamilie zu geben, und das wusstest du auch.“ Patrick konfrontierte sie ungerührt mit ihren Taten.

Rachels Lippen bildeten einen Schmollmund. „Du musst nicht gemein werden. Ich bin nicht die schlechteste Mutter der Welt.“

„Darüber lässt sich streiten", knurrte er.

„Das sagt der Richtige. Wo warst du in den ersten sechs Jahren von Ellerys Leben? Hm? Auf der anderen Seite der Welt." Ihre Stimme wurde lauter und erregte die Aufmerksamkeit der Sonnenanbeter in der Nähe.

„Du hast recht und ich bestreite es nicht. Ich habe meinem Land gedient und dir Kindesunterhalt gezahlt, damit du dich um unsere Tochter kümmerst. Du kannst dir sicher meine Überraschung vorstellen, als du es nicht getan hast."

Rachel wandte ihr Gesicht demonstrativ von ihm ab und er brauchte plötzlich dringend Abstand.

„Ich werde meinen Bruder anrufen und fragen, was Ellery macht", sagte Patrick. „Ihr geht es übrigens gut. Ich dachte, ich sollte das erwähnen, da du nicht danach gefragt hast." Er ging weg und marschierte an Pools und Palmen vorbei, bis er am Rand des Ozeans stand.

Er holte sein Handy hervor und wählte Todds Nummer.

„Hey, großer Bruder", sagte Todd. „Wie läuft es?"

„Beschissen", knurrte Patrick. „Wie geht es Ellery?"

„Ihr geht es gut. Willst du deinem Daddy Hallo sagen?", rief Todd.

„Hi, Daddy." Ellerys hohe Stimme brachte Patrick trotz seiner Wut auf Rachel zum Lächeln.

„Jetzt kannst du in den Garten", sagte Todd zu Ellery, „und wir werden so tun, als hätten wir keine Wasserpistolenschlacht in der Küche gehabt."

Patrick konnte Ellerys Kichern und das Zuschlagen der Hintertür hören.

„Was hat Rachel getan, um dich so wütend zu machen?", fragte Todd.

„Sie hat nicht nach Ellery gefragt“, sagte Patrick. Er hatte kurz vor seiner Abreise ein Foto von Ellery gemacht, falls Rachel es sehen wollte. „Und sie scheint es nicht im Geringsten zu bedauern, sie verlassen zu haben.“ Das war noch schlimmer. „Was zur Hölle stimmt nicht mit ihr?“ Er wusste, dass sein Bruder die Frage nicht beantworten konnte, aber er musste sie stellen.

„Nichts, was du in Ordnung bringen kannst“, sagte Todd. „Daran musst du dich erinnern. Jetzt lass sie die Dokumente unterschreiben und komm nach Hause.“

„Warum? Ist etwas passiert?“ Er hatte Ellery gehört. Es schien ihr gut zu gehen. War es Imogen? Wie ging es ihr? Der mangelnde Kontakt zu ihr brachte ihn fast um.

„Nein, alles okay, aber ich kenne dich“, sagte sein Bruder. „Du willst Rachels Probleme lösen – und sie hat eine Menge davon – und alles besser machen. Aber Rachel ist, wer sie ist, und du kannst nichts dagegen tun, selbst wenn du denkst, dass sie unglücklich oder auf dem falschen Weg ist. Ich denke, sie ist bösartig und Ellery ist ohne so eine Mutter besser dran.“ Es gab eine Pause. „Ich sage nur, dass du sie nicht dazu zwingen kannst, sich um Ellery zu kümmern, also hör auf, es zu versuchen.“

„Also gut. Ich sollte den Flug heute Abend erreichen. Ich werde spät nach Hause kommen. Passt auf euch auf.“ Patrick beendete den Anruf und starrte auf das Wasser vor sich. Das Meer war in der Nachmittagssonne wunderschön, aber er bemerkte es kaum. Was hatte Todd damit gemeint, dass er versuchte, die Probleme anderer Menschen zu lösen? Sah sein Bruder ihn so?

Er wollte ihm diese Frage stellen, sobald er nach Hause kam, aber zuerst … Rachel. Er marschierte zurück zum Cabana-Bereich und schwor sich, diese Sache zu erledigen und zu gehen.

Patrick war müde, als er um Mitternacht in seine Einfahrt einbog. Nach Florida und wieder zurück zu fliegen und mit seiner Ex zu streiten hatte ihn ausgelaugt, aber er hatte bekommen, was er wollte. Nachdem Rachel bei dem Versuch, ihn zu ködern, langweilig geworden war, hatte sie alle Rechte auf Ellery für immer an ihn abgetreten.

Patrick hatte Mitleid mit seinem kleinen Mädchen und wusste, dass er später Ellerys Fragen über Rachel beantworten musste, aber er würde sich zu gegebener Zeit darum kümmern. Im Moment hatte er etwas mit seinem Bruder zu besprechen.

„Großartig, du bist zurück." Todd erhob sich von der Couch und machte den Fernseher aus, als Patrick zur Tür hereinkam. „Es ist schon spät. Stört es dich, wenn ich hier übernachte?"

„Nein. Ich freue mich, dich hier zu haben", sagte er. „Wie geht es Ellery?"

„Gut. Sie ist ohne Widerrede ins Bett gegangen." Todd grinste. „Nun, nachdem sie mich überzeugt hatte, ein Eis mit ihr zu essen."

„Das ist mein Mädchen", sagte Patrick. „Ich werde nach ihr sehen." Er ging die Treppe hinauf und stieß Ellerys Tür auf. Sie hatte sich tief unter die Decke gekuschelt und Mr. B war neben ihr. Nachdem er sie geküsst hatte, ging er über den Flur zum Hauptschlafzimmer.

Er hatte gezögert, dort zu schlafen, da es immer noch voll von Imogens Sachen war. Ihr Parfüm, ihr Make-up und ihre Kleidung erinnerten ihn an das, was er verloren hatte, als sie gegangen war. Damit musste er sich abfinden. Wann das passieren würde, wusste er nicht. Er legte sein Portemonnaie und seine Schlüssel neben ihre Sachen und zog eine Jogginghose und ein T-Shirt an, bevor er nach unten ging, um mit seinem Bruder zu sprechen.

„Bier?", fragte Todd, als Patrick ins Wohnzimmer zurückkehrte. Auf dem Couchtisch standen bereits zwei Flaschen. Patrick schnappte sich eine und leerte sie zur Hälfte, bevor er sich auf die Couch setzte. „Ich nehme an, Rachels Verhalten hat sich nicht gebessert, nachdem wir telefoniert hatten.“

„Sie hat die Dokumente unterschrieben. Das ist alles, was zählt.“ Patrick gestattete sich, Erleichterung zu empfinden, jetzt da er zu Hause war. „Ich will nicht mehr an sie denken, aber ich habe eine Frage an dich. Was meintest du, als du gesagt hast, dass ich die Probleme anderer Leute lösen will?“

Todd grinste. „Weißt du etwa nicht, dass das dein stärkster Charakterzug ist?“

Wäre diese Antwort von jemand anderem als Todd gekommen, hätte Patrick verärgert reagiert. „Sehr lustig.“

Todd trank von seinem Bier. „Im Ernst, das machst du die ganze Zeit. Erinnerst du dich daran, wie Mom weggegangen ist?“

Als könnte Patrick jenen Tag vergessen. „Ja. Und?“

„Sie hat dir gesagt, dass du auf mich aufpassen sollst, oder?“

Patrick warf seinem Bruder einen Blick zu. „Woher weißt du das?“ Ihre Mutter hatte Patrick erzählt, dass er mit seinen acht Jahren alt genug war, um die Verantwortung für seinen kleinen Bruder zu übernehmen. Die letzten Worte, die sie jemals zu ihm gesagt hatte, hatten ihn geprägt. Er hatte die letzten zwanzig Jahre damit verbracht, ihnen gerecht zu werden.

„Das war geraten. Aber du hast es getan“, sagte Todd.

„Jemand musste es tun.“ Patrick wusste, dass seine Stimme schroff war. „Dad hat die ganze Zeit gearbeitet und hatte seine eigenen Dämonen.“

„Das ist richtig“, stimmte Todd ihm zu. „Aber du hast nie aufgehört, dir Sorgen zu machen, auch nicht jetzt. Dabei bin ich erwachsen und habe einen Job.“

Patrick schüttelte den Kopf über den Job seines Bruders, der jetzt für das Community-Outreach-Programm des örtlichen Krankenhauses arbeitete. „Ich denke immer noch, du solltest ein oder zwei Abenteuer erleben, bevor du dich hier niederlässt."

„Wie gesagt, es gefällt mir hier." Todd blieb gelassen. „Das musst du akzeptieren, anstatt zu versuchen, für mich zu entscheiden."

„Ich will nur, dass du glücklich bist", sagte Patrick. Das war alles, was er jemals für seinen Bruder gewollt hatte. „Und wenn du nicht weggehst …"

„Wie wäre es, wenn du das meine Sorge sein lässt?", sagte Todd und schnitt ihm das Wort ab.

Patrick trank sein Bier, während er über die Worte seines Bruders nachdachte. Die Probleme anderer Menschen zu lösen war sein Charakterzug? Er hatte so oft versucht, Rachel zu helfen. Er versuchte, Ellery zu helfen, aber sie war ein Kind und das war anders. In seinem SEAL-Team hatte er den Ruf, effizient zu Lösungen zu gelangen, was auch mit Problemen zusammenhing.

Verdammt. Vielleicht hatte sein kleiner Bruder recht.

Aber Imogen … sie schien nicht auf die gleiche Weise in sein Verhaltensmuster zu passen.

Er wollte ihr alle Probleme abnehmen und sie beschützen, aber das war nicht alles. Seine Gefühle für sie waren komplizierter. Oder waren sie im Grunde sehr einfach? Er wollte mit ihr zusammen sein, unabhängig von allem anderen.

„Was, wenn *lösen* das falsche Wort ist?", fragte er sich nach einigen Minuten laut. „Was, wenn ich die Probleme von jemandem *teilen* möchte?" Er wollte immer alles in Ordnung bringen, was Imogen belastete, da dies ein fester Bestandteil seiner Persönlichkeit zu sein schien. Aber er wollte mehr von ihr. Er wollte ihre Gefühle, ihr

Lächeln, ihren Körper nachts neben seinem, ihre sanfte Stimme, die mit Ellery sprach … Er wollte alles von ihr.

„Dazu muss die Person bereit sein, mit dir zu teilen", sagte Todd, als er sich in seinem Sessel zurücklehnte.

Würde sie das sein? Patrick warf einen Blick die Treppe hinauf. Er hatte die perfekte Ausrede, um Imogen davon zu überzeugen, nach Hause zu kommen. Ihre Sachen waren dort oben und sie waren immer noch verheiratet. Sie musste irgendwann zurückkehren. Er würde sie wieder kontaktieren und einladen, nach Hause zu kommen, und wenn sie es tat, würde er ihr gestehen, wie er für sie empfand.

Es war ein beängstigender Gedanke, weil sie ihn zurückweisen könnte. Vielleicht würde sie das tun, aber er würde es trotzdem versuchen. Er brauchte einen Plan, um ihre Liebe zu gewinnen, etwas, das er bald in die Tat umsetzen konnte … weil er genug davon hatte, ohne sie zu sein.

KAPITEL ZWEIUNDZWANZIG

Imogen las die SMS von Patrick noch einmal. Die Einladung, ihre Sachen abzuholen und sich von Ellery zu verabschieden, war zwei Wochen nach dem Prozess gekommen. Sie hatte noch nicht darauf geantwortet. Nicht, weil sie Ellery oder ihn nicht sehen wollte – ganz zu schweigen von Mr. Bubblesworth –, sondern weil die Nachricht den Anschein erweckte, dass ihre Beziehung vorbei war. Damit war das offizielle Ende schrecklich nah.

Sie musste das akzeptieren, aber seit dem Prozess hatte sie versucht, ihr Leben neu zu bewerten und herauszufinden, wie es für sie weiterging. Sie wollte ein Teil von Patricks und Ellerys Familie sein. Und sie musste zugeben, dass er sich bemüht hatte, wieder mit ihr in Kontakt zu kommen. Täglich hatte er ihr Nachrichten geschickt. Sie beschworen nicht seine unsterbliche Liebe zu ihr, aber sie zeigten, dass sie ihm wichtig war. War das genug? Wenn sie mit ihm zusammen wäre, hätten sie dann eine echte Ehe?

Oder war alles nur zum Schein gewesen? Sie stellte sich dieser Möglichkeit. Ohne die Sorge um den Prozess hatte sie Zeit gehabt, über ihre Beziehung nachzudenken. Sie hatte sich ausgeschlossen gefühlt, aber vielleicht hatte er sich und Ellery nur vor der unvermeidlichen Trennung geschützt. Das konnte sie ihm nicht zum Vorwurf machen.

Seine SMS an diesem Tag war jedoch der Anstoß, den sie brauchte, um mit ihrem Leben weiterzumachen. Sie wusste immer noch nicht, wohin sie wollte, aber sie konnte nicht in Hartsville bleiben. Es war eine zu kleine Stadt und sie würde nicht vermeiden können, Patrick und Ellery zu begegnen. Sie brauchte einen Neuanfang, also würde sie ihre Sachen in ihr Auto laden und … irgendwohin fahren. Sie sollte sich nach dem vergangenen Jahr voller Angst und Stress auf ihre neue Zukunft freuen. Endlich hatte sie die Kontrolle über ihr Leben zurück, aber es fühlte sich bedeutungslos an, wenn sie es nicht mit jemandem teilen konnte.

Es ließ sich nicht ändern. Das hatte sie sich gesagt, als sie einen Scheidungsanwalt konsultiert und alles in die Wege geleitet hatte. Das war ein weiterer Grund für sie, Patrick zu sehen. Sie brauchte seine Unterschrift, um ihre Ehe zu beenden. Es war Zeit.

Sie nahm ihr Handy und schickte Patrick eine Nachricht. *Wäre vier Uhr ein guter Zeitpunkt, um vorbeizukommen? Ich verspreche, mich zu beeilen.* Sie würde bis zum Abendessen aus seinem Leben verschwunden sein.

Seine Antwort kam schneller, als sie für möglich gehalten hatte. *Das klingt gut.*

Ein paar Minuten vor vier Uhr bog sie in seine Straße ein und machte sich auf den Weg zu dem letzten Haus. Sie hatte es in der kurzen Zeit, die sie dort gelebt hatte, lieben gelernt. Sie parkte in der Einfahrt und gelobte, dass sie sich, wo immer sie in diesem Leben landen würde, ein kleines Haus mit Spitzenvorhängen und einer Veranda kaufen würde. Bei dem Gedanken, dass Patrick und Ellery es nicht mit ihr teilen würden, sank ihr Herz, aber sie zwang sich, aus dem Auto zu steigen. Sie würde sie sehen, sich verabschieden und von hier verschwinden.

Bevor sie die Veranda erreichte, öffnete sich die Haustür und Patrick kam heraus. „Hi, Imogen“, sagte er. Er sah gut aus, aber sein Gesichtsausdruck war ernst. *Er will mich nicht hier haben*, dachte sie.

„Hallo.“ Sie stieg die Stufen zur Veranda hinauf und bemühte sich, die Fassung zu bewahren. „Ich werde dich nicht lange stören. Aber ich möchte Ellery sehen. Ist sie da?“, fragte sie.

„Sie ist bei Todd“, antwortete er zu ihrer Überraschung. „Sie werden in Kürze zurück sein.“

„Oh“, sagte Imogen und verarbeitete diese Informationen. „Nun, vielleicht ist es besser, wenn sie nicht sieht, wie ich ausziehe.“

„Sie wird nicht wollen, dass du weggehst. Das will ich auch nicht.“ Er trat einen Schritt näher an sie heran und sank auf ein Knie.

„Was machst du …“ Sie konnte ihre Frage nicht beenden, da ihr Herz plötzlich voller Hoffnung war.

Er nahm ihre Hände in seine. „Ich hätte dich wahrscheinlich erst ins Haus kommen lassen sollen, aber ich kann nicht länger damit warten, dir zu sagen, dass ich dich liebe.“

„Tust du das?“, flüsterte sie und konnte kaum glauben, was sie hörte.

Er lächelte und nickte. „Ich liebe dich und ich will, dass du bei mir bleibst. Ich denke, unsere Ehe kann echt sein, und ich hoffe, ich bedeute dir genug, um es zu versuchen.“

„Du bedeutest mir so viel. Ich habe …“ Sie wusste nicht, was sie sagen sollte. Was er vorschlug … Moment, das war ein *Antrag*.

„Ich will nicht, dass du denkst, dass es um Ellery geht“, fuhr er fort, als sie schwieg. „Todd hat gesagt, dass er mir mit ihr hilft, und wir können auch jemanden einstellen. Hier geht es darum, dass wir beide ein Paar sein und alle Freuden des Lebens teilen können.“

Tränen des Glücks traten in ihre Augen. „Ich dachte, du willst, dass ich aus deinem Leben verschwinde."

„Überhaupt nicht. Nichts würde mich glücklicher machen, als jeden Morgen neben dir aufzuwachen." Er ließ eine ihrer Hände los und griff in die Brusttasche seines Hemdes. „Ich weiß, dass wir bereits verheiratet sind, aber wir haben es beim ersten Mal nicht richtig gemacht."

„Wir hatten eine schöne Hochzeit", protestierte sie. Sie hütete ihre Erinnerungen an jenen Tag wie einen Schatz.

„Aber wir haben einen wichtigen Schritt übersprungen." Er zog einen Ring aus seiner Tasche und schob ihn über den Ehering an ihrem Finger. Ein Solitärdiamant im Marquise-Schliff funkelte im Licht. „Ich habe dir nie einen Verlobungsring gegeben."

„Er ist wunderschön", hauchte sie.

„Ich wünschte, dein Ehering wäre schöner", sagte er und seine Finger berührten das Gold. „Ich besorge dir einen anderen. Was immer du willst."

„Wage es nicht", sagte sie und zog ihn auf die Füße. „Ich will keinen anderen Ring. Ich will nichts außer dir." Sie legte ihre Hände auf seine Schultern. „Ich liebe dich, Patrick. Und ich liebe Ellery. Und ich liebe dieses Haus. Und ich würde es lieben, deine Frau zu sein."

„Das ist viel Liebe." Er hob eine ihrer Hände und küsste ihre Finger, sodass sie innerlich dahinschmolz.

„Glaubst du, dass du damit umgehen kannst?" Sie legte einen herausfordernden Unterton in ihre Stimme, aber sie konnte das Lächeln nicht von ihrem Gesicht fernhalten.

„Ich werde mein Bestes geben", sagte er, bevor er seine Lippen auf ihre senkte.

Als er sie küsste, klammerte sie sich an ihn und wollte ihn nie wieder loslassen. Dies war das Leben, das sie wollte, eine Zukunft mit ihm. Seine Hand umschloss ihren Kopf, als ihre Körper sich aneinanderschmiegten und sie sich in dem Kuss verloren.

„Hat sie Ja gesagt?“ Ellerys aufgeregte Stimme ertönte hinter Imogen. Patrick brach den Kuss ab und lockerte seinen Griff, aber er ließ sie nicht los.

„Ich denke schon“, antwortete er mit einem Blick auf Imogen.

„Ja“, sagte Imogen schnell. „Ich sage offiziell Ja.“

„Juhu“, schrie Ellery und eilte mit weit geöffneten Armen auf sie zu. Sie zogen sie in ihre Umarmung.

„Herzlichen Glückwunsch“, sagte Todd mit einem Grinsen. Patrick griff nach der Hand seines Bruders und zog ihn ebenfalls in die Umarmung.

Imogen war so lange ohne Familie gewesen, dass sie sich überwältigt fühlte. Sie hatte einen Mann, der sie liebte, ein kleines Mädchen, das sie großziehen würde, und sogar einen Schwager, der zugleich ein Freund war. Tränen liefen ihr über das Gesicht.

„Warum weinst du?“, fragte Patrick besorgt.

„Daddy, sie ist glücklich. Das ist alles“, informierte Ellery ihn.

„Hör auf deine Tochter“, sagte Imogen und wischte sich über die Wangen. „Sie ist weiser, als ihr Alter vermuten lässt.“

„Wir müssen daran arbeiten, sie auch zu deiner Tochter zu machen“, sagte Patrick.

„Wirklich?“ Ellerys herzförmiges Gesicht wandte sich von Patrick zu Imogen und wieder zurück. „Eine Mama, die nicht weggehen wird?“

„Ich werde dich niemals verlassen", sagte Imogen und Ellery fing ebenfalls an zu weinen.

„Wir brauchen Eiscreme, keine Tränen", verkündete Todd lachend. „Ich fahre."

EPILOG

„Ist das gut?“ Ellery eilte ins Hauptschlafzimmer und wirbelte in ihrem Blumenkleid herum. Sie machte eine schöne Pirouette und dann einen Knicks, den ihr ihre Tanzlehrerin beigebracht hatte.

„Es ist perfekt. Lass mich deine Haare frisieren“, sagte Imogen. Ellery ließ sich auf den Stuhl vor dem Schminktisch fallen und spielte mit dem Make-up, während Imogen ihr einen französischen Zopf flocht.

„Du bist so groß geworden“, sagte Imogen. Im vergangenen Jahr war Ellery in die Höhe geschossen und noch redseliger geworden. Wutanfälle und Ängste gehörten nun fast ganz der Vergangenheit an. Sie hatten hart daran gearbeitet, ihre Probleme zu lösen, und jetzt war sie ein glückliches Mädchen, das bald in die zweite Klasse gehen würde und eine Leidenschaft für Tanzunterricht und Fußball hatte.

„Kann ich ein bisschen Rouge tragen, weil heute ein besonderer Tag ist?“ Ellerys Hand war auf einem Make-up-Pinsel.

„Ich denke, das ist in Ordnung“, sagte Imogen, vollendete die Frisur und befestigte eine Spange mit Seidenrosenknospen über Ellerys Ohr. „Lass mich sehen."

Imogen drehte Ellery um und betrachtete ihr Gesicht. Sie war ein hübsches Kind, das mit der Zeit zu einer schönen Frau heranwachsen würde, nicht dass Imogen es eilig hatte. Sie nahm einen Pinsel und trug einen Hauch Rosarot auf Ellerys Wangen auf.

„Und Lippenstift?", fragte Ellery hoffnungsvoll.

„Lipgloss", sagte Imogen, wählte einen Rosaton und trug ihn vorsichtig auf.

„Lidschatten?" Ellery klimperte mit den Wimpern.

„Willst du deinem Vater einen Herzinfarkt verpassen? Du weißt, wie er ist", sagte Imogen. Patrick machte sich bereits Sorgen, dass sein kleines Mädchen zu schnell erwachsen wurde.

„Aber es ist ein besonderer Tag", argumentierte Ellery.

„Das ist er wirklich", stimmte Imogen ihr zu. Bald würden sie zum Gerichtsgebäude fahren, wo sie und Patrick das gemeinsame Sorgerecht für Ellery erhalten würden. Es würde sich gut anfühlen, es offiziell zu machen, aber sie waren schon vor fast einem Jahr Ellerys Eltern geworden, als sie seinen Antrag auf der Veranda ihres Hauses angenommen hatte.

Seitdem hatte Imogen gelernt, wie es war, alleinerziehend zu sein, während sie sich Sorgen um die Sicherheit ihres Mannes auf einer Mission machte. Glücklicherweise war er nur drei Monate weg gewesen, nicht sechs, wie er erwartet hatte. Die Trennung war hart gewesen, aber die Heimkehr vor ein paar Monaten dafür umso süßer. Imogen lächelte und erinnerte sich an die Nacht nach seiner Ankunft. Ellery war vor Aufregung völlig erschöpft gewesen und früh eingeschlafen. Todd war nach einem Festmahl nach Hause gegangen und hatte gesagt, er wolle kein fünftes Rad am Wagen sein, und Imogen war am nächsten Tag nach sehr wenig Schlaf zur Arbeit gegangen.

Und jetzt hatte sie eine Überraschung für Patrick, aber sie würde damit warten, bis Ellery wirklich ihnen gehörte.

„Vielleicht ein bisschen", gab Imogen nach. „Ein bisschen Wimperntusche für heute. An deinem Tanzabend nächste Woche kannst du mehr tragen."

„Wirklich?" Ellery richtete sich überrascht auf.

„Ich denke, das ist okay. Jetzt halte still." Imogen strich mit dem Mascara-Applikator über Ellerys kupferrote Wimpern und machte sie dunkler.

„Ladys, seid ihr bereit?" Patrick stand in der Tür zum Schlafzimmer.

Imogen sah auf ihren Morgenmantel und warf ihm einen spitzen Blick zu. „Ellery, warum wartest du nicht unten bei Onkel Todd? Wir kommen gleich."

Ellery huschte davon und ein paar Sekunden später hörten sie, wie sie mit Todd über ihr Kleid und ihr Make-up sprach.

„Warum darf ich bleiben?", fragte Patrick leise, aber mit einem wissenden Grinsen.

„Ich brauche Hilfe mit meinem Reißverschluss." Imogen ging zu dem blauen Etuikleid, das sie für diesen Anlass gekauft hatte. Als sie ihren Morgenmantel öffnete, waren seine Hände sofort auf ihr und glitten um ihre Taille. Sie fragte sich, ob er die subtilen Veränderungen an ihrer Figur bemerken würde, die sie bereits wahrnahm.

„Ist das alles?", fragte er und küsste ihre Schulter. „Ich hatte gehofft …"

„Nicht jetzt", sagte sie und griff nach dem Kleiderbügel. „Aber später …"

„Das ist genau, was ich hören wollte“, sagte er, als sie das Kleid über ihren Kopf zog und sich umdrehte, damit er den Reißverschluss schließen und mit seinen warmen Fingern über ihren Rücken streichen konnte. „Ich würde gern hier bei dir bleiben, aber …“

Er musste nicht sagen, dass er an diesem Tag genauso aufgeregt war wie sie und Ellery. Imogen wusste, was es für ihn bedeutete. Ellery hatte ihn um ihren kleinen Finger gewickelt und die beiden liebten sich von ganzem Herzen. Alle Probleme ihrer anfänglich schwierigen Beziehung waren verschwunden.

„Ich bin bereit.“ Imogen nahm ihre Handtasche und schob ihre Füße in ein Paar Pumps, bevor sie zusammen die Treppe hinuntergingen.

Zu viert fuhren sie zum Bezirksgericht, um sich mit dem dortigen Familienrichter zu treffen. Die Zeremonie war einfach und dauerte nur wenige Minuten, aber Ellery klammerte sich mit leuchtenden Augen an Imogens und Patricks Hände, als der Richter verkündete, dass sie von nun an das gemeinsame Sorgerecht für sie hatten.

„Wir sind eine Familie“, rief Ellery und tanzte um sie herum.

Imogen wollte sagen, dass sie das immer gewesen waren, aber sie verstand, wie wichtig diese Worte für Ellery waren, ein ehemals verlassenes Kind, das jetzt zwei Eltern hatte, die es liebten.

„Herzlichen Glückwunsch“, sagte Anita vom Jugendamt. Sie und einige andere Mitarbeiter hatten an der Zeremonie teilgenommen. „Es macht uns beim Jugendamt so glücklich, wenn Familien zusammenfinden. Ich wünsche Ihnen alles Gute.“

Imogen und Patrick nahmen die guten Wünsche der anderen Anwesenden entgegen, bevor sie mit Ellery zwischen ihnen aus dem Gerichtssaal gingen.

„Was kommt als Nächstes, Schatz?“ Patrick sah auf seine Tochter hinunter. „Ich weiß, dass du einen Plan hast.“

„Können wir im *Hartsville Café* zu Mittag essen und feiern?", fragte sie und schenkte ihrem Vater ihr süßestes Lächeln, dem er nicht widerstehen konnte. Nicht, dass er es auch nur versuchen würde, denn heute war ein Freudentag.

„Ich denke, das können wir." Patrick wandte sich an seinen Bruder. „Kannst du mitkommen?"

„Ich habe mir den ganzen Tag freigenommen", sagte Todd. „Ich würde euch gern begleiten. Komm, Ellery." Er nahm die Hand seiner Nichte und ging Patrick und Imogen voraus. „Ich will, dass alle sehen, wie ich mit dem hübschesten Mädchen in Hartsville die Straße entlang gehe."

Imogen hakte sich bei Patrick unter, als sie die Straße erreichten und auf dasselbe kleine Restaurant zugingen, in dem sie nach ihrer Hochzeit gegessen hatten.

„Es scheint passend, dorthin zu gehen", sagte er. „Es muss unser Ort des Glücks sein."

„Ja. Und … wir haben noch etwas zu feiern." Imogen warf ihm einen Seitenblick zu. Dies war der richtige Moment, um ihm ihr Geheimnis zu verraten. Sie war froh, dass sie bis jetzt gewartet hatte.

„Haben wir das?", fragte er und sah ratlos aus. „Ich bin mit einer schönen Frau verheiratet, die ich von Herzen liebe, und zusammen haben wir eine sehr glückliche Tochter." Er nickte zu Ellery, die mit Todd vor ihnen herumsprang. „Was könnte es sonst noch geben?"

„Hast du genug Liebe, um sie mit einem weiteren Kind zu teilen?" Sie konnte ihr Lächeln nicht länger zurückhalten.

„Ob ich …" Er blieb stehen und drehte sich zu ihr. „Bist du schwanger, Süße?"

„Das bin ich … wir bekommen ein Baby", sagte sie und spürte, wie Röte in ihre Wangen stieg. „Ich glaube, es wurde in der Nacht gezeugt, als du von deiner Mission zurückgekehrt bist." Sie war sich dessen ziemlich sicher, nachdem sie online einen Kalender konsultiert hatte, und irgendwie machte es das Baby, das in ihr heranwuchs, noch wundervoller.

„Ich wusste, dass heute ein sehr guter Tag wird“, murmelte er, als er sie näher an sich zog. „Und mach dir keine Sorgen. Ich habe mehr als genug Liebe für euch alle.“

Dann küsste er sie und sie hatte überhaupt keinen Grund mehr, sich um irgendetwas Sorgen zu machen.

ENDE VON DIE SCHEINEHEFRAU DES SEALS

HARTSVILLES SEAL HELDEN BUCH 1

Die Scheinehefrau des SEALs

Das Überraschungsbaby des SEALs

Die plötzliche Familie des SEALs

Die Mitbewohnerin des SEALs

Die Behandlung des SEALs

Die Affäre des SEALs

Mögen Sie sexy SEALS? Dann lies weiter für eine achenve Leseprobe von Leslie North's ***Das Überraschungsbaby des SEALs*** und ***Der Beschützer seiner schwangeren Geliebten***.

VIELEN DANK!

Vielen Dank, dass ihr mein Buch gekauft, heruntergeladen und gelesen habt. Es fällt mir schwer, in Worte zu fassen, wie sehr ich meine Leser schätze. Wenn es euch gefallen hat, dann denkt bitte daran, eine Bewertung zu schreiben. Ich höre so gern von meinen Lesern! Ich möchte euch auch weiterhin glücklich achen. 😊

Um alle Bücher von Leslie North zu sehen, besucht:

Leslie North's Amazonseite

Leslie North's Facebook

Melde dich für meinen Newsletter an und erhalte Informationen über Neuerscheinungen:
Leslie North's Newsletter (DE)

ÜBER LESLIE

Leslie North steht auf den Bestsellerlisten von USA Today und ist das Pseudonym einer von Kritikern gefeierten Autorin zeitgenössischer Liebesromane für Frauen. Ihre Anonymität erlaubt ihr, vor allem in ihren romantischen und erotisch-fantastischen Erzählungen, die ganze Bandbreite ihres künstlerischen Könnens unter Beweis zu stellen.

P.S.: Hättest du gerne eine Vorschau, ein Werbegeschenk, ein Vorabdruck-Angebot, viele Extras und Bilder von bösen Jungs? Dann besuche meine:
http://leslienorthbooks.com/leslie-north-deutsch

 facebook.com/LeslieNorthDE

 instagram.com/leslienorthbuecher

KLAPPENTEXT

Der Navy SEAL Anderson Park und die Agentin Violet DiPaula konnten sich nicht ausstehen, aber das verhinderte nicht, dass die Funken zwischen ihnen flogen. Auf einer gemeinsamen Mission in Russland gaben sie schließlich ihrem glühenden Verlangen füreinander nach. Anderson ist immer gut gerüstet, aber nichts hätte ihn darauf vorbereiten können, mehr als ein Jahr später von einer Mission zurückzukehren und zu erfahren, dass Violet in jener einen leidenschaftlichen Nacht schwanger geworden ist. Anderson ist in den meisten Dingen gut, aber er weiß, dass er ein schlechter Vater sein wird. Doch jetzt sind Violet und sein fünf Monate alter Sohn in Gefahr und er kann sie nicht im Stich lassen. Sosehr Anderson auch weiß, dass er nicht für das Familienleben geeignet ist – er kann nichts dagegen tun, dass Violet und Nate seinen Beschützerinstinkt wecken. Und bevor er weiß, wie ihm geschieht, kann er sein Herz nicht mehr davon abhalten, Dinge zu fühlen, die er noch nie zuvor gefühlt hat …

Wenn Violet allein auf der Flucht wäre, würde sie zurechtkommen. Aber sie hat Nate und das ändert alles. Violet hat immer auf sich selbst aufgepasst und es fällt ihr nicht leicht, Anderson zu erlauben, ihr und ihrem Sohn zu helfen. Sie *braucht* keinen Mann, aber das sichere Versteck ist ihr Untergang. Dort wirkt einfach alles so gemütlich und morgens, mittags, abends und nachts einen sexy SEAL bei sich zu haben ist nicht das Schlimmste, was ihr jemals passiert ist. Egal, wie oft Violet sich daran erinnert, dass sie nichts von Anderson braucht – als die Gefahr eskaliert und sie sich immer mehr aufeinander verlassen müssen, verliebt sie sich heftig in ihn. Sie können vielleicht ihr Leben vor der russischen Mafia retten, aber kann auch ihre Liebe überleben?

Holen Sie sich Ihre Ausgabe von *Das Überraschungsbaby des SEALs* am März 2nd 2021
www.LeslieNorthBooks.com

~

EXKLUSIVE AUSZUG

Kapitel Eins

„Was?“, fragte Anderson und versuchte zu verhindern, dass ihm der Mund offen stehen blieb. Er musste sie falsch verstanden haben. Vielleicht beeinträchtigte das Rauschen der Brise in den Blättern sein Gehör. Hatte sie gerade verkündet, dass das Baby in ihren Armen von ihm war?

„Du hast einen Sohn“, wiederholte Violet und strich mit einer Hand über die Haare des Jungen. „Sein Name ist Nate.“

„Nate.“ Anderson sagte das Wort langsam und wartete darauf, dass sein Gehirn Violets Neuigkeiten verarbeitete.

„Nathan Anderson DiPaula“, sagte sie. Das war ihr Nachname. Instinktiv wollte er ihr in diesem Punkt widersprechen. Wenn das sein Kind war, sollte der Junge Nathan Park heißen.

Nein. Moment.

„Er kann nicht von mir sein. Ich habe niemals …“ Niemals was? Ohne Verhütung Sex gehabt? Nach Andersons Meinung tat das kein SEAL, der etwas auf sich hielt. Er hatte keinen ungeschützten Sex – nie. Aber als er den Jungen mit seinen dunklen Haaren und Augen betrachtete, kam er ins Grübeln. War es möglich?

„Können wir ins Haus kommen?“, fragte Violet und warf einen Blick hinter sich. „Ich möchte nicht über … bestimmte Dinge sprechen, während ich auf deiner Veranda stehe.“

„Ja … sicher“, murmelte Anderson und trat beiseite, um sie – und das Baby – vorbeizulassen. Er hatte ein wenig Zeit für sich genossen und sich von seiner letzten Mission erholt, als Violet unerwartet an seine Tür geklopft hatte. Er ging vor ihr ins Wohnzimmer und deutete auf die Couch, auf der er geschlafen hatte. Jedes Gefühl von Frieden oder Entspannung, das er gefunden hatte, war verschwunden, sobald er sie gesehen hatte.

Sie hatten sich vor vierzehn Monaten in Deutschland auf dem Luftwaffenstützpunkt Ramstein getrennt, nach einer Notevakuierung von dem Auftrag, den sie gemeinsam in Moskau ausgeführt hatten. Wenn er seitdem an sie gedacht hatte, dann mit einem Gefühl der Gereiztheit. Alles an ihr ging ihm unter die Haut. Ihre Furchtlosigkeit, ihre kühle Intelligenz, ihr sexy Körper.

Das Baby hatte nicht viel daran verändert. Ihre schmal geschnittene Jeans und ihr rosa Tanktop zeigten die Kurven, denen er in der letzten Nacht in Russland nicht hatte widerstehen können. Eine schicksalhafte Nacht, wenn sie die Wahrheit sagte und das Kind von ihm war. Er konzentrierte sich auf den Jungen. Er hatte feines dunkles Haar, das über seine hohe Stirn fiel, und Augen, die dunkler waren als die seiner Mutter. In Violets Augen schien immer eine Art inneres Licht zu leuchten.

Das Baby streckte seine molligen Hände aus und zog an Violets kastanienbraunen Haaren.

„Das haben wir doch schon besprochen, kleiner Mann. Nicht an Mamas Haaren ziehen“, sagte sie, während sie Nate anlächelte und sanft die Locken aus seiner Faust entfernte. „Lass mich dir ein Spielzeug suchen.“ Mit einer Hand kramte sie in der Tasche herum, die sie zu ihren Füßen fallen gelassen hatte. „Wie wäre es damit?“ Sie bot dem Jungen ein Buch aus Stoff an.

„Mag er das?“, fragte Anderson, als er seine Stimme wiederfand.

„Es ist ein Favorit von ihm. Ich denke, er wird einmal ziemlich klug sein.“

„Wie seine Mutter“, sagte er. Sie war einer der klügsten Menschen, die er kannte. Er hatte sie nicht immer gemocht, aber er hatte ihre Fähigkeiten respektiert, Daten zu analysieren und Projektionen zu erstellen. Er war auch gut darin, aber ihre Fähigkeiten übertrafen seine bei Weitem.

„Und sein Daddy“, fügte sie hinzu und warf ihm einen Blick zu.

Andersons Stipendium war hart erarbeitet gewesen, nachdem er mit Nichts angefangen hatte. Er hatte seine bescheidene Herkunft überwunden und mehr erreicht, als irgendjemand von ihm erwartet hatte, aber verdammt, bedeutete ein ungeplantes Kind, dass er wie seine Eltern geworden war? Er musste sich erst an den Gedanken gewöhnen, ein Baby zu haben.

„Wie ist das passiert?“, platzte er heraus.

„Auf die übliche Art, Anderson. Wir hatten Sex.“ Sie warf ihm einen herausfordernden Blick zu, der sagte: Los, versuche, es zu leugnen. „Muss ich dir erklären, wie Biologie funktioniert?“

„Diesen Teil verstehe ich, aber ich weiß auch, dass ich ein Kondom benutzt habe.“ Er war niemand, der Risiken einging. Nie. Nicht einmal damals, als er ein hormongesteuerter Sechzehnjähriger gewesen war – und schon gar nicht vor einem guten Jahr.

Sie hob ihre Schultern ein paar Zentimeter. „Laut den von mir konsultierten Quellen sind Kondome bei korrekter Anwendung zu achtundneunzig Prozent effektiv. Das bedeutet, in zwei von hundert Fällen geht es schief.“

„Danke, ich kann rechnen“, sagte Anderson und bemühte sich, die Schärfe aus seiner Stimme herauszuhalten. „Wie alt ist er?“

„Fünf Monate. Ich habe erst vor ein paar Tagen die Bestätigung erhalten, dass du wieder in den USA bist“, fügte sie hinzu, als wollte sie seine nächste Frage vorwegnehmen.

„Okay.“ Anderson konnte nicht aufhören, das Kind anzustarren. Er suchte nach Ähnlichkeiten zu sich in der Art, wie das Baby seinen Mund öffnete und lachte, als es die Seiten in dem Buch umblätterte.

„Soweit ich herausfinden konnte, warst du auf einem langen Auslandseinsatz“, fuhr sie fort.

„Du hast also nachgesehen?“ Mit ihrem Sicherheitslevel und ihren Verbindungen in die Geheimdienstwelt hätte sie erfahren können, dass er auf einem Einsatz in Übersee war. Sie hätte vielleicht sogar erfahren können, wo er gewesen war, aber sie hatte keine Anstalten gemacht, ihn zu kontaktieren. Zumindest nicht, soweit er wusste.

„Das habe ich“, gab sie zu, als sie den Jungen auf den Boden herunterließ, damit er an ihre Beine gelehnt sitzen konnte. Dabei schien er das schon ziemlich gut allein zu können. Vielleicht ist der kleine Kerl anderen Kindern in der Entwicklung voraus, dachte Anderson, aber dann steckte sich der Junge das halbe Stoffbuch in den Mund. Wohl doch nicht.

„Also hast du darauf gewartet, dass ich Urlaub habe, um diese Bombe fallen zu lassen“, sagte er und sah zu, wie sie dem Baby ein paar Plastikschlüssel im Austausch gegen das durchnässte Buch anbot. Sie neigte ihr Gesicht zu Anderson, bevor sie sprach.

„Ich habe gewartet, weil ich nicht sicher war, ob ich es dir überhaupt sagen würde.“ Ihre Augen, die ihr eigenes Licht zu haben schienen, starrten in seine. „Ich brauche dich nicht. Ich kann ihn allein großziehen und ihm alles geben, was ein Kind benötigt.“

„Außer einem Vater“, sagte er und war sich der Ironie seiner Worte voll bewusst. Sein Vater war ein Gauner und Möchtegern-Betrüger gewesen. Nicht gerade ein Kandidat für den Vater des Jahres. Andersons Großvater war nicht besser gewesen. Vaterschaft war einfach nicht in seinen Genen.

„Ich bin ohne einen aufgewachsen“, gab Violet zurück. „Es hat mich nie beeinträchtigt.“

Das stimmte. Sie war noch nie von irgendetwas gebremst worden. Zumindest nicht, soweit er gesehen hatte. Aber ein Kind allein großzuziehen musste hart sein.

Bedeutete das, dass er daran beteiligt sein wollte? Zur Hölle, er kannte die Antwort darauf nicht.

„Warum bist du dann an meiner Tür aufgetaucht?“, fragte er und versuchte, ihre Motive zu verstehen.

„Ich habe beschlossen, dass du ein Recht darauf hast, es zu wissen“, sagte sie und berührte den Kopf des Jungen. „Und er ist so süß. Ich könnte nicht mit mir selbst leben, wenn du nicht die Gelegenheit hättest, es zu erleben.“ Sie räusperte sich und er spürte, dass es etwas gab, das sie ihm verschwieg. „Deshalb bin ich hier.“

Er glaubte ihr, aber etwas stimmte nicht. Er ließ eine Minute schweigend verstreichen, während er ihre Worte analysierte. Dann sagte er: „Du hättest wissen müssen, dass du schwanger warst, bevor ich auf meine letzte Mission geschickt wurde.“

„Das ist richtig. Ich denke, ich sollte das etwas genauer erklären“, sagte sie. „Meine Periode war noch nie regelmäßig. Verstehst du, was ich meine?“ Er nickte schnell, weil er sich nicht auf eine Diskussion über Frauenthemen einlassen wollte. „Also war ich schon im fünften Monat schwanger, als ich es mir schließlich eingestand. Als meine Kleidung nicht mehr passte, konnte ich die Realität nicht mehr leugnen, also machte ich einen Test und ging zum Arzt.“

„War dir nicht übel?“ Wussten Frauen diese Dinge nicht? Es gab Anzeichen, jedenfalls hatte er das immer gehört.

„Keinen einzigen Tag. Und ich war auch nicht müde wie so viele andere Frauen. Es war eine leichte Schwangerschaft.“ Sie nahm das Baby wieder auf ihren Schoß. „Wie auch immer, als ich mich damit abgefunden hatte, warst du schon abgereist – und ich dachte, dass das vielleicht besser so war, weil wir nicht …“ Ihr Mund presste sich zu einer schmalen Linie zusammen.

„… miteinander zurechtkommen“, beendete er ihren Satz. Sowohl ihre berufliche als auch ihre private Beziehung war von Spannungen geprägt gewesen, teilweise sexueller Art, aber hauptsächlich war die Ursache dafür der Zusammenprall zweier willensstarker Persönlichkeiten gewesen.

„Ja." Sie schluckte schwer und zeigte zu seiner Überraschung ihre Nervosität. „Aber ich bin jetzt hier, um dir die Wahl zu lassen. Dein Sohn kann Teil deines Lebens sein oder nicht. Wenn du entscheidest, dass du nichts mit ihm zu tun haben willst, werde ich dich nie wieder belästigen."

Anderson wollte sagen Falls er von mir ist, aber er hielt sich zurück. Er hatte keinen Grund, an ihrer Behauptung zu zweifeln, und der Zeitrahmen passte. Der Junge … Nate … war von ihm. Wollte Anderson Vater werden? Er hatte es nie geplant. Aber er war niemand, der sich seiner Verantwortung entzog. Trotzdem war es eine verdammt große Entscheidung, die er nun aus heiterem Himmel treffen sollte.

Er hatte genug nachlässiges und verantwortungsloses Verhalten bei seinen eigenen Eltern gesehen, um zu wissen, dass er ihnen nicht nacheifern wollte. Aber konnte er das schaffen? Konnte er Vater sein? Und was würde das für ihn und Violet bedeuten? Er sah eine Zukunft voller Streitereien vor sich, und so wollte er nicht leben.

Aber er hatte ein Kind gezeugt, also würde er Unterhalt zahlen. Die Navy würde ihm helfen, das zu arrangieren. Aber abgesehen vom Geld wusste er nicht weiter. Seine Gedanken rasten und weigerten sich, in eine Richtung zu gehen, die Sinn ergab.

„Verstanden. Alles klar", sagte Violet und erhob sich. Offenbar deutete sie sein Schweigen als Ablehnung. Sie warf ihre Tasche über ihre Schulter und drückte Nate eng an ihren Körper.

Anderson hatte sie schon in verführerischen Nachtclub-Outfits und in Business-Kleidung gesehen, aber sie hatte noch nie schöner ausgesehen als in diesem Moment. Sie war lässig gekleidet und ihre Haare waren zerzaust, aber ihr Gesicht, ihr Körper und ihre Haltung hatten auf ihn die gleiche Wirkung wie immer.

Und er wusste, dass er nicht wollte, dass sie oder sein Sohn aus seiner Tür gingen. Nicht, bevor er die Gelegenheit gehabt hatte, über alles nachzudenken.

„Warte", sagte er. Er sprang auf und stellte sich vor sie. „Du musst mir mehr Zeit geben …"

Das Geräusch von Schüssen aus einer automatischen Waffe erfüllte plötzlich die Luft. Instinktiv legte Anderson seine Arme um Violet und Nate riss sie mit sich zu Boden. Alles in ihm schrie, dass es seine oberste Priorität war, sie zu beschützen. Er landete auf dem Rücken, fing die Hauptlast des Aufpralls ab und rollte sich dann über sie, um seinen Körper als Schutzschild einzusetzen.

Der Kugelhagel endete und wurde durch das Heulen eines Autoalarms auf der Straße ersetzt. Er entspannte sich und überprüfte seine Umgebung.

„Ist er …?" Zum ersten Mal berührte Anderson seinen Sohn. Es war flüchtig, einfach nur seine Hand auf der Wange des Jungen, aber die Erfahrung war weich, warm und fesselnd.

„Ihm geht es gut", sagte Violet mit bebender Stimme. „Was ist passiert?"

„Ich bin nicht sicher. Bleib unten", sagte er, als er sich in die Hocke erhob und zum Fenster kroch. Er blickte durch die Scheibe und sah, dass der Sedan, in dem Violet zu ihm gefahren sein musste, mit Einschusslöchern übersät war. Ein Stein wurde zum Haus geworfen, als ein schwarzer SUV die Straße entlang raste, und traf fast Andersons Briefkasten. Er nahm sich noch einen Moment Zeit, um seinen Blick über die Umgebung schweifen zu lassen, bevor er aufstand. Als er es tat, stieß er mit Violet zusammen. Warum war sie zu ihm ans Fenster gekommen? Er hätte wissen müssen, dass sie nicht stillhalten würde – aber das Kind …

Anderson drehte sich um. Nate lag rücklings auf dem Teppich, bewegte seine Arme und Beine und plapperte völlig unbeeindruckt von allem, was geschah, vor sich hin.

„Da ist eine Nachricht", sagte Violet und zeigte durch das Fenster auf die Stelle, wo der Stein auf seiner Veranda gelandet war.

„Ich hole sie." Er machte sich nicht die Mühe, ihr zu sagen, dass sie im Haus bleiben sollte. Damit würde er nur seinen Atem verschwenden.

Anderson trat auf die Veranda und griff nach der Nachricht. Sobald er wieder im Haus war, faltete er sie auseinander und überflog die Worte. Violet beugte sich vor, um mehr zu sehen, und ihre Haare strichen über seinen Arm.

„Mein Gott", murmelte sie auf Russisch, der Sprache, in der die Nachricht verfasst war.

Seine Sprachkenntnisse waren mit ihren vergleichbar und er hatte keine Probleme, die Drohung zu verstehen.

Nächstes Mal sind Sie im Auto.

„Ich hätte nicht gedacht …" Sie ging zurück zur Couch, hob Nate hoch und setzte sich schwerfällig.

Was hatte sie nicht gedacht? Violet wirkte erschüttert … aber nicht überrascht. Was war hier los? Er musterte sie. Ihr Gesicht war über den Kopf des Babys gebeugt und ihr Körper schien in sich zusammengesunken zu sein. Er musste die Mauern durchbrechen, die sie um sich herum errichtete, und sie zum Reden bringen.

„Gib ihn mir", sagte Anderson. Er ging auf sie zu und griff nach seinem Sohn. Bei seiner Aufforderung regte sie sich.

Violet blickte auf und ihre Augen waren eine Sekunde lang unfokussiert, bevor sie ihm Nate reichte. Anderson fühlte sich kurze Zeit unwohl, als er versuchte nachzuahmen, wie sie das Baby gehalten hatte, aber er fand bald heraus, wie er Nate am besten an seine Brust lehnte. Er ging auf und ab und behielt die Straße vor sich im Auge, aber er rechnete nicht damit, dass die Angreifer so bald, nachdem sie ihre Nachricht überbracht hatten, zurückkehren würden. „Sag mir, was du weißt“, verlangte er. „Lass nichts aus.“

„Vor zwei Monaten gab es einen unerlaubten Zugriff auf unsere Daten“, begann sie nach einem kaum merklichen Moment des Zögerns, „nicht lange, nachdem ich aus meinem Mutterschaftsurlaub zur Arbeit zurückgekehrt war.“ Ihr Job bei einer Regierungsbehörde war nichts, was sie mit den meisten Menschen besprechen konnte, aber er wusste bereits davon. Er war ihr Beschützer – oder besser gesagt ihr glorifizierter Babysitter – gewesen, während sie in Moskau im Einsatz gewesen war.

„Das Datenleck hatte mit den Informationen zu tun, die du in Russland gesammelt hast“, vermutete er.

Sie nickte. „Dabei sind Informationen über die Überwachungsaktion, die Analyse und darüber, wer sie durchgeführt hat, nach außen gedrungen.“

„Und deine Vorgesetzten haben nicht reagiert?“ Das überraschte ihn. Normalerweise schützten sie ihre Agenten und sie betrachteten Violet als eine von ihnen.

„Der Vorfall wurde als geringfügig mit minimaler Exposition eingestuft, aber …“

„Aber was?“, fragte er und hielt seine Stimme gesenkt. Nate schien zu dösen und kuschelte sich an ihn und er wollte den Jungen nicht erschrecken.

„Bei mir gab es seitdem ein paar seltsame Zwischenfälle“, sagte sie und ihre Finger zerrten an dem Saum ihres Shirts. „Kleine Dinge. Jemand ist zu nah auf mein Auto aufgefahren und hat mich verfolgt. Und vor meiner Haustür stand ein unerwartetes Paket.“

„Was war darin?“ Anderson hörte auf, hin und her zu gehen.

„Russische Matrjoschkas.“ Sie lächelte ihn schief an. „Zweifellos eine Warnung. Ich denke, jemand spielt mit mir, aber ich weiß nicht, warum.“

Das von Kugeln durchlöcherte Autowrack auf der Straße war weit mehr als eine Warnung. Glücklicherweise wohnte er an einer Landstraße außerhalb der Stadt und hatte keine unmittelbaren Nachbarn. Niemand würde in Panik geraten und die Polizei rufen. Zumindest jetzt noch nicht. Er hatte Zeit, um darüber nachzudenken, was er erfahren hatte, und ihm gefiel nichts davon.

„Wir müssen weg von hier“, sagte er, nachdem er eine Minute lang die beste Vorgehensweise analysiert hatte.

„Was? Jetzt?“ Sie stand auf, als ihr Körper auf seinen Vorschlag reagierte.

„Ja“, sagte er, „es sei denn, du willst warten, bis sie zurückkommen.“ Sie war zu klug, um das nicht selbst zu erkennen.

Sie warf einen Blick aus dem Fenster. „Ich sollte den Vorfall meinen Vorgesetzten melden.“

„Hast du die anderen Vorfälle gemeldet?“, fragte er.

„Natürlich.“ Sie griff in ihre Tasche und zog ihr Handy heraus.

„Und was haben sie unternommen?“, fragte er, bevor sie wählen konnte.

„Nichts. Was mich nicht wirklich überrascht hat – wer weiß … sie haben möglicherweise mehr Informationen als ich.“ Ihre Finger hielten über den Tasten inne. Da ihr Fachgebiet die Risikoanalyse war, fand er es sonderbar, dass jemand an ihrer Einschätzung gezweifelt hatte. „Die Bedrohung schien von einer geringfügigen Quelle mit minimaler Exposition auszugehen, genau wie der ursprüngliche Datendiebstahl. Ich habe trotzdem die üblichen Protokolle für eine größere Bedrohung befolgt."

Wie viel komplizierter war das mit einem Kind, um das man sich kümmern musste? Anderson wollte nicht darüber nachdenken. Das würde er später tun, wenn sie an einem sicheren Ort waren.

„Mein Auto ist in der Garage", sagte er und war bereit, in Aktion zu treten. „Lass uns gehen."

„Warte. Ich kann nicht mit einem Baby auf die Flucht gehen. Alles, was ich für ihn habe, ist in dieser Tasche. Lass mich nach Hause fahren und …"

Er schnitt ihr das Wort ab. „Nein. In deinem Haus ist es nicht sicher." Er wusste, dass er damit recht hatte, aber mit einem Baby – seinem Sohn – vor einer Bedrohung zu fliehen, war nicht, wie er seinen ersten Tag als Vater verbringen wollte.

„Ich …" Sie zögerte nur ein paar Sekunden. Er konnte sehen, wie sie die Situation abwägte und Risiken und Optionen kalkulierte. „In Ordnung. Du hast recht." Sie griff nach der Tasche und nahm Nate von Anderson zurück. „Hast du einen Kindersitz?"

„Was?" Nun war es an ihm, überrascht zu sein.

„Kinder müssen aus Sicherheitsgründen beim Autofahren einen Kindersitz benutzen", erklärte sie. „Wir müssen ihn aus meinem Auto holen, wenn er nicht beschädigt ist."

Er wollte argumentieren, dass ihre Situation von Natur aus unsicher war, aber die Muskeln an ihrem Kiefer waren trotzig angespannt und er erinnerte sich allzu gut daran, was das bedeutete. „Ich hole ihn. Du kannst durch die Küche zur Garage gehen."

Er wies ihr den Weg, bevor er Jacken aus seinem Flurschrank zog und sie in eine Reisetasche stopfte, die stets gepackt bereitstand. Eine Minute später riss er die Tür des von Kugeln durchlöcherten Autos auf, um den Kindersitz zu holen. Er hatte keine Ahnung, wie er damit umgehen sollte, aber er schaffte es, das Ding herauszunehmen und in die Garage zu tragen.

„Lass mich", sagte sie, nahm den Kindersitz und befestigte ihn schnell, während er Nate hielt. Er sah zu, wie sie mit dem Finger über eine Kerbe im Plastik fuhr, die eine Kugel hinterlassen hatte. „Gut, dass er nicht …" Sie musste den Satz nicht beenden.

„Wir müssen uns in Bewegung setzen", sagte Anderson, um sie anzutreiben. Dreißig Sekunden später lenkte er den Wagen rückwärts aus seiner Garage und fuhr dann in die entgegengesetzte Richtung des längst verschwundenen schwarzen SUV. Er wollte demjenigen, der am Steuer gesessen hatte, nicht begegnen, solange er mit Violet und Nate im Auto saß.

Das Problem war, dass er keine Ahnung hatte, wo zum Teufel sie hinsollten.

Holen Sie sich Ihre Ausgabe von *Das Überraschungsbaby des SEALs* am März 2nd 2021

www.LeslieNorthBooks.com

KLAPPENTEXT

Olive Owen, eine selbsternannte Streberin, kann es nicht glauben, als Levon Asher, ein muskulöser, sexy Navy SEAL, zugibt, in der Highschool in sie verknallt gewesen zu sein. Sie hat ihn seit zehn Jahren nicht gesehen und ist mehr als überrascht darüber, bei ihrem Highschool-Klassentreffen wieder mit ihm in Kontakt zu kommen. Eine noch größere Überraschung ist, dass Olive nach einer leidenschaftlichen Nacht schwanger ist, während Levon die Stadt längst für seine letzte SEAL-Mission verlassen hat. Als er sieben Monate später zurückkehrt, ist er Mitglied der privaten Sicherheitsfirma Southern Soldiers of Fortune, die für eine gemeinsame Operation mit der örtlichen Polizei in der Stadt ist und verhindern soll, dass eine Gang die Schule infiltriert, in der Olive arbeitet. Als Olive versehentlich ein Treffen der Gang stört, lassen die Drohungen an ihrer Haustür keinen Zweifel – sie ist zur Zielscheibe geworden. Und als sie sich bereiterklärt, zu ihrer eigenen Sicherheit bei Levon einzuziehen, wird schnell klar, dass auch ihr Herz in Gefahr ist.

Das Wissen, dass Olive gefährdet ist, macht Levon fast verrückt. Er merkt, dass er herrisch ist, aber er kann sich einfach nicht bremsen. Der Gedanke, dass ihr oder seinem ungeborenen Kind etwas zustößt, reicht aus, um ihn mehr als nur ein wenig kontrollierend werden zu lassen. Aber was ist sicherer – sie in seiner Nähe zu behalten, wo er sie beschützen kann, oder sie wegzustoßen, damit sie nicht zwischen die Fronten gerät? Er will, dass es Olive gut geht, aber seine Instinkte geben ihm gemischte Signale, selbst als die Konfrontation mit der Gang näher rückt. Die schockierende Enthüllung der Identität eines Gang-Mitglieds könnte Olive endgültig aus Levons Armen vertreiben und ihn mit der Frage zurücklassen, ob die Aufklärung des Verbrechens zu spät kommt, um das für ihn wichtigste Rätsel zu lösen – wie er Olives Herz festhalten kann.

Hier geht es zum Download von
Der Beschützer seiner schwangeren Geliebten

~

EXKLUSIVE AUSZUG

Kapitel Eins

Levon Asher sank mit dem Rücken an die Wand der Turnhalle der Harper's Forge High und atmete den vertrauten Staub und den hartnäckigen Geruch verschwitzter Socken ein. Er ließ seinen Blick durch den Raum schweifen und betrachtete die Gesichter von Fremden, die einst seine Freunde gewesen waren. Als er einen Schluck von dem Punsch probierte, in den jemand heimlich Alkohol gekippt hatte, verzog er das Gesicht. Jeder Muskel in seinem Mund rebellierte und er hätte das Gebräu wieder ausgespuckt, wenn seine Manieren ihn nicht daran gehindert hätten. Er erinnerte sich nicht daran, dass die Rum-Punsch-Mischung so fürchterlich geschmeckt hatte, als er in der Highschool gewesen war, allerdings trank er für gewöhnlich Bier.

Er fragte sich zum wiederholten Mal, warum er überhaupt hier war.

Laute Stimmen an der Seite erregten seine Aufmerksamkeit und er drehte sich um und sah eine Gruppe erwachsener Männer, die auf der Tribüne standen und einander anrempelten, während sie Bierdosen verteilten und ihre Stimmen immer lauter wurden.

Das musste sein ehemaliges Footballteam sein, natürlich mit Ausnahme von Levon, weil er sich im Moment gegen die Wand drückte. *Das ist keine geheime Mission, sondern mein Highschool-Klassentreffen*, erinnerte er sich, als er sich von der Wand abstieß. Oder vielleicht könnte er diese Mission einfach für gescheitert erklären und verschwinden, bevor ihn jemand bemerkte.

„Asher! Bewege deinen Hintern hierher und trinke mit *uns*!", brüllte einer seiner alten Teamkameraden über die anderen Gespräche im Raum hinweg. Levon erstarrte, hob grüßend seinen Plastikbecher, stellte ihn beiseite und ging in der Hoffnung, dass sie ihm ein Bier anbieten würden, durch die Menge auf sie zu.

Als er sich zu ihnen gesellte, nahm er dankbar ein Bier entgegen und verbarg sein Stirnrunzeln, als er bemerkte, dass es warm war. Er öffnete die Dose und probierte einen Schluck. Es war besser als der Punsch, aber er wünschte, es wäre deutlich kühler. Etwa so kühl, wie es draußen war.

Normalerweise hätte ihr Highschool-Klassentreffen im Juni stattgefunden, aber anlässlich des Diamantjubiläums der Schule hatte die Schulbehörde beschlossen, die beiden Veranstaltungen zusammenzulegen – wahrscheinlich um Geld zu sparen. Also stand er Ende Februar in seiner Highschool-Turnhalle, umgeben von Dekorationen, die aussahen, als wären sie vom Valentinstagtanz der Schule übriggeblieben.

Ein Ellbogen, der in seine Seite gerammt wurde, erregte seine Aufmerksamkeit und er versuchte, sich auf das zu konzentrieren, worüber seine ehemaligen Teamkameraden sprachen, nur um es sofort zu bereuen.

„Wie kann es sein, dass sich jede einzelne Cheerleaderin gehen lassen hat?", meldete sich einer von ihnen zu Wort und stieß Levon erneut mit dem Ellbogen an, was diesen dazu brachte, sich im Raum umzusehen. Er konnte nicht verstehen, worüber sie sich beschwerten. Alle waren älter geworden, aber soweit er es beurteilen konnte, hatte sich niemand gehen lassen.

Er sah die anderen ehemaligen Footballspieler an und versuchte, ihren Gesichtern Namen zuzuordnen, aber er hatte nur mäßigen Erfolg. Schließlich gab er auf und warf einen Blick auf ihre angeklebten Namensschilder. *Okay, offensichtlich haben sich einige von uns tatsächlich verändert und zwar nicht zum Besseren*, dachte er. Die groben Scherze gingen weiter und was im Umkleideraum der Highschool als harmlos gegolten hätte, grenzte jetzt an beleidigend.

Levon nippte an seinem Bier und zählte die Sekunden, bis er sich entschuldigen und verschwinden konnte. Er war für ein Vorstellungsgespräch in die Stadt zurückgekehrt und als er bemerkt hatte, dass sein zehnjähriges Klassentreffen zeitgleich stattfand, hatte er sich nostalgisch genug gefühlt, um es zu versuchen. Das war ein großer Fehler gewesen. Er hatte nichts mehr mit diesen Leuten gemeinsam.

„Hey, hör zu." Einer der Kerle, der laut seinem Namensschild Randy hieß, rempelte ihn an und die anderen wurden still. „Warum wetten wir nicht alle darauf, welche der Streberinnen heiß geworden ist? So eine gibt es immer, nicht wahr?"

„Was ist mit dem kleinen, verschüchterten Mädchen, das du als Laborpartnerin hattest, Asher? Sie hat eine oder zwei Klassen übersprungen, aber trotzdem ihren Abschluss mit uns gemacht, richtig?", mischte sich Chad ein, der im Team ihr Center gewesen war.

Levon antwortete nicht. In Wahrheit waren seine Gedanken heute Abend mehr als einmal zu Olive Owen geschweift ... und in all den Nächten bis zu diesem Klassentreffen ... aber er hatte sie noch nicht gesehen. Er bezweifelte, dass sie kommen würde. Olive war immer schon die klügste Person gewesen, die er kannte. Sie war definitiv zu schlau, um sich in ...

Einer der Kerle pfiff laut und die anderen reckten die Köpfe, um zu sehen, was los war. Wenn der Abend diesen Verlauf nahm, hatte Levon keinen Grund, länger zu bleiben. Seine Augen suchten den nächsten Ausgang – oder versuchten es zumindest.

Mitten in der überfüllten Turnhalle stand eine der schönsten Frauen, die er je gesehen hatte. Ihr Kopf war leicht gedreht, aber er sah genug von ihr, um ihre großen Augen, ihre vollen Lippen und ihre hübsche, kleine Nase wahrzunehmen. Schokoladenbraune Locken flossen über ihren blassen, langen Hals, der ihn an einen Schwan erinnerte, und fielen über ihre nackten Schultern. Ihr Kleid war in einem dunklen, gedämpften Weinrot gehalten. Es sah einfach und nicht teuer aus, aber eine Schönheit mit so langen Alabasterbeinen, solchen Waden und Kurven an allen richtigen Stellen hätte sogar einen Müllsack elegant aussehen lassen können.

Zum ersten Mal an diesem Abend interessierte sich Levon wirklich für seine Umgebung. In ihm erwachte etwas zum Leben, als er diese Frau aus der Ferne betrachtete. Verdammt, er liebte Mädchen mit lockigen

Haaren, seit die unscheinbare Olive sich in der zehnten Klasse auf den Stuhl neben ihm gesetzt hatte …

Die Frau drehte sich um und ihr Blick flackerte über die Gruppe von Männern, die sich wie Aasgeier zusammengerottet hatten. Levon war froh über seine militärische Haltung, als er bemerkte, wie sich ihr neugieriger Blick sofort abkühlte, sobald sie erkannte, wer die Sitzreihen auf der Tribüne einnahm. Sie suchte in ihrer Handtasche nach etwas und zog eine schwarze, schmale Brille heraus, die sie über ihren Nasenrücken nach oben schob. Sie machte sich nicht die Mühe, noch einmal in ihre Richtung zu blicken.

Seine Teamkameraden erkannten im selben Moment wie er, wer sie war. Levon hasste die Tatsache, dass es ihm nicht früher klargeworden war.

„Ich wusste es! *Sie* ist es!“, krähte Randy. „Wie hieß sie noch mal?“

„Olive.“ Ihr Name war eine willkommene Überraschung auf Levons Zunge. *Olive*. Er hatte ihn nur als Junge laut ausgesprochen. Als er sich mit schroffer Stimme ihren Namen sagen hörte, zuckte ein Nervenkitzel durch ihn und machte sie umso mehr zu einer Frau, jetzt, da er ein Mann war.

„Olive!“ Randy schlug ihm auf den Rücken. „Ha! Was habe ich dir gesagt? Das Mädchen ist *fantastisch*. Ich wusste, dass sie irgendwann heiß aussehen würde!“

„Olive war schon immer heiß.“ Levon trank den Rest seines Biers, zerknüllte die Dose wie Alufolie und widerstand dem Drang, sie in Randys Gesicht zu werfen. „Ich wünschte, ich könnte sagen, es wäre schön gewesen, euch wiederzusehen. Bis später.“ Er stellte sicher, dass sein *Bis später* so klang wie *Auf Nimmerwiedersehen*.

„Was zum Teufel soll das? Asher!“, rief Chad ihm nach, als Levon die Tribüne verließ.

„Du trinkst unser Bier und verschwindest dann einfach?“, schrie Randy. „Was für ein großer, harter SEAL du bist!“

Levon warf einen Blick über seine Schulter und die Gruppe zuckte sichtbar zusammen. Dann setzte er seinen Weg von der Tribüne fort. Er war viel mehr an der Frau interessiert, die es geschafft hatte, in den Augenblicken, als er abgelenkt gewesen war, aus seinem Blickfeld zu verschwinden. Levon fluchte leise. Er warf seine leere Dose pflichtbewusst in die Recycling-Tonne, griff nach seinem Mantel und fuhr sich mit der Hand durch die Haare. Für zivile Verhältnisse waren sie immer noch kurz, aber sie waren gewachsen, seit er beurlaubt worden war, und es war ihm unangenehm. Er war so an Vorschriften gewöhnt, dass es sich wie ein Verrat anfühlte, irgendetwas an seinem Aussehen unter die Standards des Militärs sinken zu lassen. Vielleicht würde er heute Abend in sein Hotelzimmer zurückkehren, noch ein einsames Bier genießen und seine Haare selbst mit dem Trimmer kürzen.

Es schien eine gute Ausrede zu sein, um von hier wegzukommen.

Levon steckte seine großen Hände in seine Taschen und wanderte auf dem Weg nach draußen durch die dunklen Gänge der alten Highschool … oder zumindest *hoffte* er, dass es der Weg nach draußen war. Offensichtlich hatte die Schule Zuschüsse für eine Renovierung bekommen, denn je weiter er ging, desto mehr wurde ihm klar, dass er keine Ahnung hatte, wo er sich befand. Ein paar weitere Drehungen brachten ihn in einen älteren Bereich des Gebäudes, den er sofort als Wissenschaftsflügel erkannte.

Levon ging direkt zur ersten beleuchteten Tür. Er hatte schon genug Zeit damit verschwendet, diesen labyrinthartigen Fluren zu entkommen. Die neuen Renovierungsarbeiten begannen wirklich, seine Nostalgie zu zerstören. Zum Glück schien einer der Lehrer für Naturwissenschaften Überstunden zu machen. Er klopfte mit den Fingerknöcheln an die Tür und trat dann ein, ohne auf eine Antwort zu warten. „Hi. Entschuldigen Sie. Ich bin wegen des Klassentreffens hier, aber ich habe mich verlaufen bei all den …"

Was eine ziemlich lahme Erklärung geworden wäre, erstarb auf seinen Lippen, als sich an dem Labortisch in seiner Nähe ein gestylter Kopf mit lockigen Haaren hob und zwei erschrockene Augen ihn anblinzelten. Die Schminktasche, nach der die Frau in ihrer Handtasche gesucht hatte, fiel aus ihren Fingern und ihr Inhalt ergoss sich auf den Boden zwischen ihnen.

„Ah, Mist, tut mir leid." Levon kniete nieder, um die Sachen der Frau einzusammeln, und war überrascht, als seine suchenden Hände ihre berührten, die sich ihm anschlossen. „Ich hätte nicht einfach so hereinplatzen sollen."

„Es ist alles in Ordnung … wirklich, ich … *autsch*!" Der Kopf der Frau schlug gegen seinen, als sie sich im selben Moment vorbeugten, um aufzustehen. Levon packte sie, bevor sie umfallen konnte. Er wusste, dass er einen harten Schädel hatte, und war sich nicht ganz sicher, wie heftig sie zusammengeprallt waren. Ausgerechnet er hatte das Pech, Olive Owen einen Kopfstoß zu verpassen, und er konnte nur hoffen, dass sie nicht ernsthaft verletzt war.

Olive Owen. Die Schönheit in seinen Armen sah zu ihm auf. Dann lachte sie zu seiner Überraschung und großen Erleichterung. Hoffentlich war das kein Symptom einer Gehirnerschütterung. „Levon Asher? Wow, ähm, ich dachte, du wärst vielleicht der Mann, den ich vorhin auf der Tribüne in der Turnhalle gesehen habe, aber ich war mir nicht sicher. Ich hatte nicht erwartet, dich hier zu sehen. Du bist nicht zu unserem fünfjährigen Klassentreffen gekommen."

„Nein", sagte er und suchte nach Worten, während er abgelenkt davon war, wie gut sie sich in seinen Armen anfühlte. Oder vielleicht war dieser schreckliche Rum-Punsch, den er vorhin getrunken hatte, stärker gewesen als gedacht. Was auch immer der Grund war – er machte sich gerade zum Idioten. Er ließ sie los und trat zurück, wobei er sie unter seinen Wimpern beobachtete. Himmel, aus der Nähe sah sie noch besser aus als zuvor und ihre perfekten Wangen leuchteten rosig. Er fragte sich, ob Olive vielleicht selbst ein bisschen zu viel von dem Punsch genossen hatte.

„Es ist schön, dich wiederzusehen“, sagte er, weil ihm nichts Besseres einfiel. „Du siehst großartig aus. Wenn der Naturwissenschaftsunterricht immer so gewesen wäre, hätte ich ihn nicht so oft geschwänzt.“ Sein Hals verengte sich vor Verlegenheit. Verdammt. *Rede keinen Unsinn, Alter*. Hitze schoss ihm ins Gesicht. „Ich meine … nicht, dass du damals nicht gut ausgesehen hast. Ich meine …“

Sie schnaubte und schob ihre Brille wieder höher. Aus irgendeinem Grund sah sie dabei noch heißer aus. Wie eine Art sexy Bibliothekarin. Oder vielleicht war das Levons überforderter Verstand. Wie viele Drinks hatte er heute Abend gehabt? „Ich weiß, was du meinst“, sagte Olive schließlich und ließ ihn vom Haken, obwohl die Luft zwischen ihnen immer noch zu vibrieren schien. „Wie auch immer, du hast gar nicht *so* oft geschwänzt.“

Sie verschränkte die Arme und schob ihre festen Brüste höher. Verdammt. Jetzt schien Levon sich nur noch darauf konzentrieren zu können. Sein Abend wurde plötzlich immer schlimmer. Oder immer besser, je nachdem, wie man die Situation betrachtete. Wenn Olive seine Blicke bemerkte, erwähnte sie es nicht.

„Ich habe versucht, es nicht zu tun“, sagte er und seine tiefe Stimme war noch rauer als sonst, als er sich bemühte, seine Aufmerksamkeit von ihrem Körper weg und zurück zu ihren Augen zu lenken. Es war normalerweise nicht so anstrengend, sich zusammenzureißen und nicht über seine Worte zu stolpern. Er brauchte Sex. Das war alles. Er hatte schon zu lange keine Frau mehr gehabt. Das musste seinen verrückten Drang erklären, seine alte Laborpartnerin Olive in seine Arme zu ziehen und sie direkt auf dem Boden des Wissenschaftsraums zu nehmen, nicht wahr? Angesichts der Art und Weise, wie seine Libido die Kontrolle über seine Stimme übernommen zu haben schien, vielleicht auch nicht. Bevor er sich aufhalten konnte, sagte er: „Nicht wenn meine Laborpartnerin so …"

„… hilfreich war? Wenn es darum ging, für Prüfungen zu lernen?", schlug sie vor und hob eine dunkle Augenbraue. „Ich erinnere mich, dass ich viele Abende damit verbracht habe, das mit dir zusammen zu machen. Auch Nachmittage und Vormittage. Tatsächlich schienen wir damals nur zu lernen."

Levon konnte sich viele Aktivitäten vorstellen, die er jetzt gerne mit Olive Owen unternehmen würde und die weder Lehrbücher noch Unterrichtsnotizen umfassten. Er versuchte, das Verlangen zu verbergen, das durch seinen Blutkreislauf pulsierte – und scheiterte kläglich, wenn der ausdruckslose Blick, den sie ihm zuwarf, ein Hinweis war. „Äh, ja", schaffte er endlich zu sagen. Verdammt, er musste seine verrückten Reaktionen auf sie beherrschen, bevor er die Lage noch chaotischer machte. Er hatte jahrelang davon geträumt, sie wiederzusehen, und jetzt, wo er endlich seine Chance hatte, ruinierte er alles. *Reiße dich zusammen, Alter*. Levon starrte finster auf den Boden und rief sich Schiffsschemata und Schlachtfelddiagramme ins Gedächtnis, alles, um die in ihm brodelnde Erregung abzukühlen. „Ich dachte an andere Worte."

„Wirklich?" Olive tippte mit der Spitze ihres Pumps auf den Boden. Offensichtlich hatte sie genug von seinem Unsinn. Er erinnerte sich, dass sie das getan hatte, als sie noch in der Schule waren. Sie hatte sich damals auch nie mit seinen Ausreden zufrieden gegeben und ihn immer gedrängt, sein Bestes zu versuchen, weil sie fest daran glaubte, er könnte es besser machen und besser sein. Ehrlich gesagt war sie einer der wenigen Menschen gewesen, die ihn nicht mit seinem guten Aussehen und seinem Charme durchkommen ließen. Levon war sich nicht sicher, wo er heute ohne Olives Hilfe wäre. Eine neue Emotion, Dankbarkeit, schloss sich der lebhaften Anziehungskraft an, die wie eine elektrische Ladung durch ihn summte. Ihre spitze Antwort erhöhte nur sein Interesse. Ihre dunklen Augen funkelten und das Rosa in ihren Wangen war tiefer geworden. Wenn Levon es nicht besser gewusst hätte, hätte er gedacht, dass sie mit ihm flirtete – dass sie von dieser flüchtigen Chemie zwischen ihnen genauso angetan war wie er. Aber das konnte nicht sein, oder? Olive war es in der Highschool nur um die Arbeit und nicht ums Vergnügen gegangen. Als er sie jetzt aber betrachtete und sie so sexy und elegant wirkte, wurde ihm bewusst, dass sich vielleicht mehr als nur ihr Aussehen verändert hatte. Sie schenkte ihm ein winziges, sinnliches Lächeln und sagte: „Welche Worte wären das?"

Er versuchte, eine ebenso provokante Antwort zu finden, aber seine Gedanken waren zu beschäftigt damit, wie sie aussah, wie sie roch und wie sie schmecken würde, wenn er sie küsste. Levon zuckte mit den Schultern und gab erneut seiner Legasthenie die Schuld, weil es eine so gute Ausrede war wie jede andere. „Du kennst mich. Ich brauche eine Weile, um zu überlegen, was ich sagen soll." *Besonders wenn ich dir so nah bin.*

„Ich werde warten." Sie legte den Kopf schief und entblößte ihren verführerischen Hals, sodass er nur noch daran denken konnte, die Stelle direkt unter ihrem Ohr zu küssen. Verdammt, er wollte Olive Owen und das war nicht gut. „Ich bin gut im Warten."

„Daran erinnere ich mich", sagte er leise und Erinnerungen an ihre langen Lernstunden in der Highschool gingen ihm durch den Kopf. „Äh, wie wäre es, wenn wir von hier verschwinden, ich dich auf einen Drink einlade und wir über die alten Zeiten sprechen?"

„Die alten Zeiten?" Olives Blick verengte sich einen Moment, als würde sie seine Bitte überdenken, während sie ihre roten Lippen zusammenpresste. Für einen langen Augenblick dachte er, sie könnte ihn abweisen, und Levon war überrascht, wie enttäuscht ihn diese Aussicht machte. Dann lächelte sie und nickte. „Sicher. Ich habe wohl lange genug gewartet, um zu sehen, was aus dir geworden ist.

Heute Abend bekomme ich meine Antwort. Wohin sollen wir gehen?“

„Hat das Rusty Spike noch geöffnet?“, fragte er und wartete, während sie das Klassenzimmer abschloss. Dann folgte er ihr zum Ausgang. „Es ist eine Weile her, dass ich in der Stadt war.“

„Ja, es ist immer noch da“, sagte Olive und trat in die kühle Nacht hinaus. Der Parkplatz und sein wartender Truck waren nicht weit entfernt. „Es ist immer noch eine Spelunke.“

„Wenn es irgendeinen anderen Ort gibt, an den du gehen willst …“

„Nein. Das Rusty Spike ist in Ordnung. Hier gibt es nicht viel anderes zur Auswahl“, sagte sie und ging neben ihm den Bürgersteig entlang. Das gelbliche Leuchten der Straßenlaternen spiegelte sich in ihren schokoladenfarbenen Locken. Levon verspürte den wahnsinnigen Drang, mit den Fingern hindurch zu fahren, um herauszufinden, ob sie sich so weich anfühlten, wie sie aussahen, aber er glaubte nicht, dass Olive es schätzen würde, wenn er ihre schicke, neue Frisur durcheinanderbrachte.

„Welches Auto gehört dir?“, fragte sie und riss ihn aus seinen unangemessenen Gedanken.

„Oh, das da“, sagte er und zeigte auf den glänzenden schwarzen Ford. Es war ein schöner Wagen mit viel Beinfreiheit für ihn und einer komfortablen Innenausstattung. Wenn er ein eigenes Fahrzeug hätte kaufen wollen, dann dieses. In Anbetracht der Lage würde er allerdings nicht lange genug in der Stadt sein, um viel damit zu fahren. Er würde schon bald auf seiner letzten SEAL-Mission sein. „Es ist ein Mietwagen.“

„Nett.“

Er drückte auf den Knopf am Schlüsselanhänger und die Lichter flackerten auf, als die Türschlösser klickten. Olive öffnete die Beifahrertür, bevor Levon dort ankommen konnte, um es für sie zu tun. Sie kletterte auf ihren Sitz und schnallte sich an, während er um die Vorderseite des Trucks herumging und sich hinter das Lenkrad setzte. Bald hatte er den Motor angelassen und fuhr vom Parkplatz zu der einzigen Bar in der Stadt. Auf der Fahrt herrschte wieder unangenehme Stille zwischen ihnen, bis Olive anfing, über die Teilnehmer des Klassentreffens zu plaudern. Er hörte nur halb zu, weil er nicht wirklich an den anderen Teilnehmern interessiert war. Nur an ihr.

Vor einer roten Ampel wurden sie langsamer und Olive kicherte. Es war ein ehrliches Kichern und der heisere Klang ging direkt in Levons Leistengegend. Soviel dazu, cool zu bleiben. Er rutschte auf seinem Sitz herum und war froh, dass sein langes Hemd alle peinlichen Situationen weiter unten verdeckte. Olive fuhr sich mit der Hand durch die Haare und sah dann zu ihm hinüber. „Tut mir leid. Ich glaube, ich hatte in der Turnhalle zu viel Punsch."

Ich auch. Levon unterdrückte die Worte und runzelte die Stirn. Er trat stärker als nötig auf das Gaspedal, sobald die Ampel grün wurde. Augenblicke später kamen sie an der Bar an und er bog auf dem Kiesplatz am Ende der Reihe in eine leere Parkbucht ein. Diesmal stieg er aus und ging um den Truck herum, um Olive zu helfen. Die Höhe der Fahrerkabine bedeutete, dass ihr Rock ein wenig hochrutschte, als sie ausstieg, was ihm einen Blick auf ihre schlanken Schenkel und wohlgeformten Waden verschaffte, und zur Hölle … er konnte nicht aufhören, daran zu denken, wie ihre Beine um seine Taille geschlungen waren, während er immer wieder in ihre feuchte Hitze eindrang.

Verdammt.

„Danke", sagte Olive, deren Hand immer noch in seiner war, als sie vor ihm stand. Ihre Augen trafen seine und ihr Atem stockte. *Oh, zur Hölle.* Dann trat sie zurück und strich mit der Hand über ihr Kleid. „Wir sollten hineingehen und uns einen Tisch suchen. Hier wird es schnell voll."

Richtig. Sie waren hier, um etwas zu trinken und sich wieder kennenzulernen, nicht um auf dem Parkplatz Sex zu haben. Je früher Levon sich daran erinnerte, desto besser. Trotzdem. Als er ihr in die dunkle, laute Bar folgte, konnte er nicht anders, als ihre wogenden Hüften zu bemerken. Olive Owen war definitiv erwachsen geworden.

Zum Glück waren am Ende der Theke neben den Billardtischen noch zwei Plätze frei und sie setzten sich. Levon bestellte ein dunkles Bier und Olive beließ es diesmal bei Mineralwasser.

„Also", sagte er, nachdem er einen langen Schluck aus seiner Flasche genommen hatte, um seinen ausgetrockneten Hals zu beruhigen. „Was hast du seit der Highschool gemacht?"

„Na ja, ich war natürlich auf dem College. Dann bin ich hierher zurückgekehrt und habe eine Stelle als Lehrerin für Naturwissenschaften angenommen."

„Wirklich?" Bei ihrem Grinsen fügten sich die Puzzleteile zusammen. „Warte, heißt das, du unterrichtest jetzt an der Harper's Forge High?"

„Ja. Tatsächlich ist das Klassenzimmer, in das du vorhin gestürmt bist, meins."

„Wow." Levon lachte und ein Teil der Spannung zwischen seinen Schulterblättern ließ nach. „Stell dir das vor. Olive Owen hat unser altes Klassenzimmer erobert."

„Ich heiße jetzt Miss Owen." Sie zwinkerte ihm zu und im Raum schien es etwas heißer zu werden. Levon widerstand dem Drang, seine Finger unter den Kragen seines Hemdes zu schieben. „Und ja. Die Zehntklässler gehören mir."

Inmitten des Klackerns von Billardkugeln auf den Tischen in der Nähe und des dröhnenden Stimmengewirrs um sie herum verbrachten er und Olive die nächste Stunde damit, sich zu unterhalten. Er erzählte ihr so viel er konnte über seine Zeit bei der Navy und sein Training für die

SEALs und sie sprach über ihr Leben in ihrer kleinen Heimatstadt. Schließlich führten der Alkohol in seinem Blut und sein leerer Magen zu einer angenehmen Benommenheit, die alle verbleibenden Hemmungen, die er vielleicht gehabt hätte, verjagte. Und auch die drei Biere, die er dem, was er zuvor in der Turnhalle getrunken hatte, hinzufügte, schadeten nicht.

Der Klang von Olives Stimme war angenehm, beruhigend und sexy. Er war glücklich, ihr einfach beim Sprechen zuzuhören. Außerdem hatte er nicht wirklich mehr zu sagen.

Oder vielleicht doch.

Das siedende Verlangen in seinem Blut kochte hoch und er griff nach ihrer Hand. Es war wahrscheinlich nicht der klügste Schachzug aller Zeiten, aber zur Hölle, wenn er sich darum kümmerte. Es gab nur noch das Jetzt, nur noch diese Frau, diese Nacht und diesen Moment.

Er beugte sich näher zu Olive und flüsterte in ihr Ohr, um über den Lärm im Raum hinweg gehört zu werden: „Was hältst du davon, wenn wir das hier an einem privateren Ort fortsetzen?“

Levon bildete sich weder den leichten Schauder ein, der ihren Körper durchlief, noch die Hitze in ihren Augen, als ihr Blick seinen traf. Ja. Sie wollte ihn auch. Daran bestand kein Zweifel. Es mochte eine Weile her sein, dass er mit einer Frau zusammen gewesen war, aber ein Mann vergaß so einen Blick niemals.

Olive leckte sich die Lippen und er verfolgte die winzige Bewegung und dachte an all die Stellen auf seinem Körper, an denen er liebend gern diese süße rosa Zunge spüren wollte.

„Lass uns gehen“, sagte sie und es war alles, was er hören musste.

Nachdem Levon einen Fünfzig-Dollar-Schein auf die Theke geklatscht hatte, um Drinks im Wert von etwa zwanzig Dollar zu bezahlen, griffen sie nach ihren Mänteln und Levon nahm Olives Hand und rannte fast mit ihr aus der Bar, ohne sich darum zu kümmern, dass die Leute hinter ihrem Rücken reden könnten. Immerhin war es eine kleine Stadt. Und es war ihm völlig egal, ob er viel zu begierig darauf wirkte, mit ihr zusammen zu sein. Im Moment bestand sein gesamtes Universum aus Olive Owen und er kümmerte sich kein bisschen darum, wer es wusste.

Zwischen Küssen und Liebkosungen schafften sie es irgendwie zu seinem Truck. In einem Gewirr aus Gliedmaßen und Lust kletterten sie hinein. Die Fahrerkabine des Trucks war größer als die meisten ihrer Art, aber dennoch nicht ideal für ihr Liebesspiel. Trotzdem sorgten sie dafür, dass es funktionierte. Er machte schnell die Heizung an und die Fahrerkabine füllte sich bald mit Hitze, auch wenn er ziemlich sicher war, dass sie bereits genug davon verströmten. Levon riss sich seine Krawatte und sein Hemd herunter, wobei ein paar Knöpfe sich lösten, während Olive ihr weinrotes Etuikleid über ihren Kopf zerrte, was sie nur in einem schwarzen Spitzen-BH und einem passenden Höschen zurückließ. Sie setzte sich rittlings auf ihn und die Wärme zwischen ihren Beinen strich über den harten Schwanz in seiner Stoffhose. Levon war verloren.

Er konnte nicht genug von ihr bekommen. Zur Hölle mit dem Punsch oder dem Bier oder irgendetwas anderem.

Olive war heute Abend bei Weitem das Berauschendste.

Bald war ihr BH verschwunden und er hielt ihre fabelhaften Brüste in seinen Handflächen. Ihr weiches Gewicht füllte seine Hände perfekt aus, als er ihre harten Brustwarzen mit seinen Fingern reizte, bevor er eine nach der anderen in seinen Mund nahm, sodass Olive sich wieder stöhnend gegen ihn wand.

Als Nächstes schob er ihr Höschen von ihren Beinen, während sie sich an seinem Gürtel zu schaffen machte und seine Hose öffnete, um seine Erektion fest in die Hand zu nehmen. Er brauchte all seine hart erkämpfte Willenskraft, um nicht sofort bei dem Kontakt mit ihrer warmen Haut zu kommen, aber irgendwie schaffte er es. Verdammt, er wollte sie so sehr, wie er schon lange niemanden mehr gewollt hatte, vielleicht sogar niemals. Der Himmel wusste, dass er oft darüber nachgedacht hatte, dies mit Olive zu tun, aber jetzt geschah es tatsächlich und die Realität war so viel besser als jede seiner Fantasien.

Sie drückte sich an ihn, bis sein steifer Schwanz sich danach sehnte, in ihr zu sein, aber ein wenig gesunder Menschenverstand regte sich immer noch in seinem Hinterkopf und ließ ihn sagen: „Ich werde nicht lange in der Stadt sein. Und ich habe kein Kondom dabei."

„Ich weiß, dass du nicht bleibst", sagte sie und streckte ihre Finger aus, um seine empfindlichen Hoden zu streicheln, bis er tief in seiner Kehle stöhnte. „Das ist in Ordnung. Ich will dich. Eine Nacht ist genug. Und ich nehme die Pille, keine Sorge."

Levon küsste sie hart und tief und zog sich zurück, als sie sich aufrichtete, um sich über seinem Schoß in Position zu bringen. Die Warnglocken gingen wieder in seinem Kopf los, bevor er sie abschaltete. Hier stimmte etwas nicht, aber er war zu benommen, um darüber nachzudenken.

Du musst in ihr sein. Aber das ist nicht richtig.

Dann ließ sich Olive auf seinen harten Schwanz sinken. Sie war warm, feucht und eng und passte perfekt zu ihm. Die letzten Überreste zusammenhängender Gedanken lösten sich in Luft auf. „Oh Gott, Olive. Du fühlst dich großartig an."

Sie beugte sich vor und ließ Küsse auf seinen Hals regnen, während sie ihn voller Vergnügen ritt. „Du auch. So, so gut."

Dann redeten sie nicht mehr und es gab nur noch Küsse, Berührungen und ekstatisches Stöhnen, als die Fenster des Trucks beschlugen und beide von einer Flut des Verlangens mitgerissen wurden.

Hier geht es zum Download von
Der Beschützer seiner schwangeren Geliebten

www.ingramcontent.com/pod-product-compliance
Lightning Source LLC
LaVergne TN
LVHW050537160826
845677LV00011B/2073
* 9 7 9 8 2 3 0 3 2 0 7 0 8 *